검은 고양이

검은 고양이

에드거 앨런 포 글 | 김영선 **옮김** | 송수정 그림

검은 고양이 (보급판)

초판 1쇄 발행 | 2006년 9월 30일
초판 4쇄 발행 | 2009년 6월 5일

글쓴이 | 에드거 앨런 포
옮긴이 | 김영선
그린이 | 송수정

펴낸곳 | 해와나무
펴낸이 | 박선희
편   집 | 김경아, 이신혜, 김미영
디자인 | 김미라
교   정 | 양선희
마케팅 | 이영남, 이정원

출판 등록 | 2004년 2월 14일 제 312-2004-000006호
주   소 | 서울특별시 서대문구 충정로 3가 466번지 유앤미A 상가 2층
전   화 | (02)362-0938/7675
팩   스 | (02)312-7675

책값은 뒤표지에 표시되어 있습니다.
ISBN 978-89-91146-58-7 43840

이 도서의 국립중앙도서관 출판시도서목록(CIP)은 e-CIP홈페이지(http://www.nl.go.kr/cip.php)에서
이용하실 수 있습니다. (CIP제어번호 : CIP2006001588)

 은 해와나무의 청소년 도서 브랜드입니다.

차 례

The Black Cat

검은 고양이

지금부터 하려는 끔찍하면서도 지극히 개인적인 이야기를 사람들이 믿어 주길 난 기대하지도 않고 바라지도 않는다. 나 자신도 믿지 못하는 일을 다른 사람들이 믿어 주길 바란다면, 나는 분명 미친 사람일 게다. 그러나 나는 미치지도 않았고, 꿈을 꾸고 있는 것도 아니다. 내일 난 죽는다. 그래서 오늘 마음의 무거운 짐을 내려놓고자 한다.

　지금부터 나의 가족에게 일어난 사건들을 있는 그대로, 간결하게 세상에 밝히고자 한다. 결과적으로 그 사건들은 나를 공포로 몰아넣고, 나를 고문하고, 나를 파멸로 이끌었다. 그렇지만 그 사건들에 대해 주관적인 해석을 하지는 않을 것이다. 내게는 엄청난 공포를 안겨 준 사건이었지만, 대부분의 사람들에게는 무시무시한 느낌보다는 그저 터무니없는 괴담 정도로 들릴지도 모르겠다. 어쩌면 내 악몽조차도 흔히 있는 시시한 일로 넘겨 버리는 지성의 소유자가 나타날지도 모를 일이다. 그래서 나보다 훨씬 더 냉정하고 논리적이고 침착한 그 지성의 소유자는 내가 지금부터 두려운 마음으로 묘사하는 사건들 속에서 어떤 자연스러운 인과관계를 찾아낼 수 있을지도 모른다.

어린 시절 나는 대단히 온순하고 인정이 많은 아이였다. 마음이 너무 여려서 친구들의 놀림을 받을 정도였다. 특히 동물을 무척 좋아했는데, 부모님은 내가 바라는 대로 온갖 애완동물들을 사 주었다. 나는 대부분의 시간을 동물들과 함께 보냈으며, 동물들에게 먹이를 주고 쓰다듬어 주는 일은 세상 그 무엇보다도 행복한 일이었다. 이런 남다른 나의 성격은 나이를 먹어 가면서도 변하지 않아, 어른이 되어서도 동물은 내게 가장 큰 기쁨을 안겨 주는 존재가 되었다. 영리하고 충직한 개를 사랑해 본 적이 있는 사람들은 개를 키우며 얻는 기쁨이 어떤 것인지, 그 기쁨이 얼마나 큰지 구구절절 설명하지 않아도 잘 알 것이다. 그리고 인간들의 보잘것없는 우정과 경박한 신의를 여러 차례 겪어 본 사람이라면 동물의 이기심 없는 사랑에서 가슴 뭉클한 무언가를 느낄 것이다.

나는 결혼을 일찍 했는데, 다행히 아내와 성격이 잘 맞았다. 내가 동물을 유달리 좋아하는 것을 보고, 아내는 틈만 나면 귀여운 애완동물을 구해 왔다. 그래서 우리 집에는 새, 금붕어, 토끼가 여러 마리 있었고, 영리한 개 한 마리, 조그만 원숭이 한 마리, 그리고 **고양이** 한 마리가 있었다. 고양이는 몸집이 무척 크고 잘생긴 녀석으로, 몸 전체가 새까맣고 놀랄 만큼 영리했다. 이 고양이의 영리함이 화제에 오를 때면, 적잖이 미신을 믿는 아내는 검은 고양이는 모두 마녀가 변신을 한 것이라는 전설을 넌지시 말하곤 했다. 그러나 아내가 정말 **심각하게** 그렇게 생각하고 있었던 건 아니며, 내가 지금 그 얘기를 하는 것도 그저 문득 생각났기 때문이다.

플루토+(그 고양이의 이름이었다)는 내가 특별히 아끼는 동물이자 놀이 친구였다. 플루토에게 밥은 늘 내가 주었으며, 플루토는 내가 집 안 어디를 가든 뒤를 졸졸 따라다녔다. 외출할 때면 따라 나서려는 것을 막느라 애를 먹기도 했다.

우리의 우정은 여러 해 동안 이어졌다. 그런데 털어놓기 부끄러운 일이지만, 그 사이 내 성격은 폭음 때문에 급격하게 난폭해졌다. 나는 나날이 변덕이 심해졌고, 참을성도 없어지고 다른 사람들의 기분 같은 건 신경도 쓰지 않게 되었다. 아내에게도 막말을 해 댔으며, 급기야는 폭력을 휘두르기도 했다. 물론 집 안의 동물들도 내가 난폭해졌다는 걸 느끼게 되었다. 나는 동물들을 소홀하게 대했을 뿐만 아니라 학대까지 하게 되었다. 토끼들이나 원숭이, 또는 개가 나를 좋아해서 어쩌다 내 곁으로 다가올 때면 나는 아무런 죄책감도 없이 그들을 못살게 굴었다. 하지만 플루토에 대한 애정만은 식지 않아 플루토를 학대하는 일은 없었다. 그러나 내 병은(술보다 더 무서운 병이 또 있으랴!) 점점 악화되어, 이제는 늙어서 성격이 다소

+ **플루토** : 로마 신화에 나오는 저승의 왕.

까다로워진 플루토마저도 괴롭히게 되었다.

어느 날 밤, 나는 늘 다니던 시내의 선술집에서 술을 잔뜩 마시고 집에 돌아왔다. 그런데 갑자기 플루토가 나를 피하는 게 아닌가 하는 생각이 들어 낚아채듯 플루토를 붙잡았다. 갑작스런 폭력에 깜짝 놀란 플루토는 내 손목을 물어 가벼운 상처를 냈다. 순간 나는 악마와 같은 분노가 치밀어 오르고 이성을 잃어버렸다. 내 본래의 영혼은 단숨에 내 몸에서 빠져나가고, 술을 먹고 자란 사악한 마음이 내 몸 구석구석으로 퍼지는 것 같았다. 나는 조끼 주머니에서 주머니칼을 꺼내 칼날을 편 다음, 한 손으로 플루토의 목을 움켜쥐고는 다른 손으로 그의 한쪽 눈을 천천히 도려냈다! 이 저주받을 잔학한 행위를 써내려 가노라니 얼굴이 화끈거리고 온몸이 떨려 온다.

아침에 정신을 차리자(간밤의 술기운이 잠과 함께 빠져나가자) 내가 저지른 죄에 대해 공포심 반, 후회 반의 기분이 밀려들었다. 그러나 그런 기분도 기껏해야 미미하고 모호한 감정이었을 뿐, 내 영혼을 흔들 만한 것은 아니었다. 나는 다시 술독에 빠졌고, 곧 그 행동에 대한 모든 기억을 술에 묻어 버렸다.

한편, 플루토는 조금씩 회복되어 갔다. 도려낸 눈자위는 보기에는 끔찍했지만 통증은 더 이상 없는 것 같았다. 플루토는 전과 다름없이 집 안을 이리저리 돌아다녔지만, 내가 가까이 가면 당연한 일이겠지만, 겁에 질려 도망쳤다. 한때는 그렇게도 나를 좋아했던 동

물이 드러내놓고 나를 싫어하는 것을 보자 처음에는 서글픈 느낌이 들 만큼 그때까지는 플루토에 대한 애정이 남아 있었다. 그러나 이런 감정도 곧 분노로 바뀌었다. 그리고 끝내 나를 돌이킬 수 없는 파멸의 구렁텅이로 몰아넣으려는 듯, **사악한 감정**이 찾아왔다. 철학은 이러한 감정에 대해 모른 척한다. 그러나 악한 감정이야말로 인간의 원초적 충동 중 하나라는 것을, 인간의 성격을 결정하는 기본 특성 또는 감정임을 내가 살아 있다는 것만큼이나 확신한다. 해서는 안 되는 줄 알면서도 혐오스럽거나 어리석은 행동을 몇 번이고 되풀이하는 사람들이 얼마나 많은가? 올바른 판단이 어떤 것인지를 알면서도, 우리는 단지 **법률**이 금하고 있다는 이유 때문에 끊임없이 법을 어기려고 하지 않는가? 바로 이러한 감정이 나를 파멸의 구렁텅이로 내몰았다. 아무런 해도 끼치지 않는 짐승에게 상처를 입힌 것도 모자라 극악무도한 행위를 하도록 나를 내몬 것은 바로 자신의 본성에 폭력성을 집어넣으려고 **안달하는**, 단지 악을 위해 악을 행하려고 안달하는 영혼의 헤아릴 수 없는 충동 때문이었다.

어느 날 아침, 냉혹하게도 나는 고양이 목에 밧줄을 걸어 나뭇가지에 매달았다. 눈에서는 눈물이 흐르고 심장은 비통한 가책으로 갈기갈기 찢어졌지만 나는 고양이를 매달았다. 고양이가 나를 사랑했기 때문에, 고양이가 내 신경을 건드릴 만한 어떤 일도 하지 않았기 때문에 나는 고양이를 매달았다. 그렇게 하는 것이 죄—내 영혼을 최대한 위태롭게 함으로써 자애로우면서도 무시무시한 신의 자비심이 미치지 못하는 곳으로 나를 몰아넣을 극악무도한 죄— 임을 알았기 때문에, 나는 고양이를 매달았다.

그 잔인한 행동을 저지른 날 밤, 나는 잠을 자다 "불이야!" 하는 소리에 눈을 떴다. 침대 커튼이 불길에 휩싸여 있었고, 집은 온통 불바다였다. 나는 아내 그리고 하녀와 함께 가까스로 불길을 빠져나왔다. 그러나 집은 몽땅 타 버렸다. 전 재산이 재가 되었고, 그 후 나는 절망 속에서 헤어나지 못했다.

이 갑작스런 재난과 나의 잔인한 행위 사이에서 어떤 연결 고리를 찾으려고 할 만큼 나는 나약한 인간은 아니다. 그러나 일련의 사건들을 낱낱이 털어놓는 마당에 어느 한 가지 일이라도 소홀히 남기고 싶지 않아 이 얘기를 하는 것이다. 화재 다음 날, 나는 불이 났던 자리로 가 보았다. 딱 한 곳, 집 한가운데쯤에 있는 벽만 빼놓고 모조리 허물어져 있었다. 그 벽은 그다지 두껍지 않은 칸막이 벽으로, 내 침대 머리를 붙여 놓았던 곳이었다. 벽에 바른 석회 덕분에 불길 속에서 제법 버텼던 것인데, 최근에 새로 석회를 발랐기 때문이리라. 그 벽 언저리에 사람들이 빽빽하게 모여 벽의 특정 부분을 뚫어져라 들여다보고 있었다. "신기한데!", "별일이네!" 또는 그와 비슷한 말들이 들려 왔다. 나도 호기심에 벽 쪽으로 가까이 가 보니, 하얀 표면에 거대한 **고양이** 상이 마치 조각을 한 듯 도드라져 보이는 것이 아닌가. 그것은 실로 놀라울 만큼 정교했다. 그리고 그 고양이의 목에는 밧줄이 감겨져 있었다.

이 유령—달리 무엇이라고 내가 생각할 수 있었겠는가—을 처음 보았을 때, 나는 극도의 놀라움과 공포를 느꼈다. 그러나 이내 마음을 가다듬고는 곰곰이 생각을 해 보았다. 플루토를 매단 곳은 바로 집 건물 옆에 있는 정원이었다는 사실이 떠올랐다. "불이야!" 하는 소리가 나자 사람들은 순식간에 정원으로 몰려들었다. 그 사람들 가운데 누군가가 나무에서 밧줄을 끊고 열린 창문을 통해 고양이 시체를 방 안으로 던져 넣은 게 틀림없었다. 아마도 잠든 나를 깨울 요량으로 그랬을 것이다. 그런데 다른 벽들은 죄다 무너져 버렸으니, 나의 잔인함에 희생되었던 그 고양이는 곧바로 석회를 갓 칠한 그 벽에 달라붙었을 것이다. 그래서 석회, 불꽃, 그리고 시체에서 나오는 암모니아가 뒤섞이면서 내가 본 것과 같은 고양이 초상화가 만들어졌으리라.

이렇게 추리하니 눈앞에 벌어진 놀라운 사실을 심정적으로는 아니더라도 이성적으로는 이해할 수 있게 되었다. 그럼에도 불구하고 그 사건은 나에게 깊은 인상을 남겼다. 그 뒤 여러 달 동안 나는 고양이의 환영에서 헤어나지 못했다. 그 동안 내 마음은 회한까지는 아니었지만 그와 비슷한 다소 감상적인 기분에 다시 빠져들었다. 급기야는 그 고양이를 잃은 것이 섭섭하여, 당시에 뻔질나게 드나들던 싸구려 술집들 주변을 기웃거리며 그 고양이를 대신할 만한, 생김새가 비슷한 고양이를 찾아보기에 이르렀다.

어느 날 밤, 허름한 술집에서 반쯤 정신을 잃고 앉아 있던 나는 문득 어떤 검은 물체에 눈길이 갔다. 술집 안에는 집기라고 해 봐야 진이나 럼주가 들어 있는 술통이 대부분이었는데, 그 물체는 그런 술통들 가운데 하나 위에 놓여 있었다. 몇 분 전부터 줄곧 그 술통을 바라보고 있었는데, 그 전에는 보이지 않던 그 물체가 느닷없이 눈에 띄는 바람에 나는 깜짝 놀랐다. 나는 가까이 다가가 그것에 손을 대어 보았다. 그것은 검은 고양이였다. 그것도 아주 큰 고양이로, 몸집이 딱 플루토만 했고, 생김새도 한 가지만 빼고는 플루토를 쏙 빼닮았다. 플루토는 몸 어디에도 하얀 털이 없었는데, 이 고양이는 가슴 언저리 거의 전체에 윤곽이 흐릿한 커다란 흰색 반점이 있었다.

내가 손을 대자, 고양이는 벌떡 일어나 큰 소리로 그르렁거리며 내 손에 몸을 비벼 댔다. 내가 아는 척한 것을 기뻐하는 낯이었다. 이 녀석이야말로 내가 찾고 있던 고양이였다. 나는 곧바로 가게 주인에게 그 고양이를 사겠노라고 했다. 그러나 가게 주인은 자기 고양이가 아니라고 하면서, 그 고양이에 대해 아무것도 모르며 처음 보는 고양이라고 했다.

나는 계속해서 고양이를 어루만져 주었다. 내가 집에 가려고 하자, 그 고양이도 따라나설 눈치였다. 나는 고양이가 따라오도록 내버려두었고, 가면서 이따금 허리를 굽혀 쓰다듬어 주기도 했다. 집에 오자마자, 고양이는 즉시 잘 길들여진 집고양이처럼 굴었고, 아내도 금세 그 고양이를 좋아하게 되었다.

그런데 얼마 있지 않아 내 마음속에서 그 고양이를 싫어하는 마음이 싹트기 시작했다. 내가 기대했던 것과는 정반대의 일이었다. 어찌된 영문인지 모르겠지만, 그 고양이가 나를 좋아한다는 것을 알게 되자, 오히려 정나미가 떨어지고 불쾌해졌다. 이러한 혐오감과 불쾌감은 점차 극도의 증오심으로 바뀌어 갔다. 그래서 나는 그 고양이를 슬금슬금 피하게 됐다. 하지만 예전에 저지른 잔혹한 행위에 대한 기억과 수치심 때문에 육체적으로 학대하지는 않았다. 처음 몇 주 동안은 때리거나 달리 괴롭힌 적이 한 번도 없었다. 그러나 서서히, 아주 서서히 이루 말할 수 없는 혐오감을 느끼며 그 고양이를 바라보게 되었고, 마치 전염병 환자의 숨결을 피하듯 은근슬쩍 그 고양이를 피하곤 했다.

그 고양이를 미워하게 된 데에는 또 다른 확실한 이유가 있었다. 고양이를 집으로 데려온 다음 날 아침에 보니, 그 고양이도 플루토처럼 눈 한 쪽이 없는 게 아닌가. 그러나 아내는 눈 한 쪽이 없다는 것 때문에 그 고양이를 더 사랑스러워했다. 아내는, 앞서도 말했듯이 그렇게 자애로움(한때는 나의 두드러진 성격 중 하나이자 나의 소박하고 순수한 즐거움의 원천이기도 했다)이 넘치는 사람이었다.

그러나 내가 미워하면 할수록 고양이는 나를 더욱 좋아하는 것 같았다. 고양이는 내가 어디를 가든 졸졸 따라다녔다. 그런 행동에는 쉽게 설명할 수 없는 어떤 집요함이 있었다. 내가 앉을 때마다 녀석은 의자 아래 웅크리고 앉거나 무릎 위로 뛰어올라 지긋지긋하게 몸을 비벼 댔다. 또 일어나 걸으려 하면 두 다리 사이로 기어들어와 나를 넘어뜨릴 뻔하거나, 아니면 길고 날카로운 발톱으로 내 옷에 매달려 가슴까지 기어오르곤 했다. 그럴 때면 단번에 내리쳐 죽이고 싶은 마음이 불끈 솟았지만, 차마 그렇게 하지는 못했다. 예전에 저지른 범죄의 기억 때문에, 그리고 보다 큰 이유로는 (솔직히 고백하겠다) 그 고양이에 대한 **두려움** 때문이었다.

그 두려움은 꼭 물리적 해악에 대한 두려움은 아니었다. 그렇다고 달리 어떻게 규정하기도 난감하다. 고백하기 부끄러운 일이지만(그렇다, 감방에 있는 지금조차도 말하기 부끄러운 기분을 떨칠 수 없다) 그 고양이가 나에게 불어넣은 공포와 전율은 실로 어리석기 짝이 없는 망상이 부채질한 것이었다. 앞에서 내가 말한 바 있는, 내가 죽인 고양이와 새 고양이 사이에 눈에 띄는 유일한 차이점인 흰색 반점에 대해 아내는 여러 번 내 주의를 환기시켰다. 여러분은 이 반점이 크기는 해도, 흐릿했다는 말을 기억하고 있을 것이다. 그런데 서서히, 눈으로 알아채기 힘들 만큼 서서히(나의 이성은 오랫동안 이것을 공상이라며 부정하려고 애썼다) 반점의 윤곽이 뚜렷해져 가는 것이었다. 그 반점은 입에 올리기에도 몸서리쳐지는 사물의 모양이었다. 다른 무엇보다도 나는 바로 그것 때문에 그 고양이가 혐오스럽고 무서웠으며, 할 수만 있다면 그 괴물을 죽여 버리고 싶었다. 이제 말할 수 있다. 그것은 바로 소름이 돋고 등골이 오싹해지는 **교**

수대(아, **공포와 죄악**, **번뇌와 죽음**이 드리워진 무시무시한 형벌 기구!)의 형상이었다!

이제 나는 더 이상 비참해질 수 없을 정도로 참담한 신세가 되었다. 짐승 한 마리가(내가 냉혹하게 죽인 것과 꼭 닮은 짐승 한 마리가) 인간인 나에게(전능하신 하느님의 형상을 따라 만들었다는 인간인 나에게) 이렇게도 견딜 수 없는 두려움을 주다니! 아, 밤이건 낮이건 나는 더 이상 안식의 기쁨을 맛볼 수 없었다! 낮에는 그 고양이가 잠시도 내 곁을 떠나지 않았으며, 밤에는 이루 말할 수 없이 무서운 꿈에 시달려 거의 한 시간마다 잠에서 깼으니까. 깨어 보면, 녀석의 뜨거운 숨결이 내 얼굴에 느껴졌고, 천 근 같은 무게가(내 힘으로는 떨쳐 낼 수 없는 **악몽**의 화신이) 내 **심장**을 억누르고 있었다.

이러한 고통에 짓눌리다 보니 내 속에 미약하게나마 남아 있던 선(善)마저 사라져 버렸다. 사악한 생각들(가장 어둡고 악마적인 생각들)이 나의 유일한 벗이 되었다. 원래 우울했던 내 성격은 그 정도가 점점 심해져 이 세상 모든 것, 모든 사람들을 증오하게 되었다. 나는 시시때때로 터져 나오는 통제 불가능한 분노에 맹목적으로 굴복할 수밖에 없었다. 그러한 발작의 가장 흔한 대상이자 그 발작을 불평 한 마디 없이 잘 견디어 준 사람은 바로 나의 아내였다.

가난했던 우리는 낡은 건물에 살고 있었는데, 하루는 무슨 허드렛일을 할 게 있어서 둘이 함께 건물 지하실에 내려갔다. 고양이도 나를 따라 가파른 층계를 내려왔는데, 그 바람에 나는 하마터면 거꾸로 곤두박질칠 뻔했다. 화가 머리끝까지 치민 나는 거의 미칠 지경이 되어 손도끼를 집어 들고, 그때까지 나를 억누르고 있던 그 유치한 두려움도 까맣게 잊어버린 채, 금방이라도 내려칠 기세로 고양이를 겨누었다. 만일 그때 그냥 내려쳤다면 고양이는 그 자리에서 숨이 끊어져 버렸을 것이다. 그러나 아내가 내 팔을 잡았다. 아내의 만류에 자극을 받은 나는 악마보다도 무서운 분노에 휩싸여 아내의 손을 뿌리치고는 도끼로 아내의 머리를 내리갈겼다. 비명한 번 지르지 못한 채, 아내는 그 자리에 쓰러져 죽었다.

끔찍한 살인은 그렇게 끝이 났고, 나는 곧바로 온 정신을 모아 시체를 감추기 위해 노력했다. 하지만 낮이건 밤이건 이웃 사람들 눈에 띄지 않게 시체를 집 밖으로 내가는 것은 불가능했다. 온갖 방법들이 머리에 떠올랐다. 시체를 잘게 토막 내어 불에 태울까도 생각했다. 또 지하실 바닥을 파서 파묻어 버릴까도 했다. 또 뜰에 있는 우물 속으로 던져 버리는 것도 심각하게 고려했다. 아니면 상품처럼 보이도록 상자에 담아 그럴듯하게 포장한 다음 짐꾼을 시켜 집 밖으로 가지고 나가는 것도 궁리해 보았다. 그러다 결국 훨씬 간편한 방법을 생각해 냈다. 중세 시대의 수도사들이 했던 것처럼, 안에 시체를 넣은 채로 지하실에 벽을 쌓는 방법을 쓰기로 결심했던 것이다.

우리 집 지하실은 그런 일을 하기에는 안성맞춤이었다. 벽은 허술하게 공사한 데다, 최근에 벽 전체를 석회로 대충 회칠을 했는데,

습한 공기 때문에 석회가 아직 굳지 않은 상태였다. 더욱이 벽 한쪽은 장식용 연통과 난로였던 곳을 메워 다른 부분과 똑같이 보이게 한 돌출부가 있었다. 그곳의 벽돌을 들어내고 시체를 집어넣은 다음, 전처럼 다시 벽을 쌓으면 누구도 수상한 점을 발견하지 못할 거라고 확신했다.

내 계산은 빗나가지 않았다. 나는 쇠 지렛대로 손쉽게 벽돌을 떼어 내고 시체를 조심스럽게 안쪽 벽에 기대어 세운 다음, 그리 힘들이지 않고 원래대로 벽을 쌓아올렸다. 미리 준비한 모르타르와 모래, 그리고 머리카락으로 최대한 신경을 써 가며 예전의 것과 조금도 다름없도록 회를 반죽한 뒤 새로 쌓아올린 벽 위에 골고루 발랐다. 일을 끝마치고 보니, 모든 게 마음에 들었다. 벽에 새로 손을 댄 흔적은 전혀 찾아볼 수 없었다. 바닥에 떨어진 쓰레기는 티끌 하나 없도록 낱낱이 주웠다. 나는 의기양양하게 주위를 둘러보며 혼잣말을 했다.

"후, 고생한 보람이 있구만."

이제 내가 할 일은 이 참극의 원인을 제공한 고양이를 찾는 것이었다. 나는 그 고양이를 죽여 버리기로 굳게 결심한 터였다. 만일 그때 내 눈에 띄기만 했다면, 그 고양이의 종말은 불을 보듯 뻔했다. 그러나 나의 격렬한 분노가 낳은 폭력에 겁을 먹었는지 이 교활한 짐승은 내 앞에 얼씬도 하지 않았다. 그 혐오스러운 고양이가 없어져서 내가 얼마나 깊고 행복한 안도감을 느꼈는지는 글로 표현할 수도, 여러분이 상상할 수도 없을 것이다. 고양이는 그날 밤새 나타나지 않았고, 나는 고양이를 집으로 데리고 온 뒤 처음으로 편안하게 잠을 잘 수 있었다. 그렇다, 살인을 했다는 중압감이 마음을 억누르고 있는데도 나는 **잠을 잤다!**

이틀이 지나고 사흘이 지나도 나를 괴롭히던 고양이는 여전히 나타나지 않았다. 나는 다시금 자유로운 인간이 되어 숨을 쉴 수 있었다. 그 괴물은 겁에 질려 이 집을 영원히 떠난 것이다! 이제 두 번 다시 그 고양이를 볼 일이 없을 것이다! 난 더할 나위 없이 행복했다! 내가 저지른 어두운 죄 때문에 고생한 것도 별로 없었다. 두세 차례 심문을 받았지만 거뜬히 대답할 수 있었다. 집도 수색했지만, 아무것도 발견될 리 없었다. 내 앞날의 행복은 확고해 보였다.

아내를 죽이고 나흘째 되던 날, 뜻밖에도 한 무리의 경관이 몰려와 다시 철저하게 가택 수색을 했다. 그러나 그들이 절대로 시체를 감춘 곳을 찾아 낼 수 없다고 확신한 나는 조금도 당황하지 않았다. 경관들은 나에게 수색에 동행할 것을 명령했다. 그들은 구석구석 꼼꼼하게 조사했다. 경관들은 벌써 세 번째인가 네 번째로 지하실에 내려가고 있었다. 나는 얼굴빛 하나 변하지 않았다. 심장은 마치 천진난만하게 잠든 아이처럼 조용히 뛰고 있었다. 나는 지하실 한쪽 끝에서 다른 쪽 끝으로 왔다 갔다 했다. 팔짱을 낀 채 유유히 말이다. 의심이 완전히 풀린 경관들은 이내 집을 떠나려고 했다. 나는 솟구치는 강렬한 기쁨을 억누를 수 없었다. 승리의 기념으로,

그리고 나의 무죄에 대한 그들의 믿음을 더욱 굳히고자 하는 마음에 나는 한 마디 하고 싶어 입이 근질근질했다.

"여러분."

지하실 계단을 올라가는 경관들을 향해 마침내 내가 입을 열었다.

"여러분의 의심이 풀려 기쁩니다. 여러분의 건강을 빌며 경의를 표합니다. 그나저나 여러분, 이 집은 아주 잘 지어진 집입니다(아무 이야기나 마구 지껄여 대고 싶은 강렬한 욕망에 휩싸여 나는 내가 무슨 말을 하고 있는지조차 몰랐다). **참으로** 잘 지어진 집이라고 할 수 있지요. 이 집 벽은…… 아니, 벌써들 가시려고요? 이 집 벽은 참 견고하지요."

이때 나는 몹시 흥분하여 허세를 부린답시고, 손에 쥐고 있던 막대기로 내 사랑하는 아내의 시체가 들어 있는 벽 부분을 세게 두드렸다.

그런데…… 아, 하느님, 악마의 독니에서 나를 구해 주소서! 벽을 두드린 소리의 메아리가 채 사라지기도 전에, 무덤 속에서 대답 소리가 들려왔다! 처음에는 어린아이가 훌쩍거리는 것처럼 억누르는 듯한 울음소리가 간간히 들리는가 싶더니, 곧 이어 끊어짐이 없이 길게 이어지는 비명이 큰 소리로 들려왔다. 그것은 공포심과 승리감이 반씩 섞인, 도저히 사람의 소리라고는 할 수 없는 아주 이상한 울부짖음이었다. 지옥에 떨어진 저주 받은 자들의 목구멍에서 나오는 고통에 찬 소리와 그 저주에 기뻐 날뛰는 악마들의 목구

멍에서 나오는 소리를 합한 소리라고나 할까.

내 기분이 어땠을지는 말할 필요도 없을 것이다. 순간, 정신이 아득해지며 나는 반대쪽 벽으로 쓰러질 듯 비틀거렸다. 계단 위에 있던 경관들도 극도의 공포와 두려움에 휩싸인 채 우두커니 서 있었다. 다음 순간, 경관들이 벽을 허물기 시작했다. 벽은 와르르 무너져 내렸다. 이미 거의 썩고 핏덩어리가 말라붙은 시체가 사람들의 눈앞에 우뚝 서 있었다. 시체 머리 위에는, 시뻘건 입을 쫙 벌리고 불 같은 외눈을 부릅뜬 그 무시무시한 짐승이 앉아 있었다. 나로 하여금 살인을 저지르도록 술책을 부리고, 소리를 내어 나를 교수형 집행인의 손에 넘긴, 바로 그 무시무시한 짐승이. 나는 그 괴물을 무덤 속에 함께 넣고 벽을 발랐던 것이다!

Hop Frog

절름발이 개구리

그 왕처럼 농담을 좋아하는 사람도 아마 없을 것이다. 그는 오로지 농담을 위해 사는 사람 같았다. 농담이 섞인 이야기를 지어내 그럴듯하게 말하는 것이 그 왕의 신임을 얻는 가장 확실한 길이었다. 그 결과, 그 나라의 일곱 대신들은 저마다 농담깨나 한다는 사람들이었다. 대신들은 아무나 흉내 낼 수 없는 익살꾼이라는 점뿐만 아니라, 뚱뚱하고 얼굴에 기름이 잘잘 흐른다는 점에서도 왕을 꼭 빼닮았다.

농담을 하면 살이 찌는 것인지, 아니면 살에 농담을 잘 할 수 있는 성분이 들어 있는 것인지는 모를 일이지만, 아무튼 마른 사람 중에 익살꾼이 드물다는 것만은 확실하다.

왕은 품위 혹은 왕의 표현을 빌리자면, 재치의 '허깨비'에 대해서는 거의 신경을 쓰지 않았다. 그는 익살에 있어서 **풍부함**을 특히 중시했고, 풍부함을 위해서라면 **길이**가 긴 이야기도 잘 참아 내곤 했다. 하지만 지나치게 복잡하면 곧 싫증을 냈다. 말하자면 그는 볼테르의 '자디그'[+]보다는 라블레의 '가르강튀아'[++]를 더 좋아했다. 그리고 말로 하는 농담보다는 실제 행동으로 웃기는 것을 더 좋아했다.

이 이야기의 배경이 되는 시대는 궁정에서 직업적인 익살꾼을 두는 풍속이 남아 있던 때였다. 유럽 대륙의 몇몇 열강들은 여전히 궁정에 광대를 두고 있었다. 알록달록한 옷을 입고 방울 달린 모자를 쓴 광대들은 왕의 식탁에서 떨어지는 빵 부스러기만 보고도 즉석에서 날카로운 기지를 발휘할 준비가 되어 있어야만 했다.

우리의 왕도 물론 광대를 두고 있었다. 사실을 말하자면, 왕한테는 자신과 그 나라의 일곱 대신들의 아둔한 지혜를 상쇄하기 위해 뭐든지 우스꽝스러운 짓들이 **필요했던** 것이다.

우리의 왕의 광대, 즉 직업적인 익살꾼은 그저 평범한 광대가 아니었다. 그는 난쟁이인 데다 절름발이기도 했다. 그래서 왕의 눈에 그 광대의 가치는 여느 광대보다 세 곱절이나 커 보였다. 그 당시 난쟁이는 광대만큼이나 궁정에서 흔히 볼 수 있었다. 같이 웃어 댈 광대와 놀림감이 될 난쟁이가 없었다면, 많은 왕들은 하루하루를 (궁정은 다른 곳보다 하루가 더 길다) 보내기가 무척 힘들었을 것이다. 그러나 이미 말한 대로, 익살꾼의 백에 아흔아홉은 뚱뚱하고 투실투실하며 비대하다. 따라서 왕은 한 몸에 세 가지 보물을 가지고 있

+ 자디그 : 철학 풍의 콩트를 담은 같은 이름의 책 『자디그』의 주인공.
++ 가르강튀아 : 라블레의 『가르강튀아와 팡타그뤼엘 이야기』에 나오는 거인.

는 셈인 '절름발이 개구리'(바로 그 광대의 이름이다)에 대해 적잖이 흡족해했다.

'절름발이 개구리'라는 이름은 세례명이 아니라 그가 보통 사람처럼 걷지 못하는 것을 두고 일곱 대신들이 붙여 준 이름이었다. 사실 절름발이 개구리는 경련을 일으키는 듯한(걷는 것도 아니고 기는 것도 아닌) 걸음걸이로만 움직일 수 있었다. 그런데 그의 그런 몸놀림은 조정 사람들로부터 훌륭한 체격이라고 칭송받고 있던 (불룩 튀어나온 배와 선천적으로 거대한 머리에도 불구하고) 왕에게는 더할 나위 없는 즐거움이자 위안거리가 되었다.

길이나 궁정 복도를 걸을 때면 다리를 이리저리 뒤틀며 고통스럽고 힘겹게 움직일 수밖에 없는 절름발이 개구리였지만, 다리가 불구인 것에 대해 보상이라도 한 듯, 놀랄 만큼 억센 팔을 가졌다. 그 덕분에 그는 나무며 줄 같은 올라탈 수 있는 것이면 무엇에든지 올라가 그 위에서 놀랄 만한 재주를 부릴 수 있었다. 그런 재주를 부릴 때면 그는 개구리보다는 다람쥐나 작은 원숭이 같았다.

절름발이 개구리가 정확히 어느 나라에서 왔는지는 알 수 없다. 하지만 누구도 들어 본 적이 없는 미개한 곳(우리의 왕국에서 아주 멀리 떨어진 곳)에서 온 것만은 확실하다. 매번 승전보를 올리는 장군 하나가 절름발이 개구리와, 균형 잡힌 몸매에 훌륭한 무용수였지만 그에 못지않게 작은 난쟁이 소녀를 가까운 지역에서 각각 붙잡아

왕에게 선물로 보냈다.

　사정이 이렇다 보니 두 난쟁이 포로 사이에 애틋한 감정이 생긴 것은 당연한 일이었다. 그들은 곧 장래를 약속한 사이가 되었다. 절름발이 개구리는 많은 재주를 부렸지만 그다지 인기가 없던 탓에 난쟁이 소녀 트리페타에게 별 도움이 되지 못했다. 그러나 트리페타는 비록 난쟁이였지만 우아함과 빼어난 미모로 모든 사람들의 존경과 사랑을 한 몸에 받았다. 그 덕분에 그녀는 상당한 영향력을 갖게 되었는데, 틈만 나면 그 영향력을 절름발이 개구리를 위해 썼다.

　한 성대한 국가적 행사에서(정확한 이름은 기억나지 않는다) 왕은 가면무도회를 열기로 했다. 이 왕국에서 가면무도회나 연회가 열릴 때면 어김없이 절름발이 개구리와 트리페타가 초대되어 공연을 했다. 특히 절름발이 개구리는 야외극을 연출하거나 가면무도회를 위해 재미있는 인물을 만들고 의상을 준비하는 데 남다른 재주를 가지고 있었기 때문에 그의 도움 없이는 아무것도 할 수 없을 정도였다.

　드디어 축제가 열리는 날 밤이 되었다. 트리페타의 지휘 아래 화려한 홀이 가면무도회의 흥을 돋울 온갖 장치들을 갖춘 채 만반의 준비가 되어 있었다. 왕궁 전체가 축제에 대한 기대와 열기로 들떠 있었다. 이때쯤이면 사람들은 모두 의상과 배역에 대해 마음을 정해 두었다고 봐야 한다. 일주일, 아니 한 달 전부터 미리 어떤 배역을 맡을지 마음을 정한 사람도 많았다. 누구 하나, 무엇 하나 결정되지 않은 것은 없었다. 단, 왕과 일곱 대신만 빼놓고. 왜 그들이 그토록 꾸물거리는지, 그것도 일종의 익살이라고 생각하고 있는 건지, 참 알다가도 모를 일이었다. 어쩌면 몸이 너무 뚱뚱해서 어떤 역할을 할지 결정을 못 했을 가능성도 높다. 어쨌든 시간은 흘러갔고, 그들은 마지막 방법으로 트리페타와 절름발이 개구리를 불러들였다.

두 난쟁이 친구가 왕의 부름을 받고 달려왔을 때, 왕은 일곱 대신들과 함께 술판을 벌이고 있었다. 그런데 왕은 기분이 몹시 언짢아 있었다. 왕은 절름발이 개구리가 술을 좋아하지 않는다는 것을 잘 알았다. 불쌍한 절름발이 개구리는 술만 마시면 흥분해서 거의 미치광이가 되었다. 미친다는 것은 물론 달가운 일이 아니다. 그러나 왕은 장난치는 것을 좋아했고, 그래서 재미 삼아 절름발이 개구리에게 억지로 술을 마시게 해서 그를, 왕의 표현에 따르자면 '쾌활하게' 만들고자 했다.

"이리 오너라, 절름발이 개구리야."

절름발이 개구리와 트리페타가 방으로 들어오자 왕이 반가워하며 말했다.

"만날 수 없는 네 고향 친구들의 건강을 위해 이 술을 한 잔 마셔라(이 대목에서 절름발이 개구리는 한숨을 지었다). 그리고 너의 독창적인 재주를 좀 빌려야겠다. 우리는 가면무도회의 배역을 정하고자 한다, **배역** 말이야. 뭔가 신기하고 새로운 것으로 말이지. 이제 판에 박힌 배역은 싫증이 났거든. 자, 마셔라. 술을 한 잔 마시면 머리가 맑아질 거야.”

절름발이 개구리는 여느 때처럼 왕의 말을 익살로 받아넘기려고 애썼다. 하지만 쉬운 일이 아니었다. 마침 그날이 불쌍한 절름발이 개구리의 생일이었는데, ‘만날 수 없는 친구들’을 위해 술을 한 잔 마시라는 명령을 듣자 흘러나오는 눈물을 억누를 수 없었다. 막무가내인 왕에게서 공손하게 받아 든 술잔 속으로 비통하고 굵은 눈물방울이 하염없이 떨어졌다.

“하! 하! 하!”

마지못해 술잔을 비우는 절름발이 개구리를 보며 왕은 큰 소리로 웃었다.

“술이란 참 좋은 거야. 당장에 효과가 나타나지 않느냐. 자, 네 두 눈이 벌써 반짝반짝 빛나지 않니!”

불쌍한 절름발이 개구리! 그의 커다란 두 눈은 반짝반짝 빛난다기보다는 **빛을 내뿜고** 있었다. 그렇지 않아도 흥분을 억누르기 어려운 절름발이 개구리의 머리에 술은 순식간에 강력한 효과를 발휘했다. 절름발이 개구리는 신경질적으로 술잔을 내려놓은 뒤, 반쯤 풀린 눈으로 주변 사람들을 둘러보았다. 그들은 하나같이 왕의 ‘**장난**’이 성공한 것을 보고 몹시 즐거워하는 듯했다.

아주 뚱뚱한 대신이 말했다.

"자, 이제 일을 시작해 볼까요?"

그러자 왕이 말했다.

"좋아. 와서 우리를 좀 도와 줘, 귀여운 녀석아. 우리는 지금 배역이 필요하단 말이다. 우리 모두, 하! 하! 하!"

왕이 익살을 부린답시고 하는 말이었으므로 일곱 대신도 큰 소리로 따라 웃었다.

절름발이 개구리도 웃었다. 그러나 그 웃음은 힘이 없고 공허해 보였다.

왕이 재촉하며 말했다.

"어서, 어서. 무슨 좋은 생각 없느냐?"

"뭔가 **새로운** 것이 없을까 지금 궁리 중입니다."

절름발이 개구리는 술이 몹시 취한 탓에 좀 건성으로 대답했다.

"궁리 중이라고!"

폭군이 버럭 소리를 질렀다.

"그게 무슨 소리냐? 아, 알겠다. 한 잔 더 하고 싶은 모양이로구나. 옜다, 이거 한 잔 더 마셔라."

왕은 술잔 가득 술을 따라 내밀었다. 절름발이 개구리는 숨을 몰아쉬며 술잔을 가만히 바라보기만 했다.

"마시라고 하였다. 마시지 않는다면 내 그냥……."

난쟁이가 머뭇거렸다. 그러자 왕은 발끈하여 얼굴이 붉으락푸르락해졌다. 대신들이 옆에서 능글맞게 웃고 있었다. 시체처럼 파랗

게 질린 트리페타가 왕 앞으로 걸어 나와 무릎을 꿇고 친구를 대신해 용서를 빌었다.

왕은 트리페타의 당돌함에 놀라 잠시 그녀를 바라보았다. 왕은 말문이 막히고, 어떻게 행동해야 할지 몰랐다(그의 분노를 이보다 더 확실하게 표현해 주는 게 있을까). 결국 왕은 한 마디 말도 없이 트리페타를 세차게 밀치더니, 술잔에 가득 부었던 술을 그녀의 얼굴에 확 끼얹었다.

이 불쌍한 소녀는 안간힘을 쓰며 일어나, 숨 한 번 크게 쉬지 못하고 탁자 끝에 있는 자기 자리로 되돌아갔다.

30초 정도 죽음과 같은 정적이 흘렀다. 나뭇잎 하나, 깃털 하나만 떨어져도 그 소리가 들릴 것 같았다. 정적은 나지막하면서도 거칠고 길게 이어지는, 뭔가를 가는 듯한 소리 때문에 깨졌다. 그 소리는 여기저기에서 동시에 나는 것 같았다.

"무…… 무엇…… 무엇 때문에 그런 소리를 내는 것이냐?"

왕이 절름발이 개구리 쪽을 무섭게 쏘아보며 다그쳤다.

절름발이 개구리는 술이 확 깬 듯, 얌전하게 폭군의 얼굴에 시선을 고정시킨 채 큰 소리로 말했다.

"제가, 제가요? 제가 그럴 리가 있겠습니까?"

그러자 한 대신이 끼어들었다.

"그 소리는 밖에서 난 것 같습니다. 창가에 있는 앵무새가 새장에 주둥이를 비빈 게 아닌가 싶습니다."

"그럼 그렇지."

대신의 말을 듣고 마음이 풀린 듯 왕이 대꾸하고는 이어 말했다.

"기사의 명예를 걸고 말하건대, 나는 저 고얀 녀석이 이를 가는 소리인 줄 알았지 뭐야."

이 말을 듣고 난쟁이는 웃으며(왕은 아무라도 웃기만 하면 사족을 못 썼다) 커다랗고 튼튼하며 아주 밉살스러운 치아를 드러냈다. 그러고는 마시라는 대로 얼마든지 술을 마시겠다고 큰소리쳤다. 왕은 이제 노여움을 풀었다. 절름발이 개구리는 겉으로 보기에 끄떡없이 술을 한 잔 더 마셨고, 곧바로 즐거운 마음으로 무도회 계획에 관해 말을 꺼냈다.

그는 평생 술이라고는 한 모금도 입에 대지 않은 사람처럼 아주 차분하게 이렇게 말했다.

"왜 이런 생각이 떠올랐는지는 모르겠습니다만, 폐하께서 트리페타를 밀치고 얼굴에 술을 끼얹은 **직후**, 그리고 곧이어 창밖에서 앵무새가 이상한 소리를 냈을 때 아주 멋진 놀이가 떠올랐습니다. 저희 고향에서 하는 놀이인데…… 그곳에서는 가면무도회 때 흔히 하지만, 이곳에서는 아주 새로운 놀이일 겁니다. 그런데 불행하게도 이 놀이를 하려면 여덟 명이 필요한데……."

"마침 잘 됐구나!"

왕은 우연의 일치를 놓치지 않고 발견하고는 웃으며 큰 소리로 외쳤다.

"딱 여덟 명이야. 나하고 일곱 대신들. 자, 그 놀이라는 게 어떤 것이냐?"

"제 고향에서는 '쇠사슬에 묶인 오랑우탄 여덟 마리'라고 부릅니다. 잘만 하면 아주 재미있는 놀이입지요."

"그걸로 하자."

눈을 가늘게 뜨고 몸을 들이밀면서 왕이 말했다.

절름발이 개구리가 말을 이었다.

"이 놀이의 재미는 바로 여자들을 깜짝 놀라게 하는 데 있습니다."

"옳거니!"

왕과 일곱 대신들이 입을 모아 소리쳤다.

"제가 폐하와 대신들을 오랑우탄으로 분장해 드리겠습니다. 모두 저한테 맡겨 주십시오. 워낙 감쪽같아서 가면무도회에 온 사람들은 모두 폐하와 대신들을 진짜 짐승으로 착각할 것입니다. 모두들 깜짝 놀라고 겁을 먹을 겁니다."

"그거 정말 멋진데!"

왕이 소리쳤다.

"절름발이 개구리! 너를 버젓한 사람으로 대해 주마."

"쇠사슬은 쩔렁쩔렁하는 소리를 내어 혼란을 더욱 부채질하기 위한 장치입니다. 폐하와 대신들께서는 무리를 지어 우리를 탈출한 오랑우탄처럼 보일 것입니다. 대부분의 사람들이 진짜라고 생각하는, 쇠사슬에 묶인 여덟 마리의 오랑우탄, 그 **효과**를 폐하는 상상도 못 하실 겁니다. 세련되고 근사하게 차려 입은 군중들 사이로 야수가 울부짖으며 돌진해 가는 모습, 그 **대조**야말로 정말 끝내주는 것입죠."

"정말 그렇겠군."

왕이 말하자, 대신들은 서둘러 자리에서 일어나(밤이 깊어 가고 있었다), 절름발이 개구리의 계획을 실행에 옮겼다.

오랑우탄으로 분장하는 방법은 아주 간단했지만 충분히 목적을 달성할 정도는 되었다. 문제의 동물은 이 이야기의 배경이 되는 시대에는 문명화된 세계 어느 곳에서도 정말 보기 힘든 동물이었다. 난쟁이가 한 분장은 지나치다 싶을 정도로 섬뜩하게 보여서 누가 봐도 진짜 오랑우탄이라고 믿을 만했다.

왕과 대신들은 우선 몸에 꽉 끼는 셔츠와 바지를 입었다. 그리고 온몸에 타르를 듬뿍 발랐다. 이 단계에서 누군가가 깃털을 바르면 어떻겠냐고 제안했다. 그러나 난쟁이는 바로 그 제안을 거절했다. 그는 **아마**를 보여주면서 오랑우탄처럼 몸에 털이 난 야수의 분장을 하는 데는 아마가 제격이라고 설명했다. 그래서 몸에 바른 타르 위에 아마를 두툼하게 덧붙이게 되었다. 그 다음 긴 쇠사슬을 감았다. 우선 왕의 허리를 쇠사슬로 **동여맨** 다음, 같은 방법으로 대신들을 차례로 묶었다. 쇠사슬을 다 감은 뒤에는 왕과 대신들을 될 수 있는 한 서로 멀리 떨어지게 해서 커다란 원을 만들었다. 그러고는 모든 것이 자연스럽게 보이도록 나머지 쇠사슬을 원을 가로지르며 직각으로 교차하게 했다. 이것은 오늘날 보르네오 섬에서 침팬지나 큰 원숭이를 잡을 때 사람들이 사용하는 방법과 같은 것이다.

가면무도회가 열릴 커다란 홀은 둥근 방이었으며, 천장이 높았고, 천장에 난 지붕창 하나로만 햇빛이 들어왔다. 밤에는(이 방은 주로 밤에 쓰려고 특별히 설계한 것이다) 커다란 샹들리에가 홀을 비추었다. 샹들리에는 지붕창 한복판에 쇠사슬로 연결되어 있었으며, 평형추로 높낮이를 조절했다. 평형추는 미관을 해치지 않도록 돔 모양의 천장 밖 지붕에 있었다.

홀을 준비하는 일은 트리페타의 지휘 아래 이루어졌지만, 트리페타는 몇 가지 세부 사항에 대해서는 자신의 친구인 난쟁이의 냉정한 판단에 따랐다. 샹들리에를 치우자는 것도 그의 생각이었다. 샹들리에에 있는 초가 녹아 떨어지면(더운 날씨였으므로 어쩔 수 없었다) 손님들의 값비싼 드레스를 망칠 게 뻔했다. 북적거릴 무도회장 안에서 홀의 정중앙, 즉 샹들리에 아래로 **한 사람도** 지나가지 않을 것이라 기대할 수는 없는 일이었다. 대신 여분의 촛대를 (사람들에게 걸리적거리지 않도록 하면서) 방 이곳저곳에 세워 두었다. 그리고 홀에는 지붕을 받치고 있는 형상의 여자 조각상이 50~60개가 있었는데, 그 조각상들의 오른손에 향기를 뿜어내는 횃불을 놓았다.

여덟 마리의 오랑우탄은 절름발이 개구리의 조언에 따라 자정까지(이때 홀은 가면으로 분장한 사람들로 가득 찼다) 끈기 있게 기다렸다가 모습을 드러냈다. 열두 시를 알리는 종소리가 멎자마자 그들은 한꺼번에 뛰쳐나왔다, 아니, 굴러 들어왔다. 들어올 때 감겨 있던 쇠사슬에 걸려서 비틀거리다가, 결국 다같이 넘어졌기 때문이다.

가장무도회 참가자들의 소란은 엄청났고, 왕의 마음은 기쁨으로 가득 찼다. 기대했던 대로 많은 손님들은 이 사나워 보이는 동물들을, 꼭 오랑우탄이라고 여긴 것은 아니더라도 진짜 무슨 짐승이라고 생각했다. 많은 여자들이 놀라 기절했다. 만약 왕이 무도회장에서 모든 무기를 치우라는 조치를 미리 취하지 않았더라면, 왕의 일행은 장난기의 대가로 금세 피를 흘렸을 것이다. 많은 사람들이 문 쪽으로 뛰어갔다. 그러나 왕은 자신이 홀에 들어오면 즉시 문에 자물쇠를 채우라고 이미 명령해 두었으며, 난쟁이의 제안에 따라 열쇠를 난쟁이에게 맡겨 둔 터였다.

소란은 극에 달했으며 사람들은 저마다 자기 한 몸 챙기는 데 급급했다(흥분한 사람들이 서로 밀치고 당기느라 실제로 대단히 위험한 상황이었다). 그때, 평상시에는 샹들리에를 매다는 데 쓰고 샹들리에가 없을 때는 위로 말려 있는 쇠사슬이 조금씩 아래로 내려왔다. 이윽고 갈고리 모양의 쇠사슬 끝이 바닥에서 채 1미터도 안 되는 높이까지 내려왔다.

잠시 뒤, 왕과 일곱 대신은 방 안을 이리저리 헤집고 다니다 방 한가운데, 그러니까 샹들리에에 쇠사슬이 닿는 곳으로 오게 되었다. 그들이 그 자리에 오자 이제까지 군소리 없이 뒤에서 그들을 따라

다니며 소동을 선동했던 난쟁이가, 오랑우탄 사이를 가로질러 연결되어 있는 십자 모양의 쇠사슬 부분을 움켜쥐었다. 그러고는 순식간에 그 쇠사슬을 평소 샹들리에 매다는 데 쓰는 쇠사슬 고리에 연결했다. 그러자 눈에 보이지 않는 누군가의 힘에 의해 샹들리에의 쇠사슬이 손에 닿지 않을 만큼 올라가 버렸다. 그 결과 당연히 오랑우탄들도 얼굴을 맞닿을 듯 한 덩어리가 되어 위로 끌려 올라갔다.

그제서야 혼비백산했던 손님들도 어느 정도 진정이 되었다. 사람들은 이 모든 것이 잘 짜인 각본에 따른 장난으로 생각하기 시작했고, 곤경에 처한 오랑우탄들을 보고 깔깔 웃음을 터뜨렸다.

이때 절름발이 개구리가 소리쳤다.

"저들은 **저한테** 맡겨 주십시오."

그의 날카로운 목소리는 그 난리통에도 또렷이 울려 퍼졌다.

"제게 맡겨 주십시오. 저들이 누구인지 알 것도 같습니다. 제대로 볼 수만 있다면, 금방 누구인지 말해 줄 수 있을 겁니다."

절름발이 개구리는 사람들의 머리를 타고 벽까지 가서 조각상 가운데 하나에서 횃불을 낚아챘다. 그러고는 같은 방법으로 방 한가운데로 돌아와 원숭이처럼 날쌔게 왕의 머리 위로 뛰어올랐다. 그러고는 쇠사슬을 타고 1미터 정도 더 올라갔다. 그런 다음 오랑우탄 무리들이 잘 보이도록 횃불을 아래로 비추면서 이렇게 외쳤다.

"이들이 누구인지 곧 밝혀 드리겠습니다."

이어 사람들이 모두(오랑우탄들을 포함해서) 한바탕 크게 웃는 사이, 절름발이 개구리가 날카롭게 휘파람을 불었다. 그러자 쇠사슬이 빠르게 10미터 정도 올라갔고, 당황하여 몸부림치는 오랑우탄들은 위로 딸려가 지붕창과 바닥 사이 공중에 대롱대롱 매달리게 되었다. 올라가는 쇠사슬에 꼭 붙어 있던 절름발이 개구리는 여전히 오랑우탄 여덟 마리와 전과 같은 거리를 유지하고 있었고, 여전히(마치 아무 일도 없었다는 듯이) 오랑우탄의 정체를 밝히려고 애쓰고 있다는 듯 횃불을 계속 아래로 들이밀고 있었다.

쇠사슬이 올라가는 장면을 보고 사람들이 어찌나 놀랐던지, 방안에는 1분 동안 죽음 같은 침묵이 흘렀다. 이 침묵을 깨뜨린 것은 나지막하고 뭔가를 가는 듯한 거친 소리, 바로 전에 왕이 트리페타의 얼굴에 술을 퍼부은 뒤 들려와서 왕과 신하들의 궁금증을 자아냈던 바로 그 소리였다. 그러나 이번에는 그 소리가 어디에서 나는지 의심할 여지가 없었다. 그것은 짐승의 어금니 같은 난쟁이의 이에서 나는 소리였다. 그는 입에 거품을 물며 이를 갈고 있었다. 그리고 악마와 같이 험악한 표정으로 왕과 일곱 대신의 얼굴을 흘겨보고 있었다.

"아하!"

분노에 불타는 광대가 드디어 입을 열었다.

"아하! 이제야 이 사람들이 누구인지 알 것 같군요."

광대는 왕을 더 자세히 살펴보려는 듯 왕의 몸을 둘러싸고 있는 아마 옷에 횃불을 갖다 댔다. 곧바로 불길이 세차게 타올랐다. 아래에서 지켜보던 사람들이 비명을 질러 댔고, 어떻게 손을 써 볼 겨를도 없이, 30초도 안 돼서 오랑우탄 여덟 마리는 모두 불길에 휩싸였다.

갑자기 불길이 치솟자, 광대는 불길을 피해 쇠사슬을 타고 더 높이 올라갈 수밖에 없었다. 광대의 몸놀림에 군중들의 입은 순식간에 다시 얼어붙었다. 난쟁이는 이 기회를 놓치지 않고 다시 한 번 말했다.

"이 사람들이 어떤 작자들인지 이제 **똑똑히** 알겠습니다. 이들은 위대한 왕과 그의 일곱 대신들입니다. 나약한 여자를 밀쳐 내고도 양심에 가책을 느끼지 않는 왕, 그리고 그 왕을 부채질한 일곱 대신들입지요. 저로 말하자면, 그저 절름발이 개구리입니다. 광대입죠. 그리고 **이것이 저의 마지막 광대극입니다.**"

타르와 그 위에 달라붙어 있는 아마는 불에 아주 잘 탔기 때문에 난쟁이가 짧은 연설을 마치기도 전에 복수극은 끝이 났다. 새까맣게 그을린 채 떼어 낼 수도 없게 끔찍한 모습으로 한 덩어리가 되어 버린 여덟 구의 시체가 역한 냄새를 풍기며 쇠사슬에 매달려 있다. 절름발이 개구리는 그들을 향해 횃불을 던지고는 천장으로 기어 올라가서 창을 통해 유유히 사라졌다.

무도회장 지붕 위에서 이 불타는 복수극을 도운 공범자는 다름 아닌 트리페타였으리라. 그리고 그들은 무사히 자신들의 고국으로 되돌아간 것 같다. 그 뒤로 그들을 본 사람은 아무도 없었으니까.

The Gold-Bug

황금풍뎅이

저런! 저런! 이 사람이 미친 듯 춤추네!

타란툴라 독거미에게 물렸구나.

—「모두 엉망진창」에서

　여러 해 전, 나는 윌리엄 레그랜드라는 사람과 친분을 맺었다. 그는 유서 깊은 위그노 교도 집안의 사람으로, 한때는 부자였다. 하지만 잇따른 불운으로 빈궁한 처지가 되었다. 이러한 불행에 따르게 마련인 치욕을 피하기 위해 그는 선조 대대로 살아 온 뉴올리언스를 떠나 사우스캐롤라이나 주의 찰스턴 근처에 있는 설리번 섬에 정착했다.

　이 섬은 매우 특이한 곳이다. 바다 모래가 모여 만들어진 섬으로, 고작 4.5킬로미터 길이에 폭도 400미터를 넘는 곳이 없다. 늪지 새들이 몰려드는 갈대밭과 진흙으로 뒤덮인 황무지 사이로, 눈에 잘 띄지 않는 샛강이 육지와 섬의 경계를 이루며 흐르고 있다. 어렵지 않게 짐작할 수 있듯이, 풀과 나무가 그다지 많지 않으며, 그나마 있는 것들도 제대로 자라지 않은 것들이다. 큰 나무라고는 눈을 씻고 찾아봐도 볼 수가 없다. 섬의 서쪽 끝 언저리에는 잎이 빳빳한 키 작은 종려나무들이 있다. 그곳에는 여름이면 찰스턴의 먼지와 더위를 피해 오는 사람들이 머무는 초라한 판잣집이 있다. 이 서쪽 끝과 하얀색을 띠는 해안선을 뺀 섬의 나머지 지역은 영국 원예가들이 그토록 귀하게 여기는 향기로운 도금양 덤불이 빽빽하게 뒤덮고 있다. 이 관목은 짙은 향내를 풍기며 보통 5, 6미터 높이까지 자라기도 해서 사람들이 헤치고 다니기가 어려운 관목 숲을 이루고 있다.

이 숲에서 가장 후미진 곳, 그러니까 섬에서 좀 더 외진 동쪽 끝에서 그리 멀지 않은 곳에 레그랜드는 손수 조그마한 오두막집을 지었다. 내가 우연히 그를 처음 알게 된 때에도, 그는 바로 그 오두막에 살고 있었다. 이 은둔자에게는 흥미와 존경을 불러일으킬 만한 점이 많아 우리는 곧 친한 친구가 되었다.

그는 머리가 비상한 데다 교육도 아주 잘 받았지만, 염세주의에 빠져 열정과 우울 사이를 오가는 괴팍한 성미를 지니고 있었다. 그에게는 책이 아주 많았지만, 책을 손에 잡는 일은 거의 없었다. 그의 중요한 소일거리는 사냥과 낚시, 아니면 바닷가와 도금양 덤불 사이를 어슬렁거리며 조개를 줍거나 곤충을 채집하는 것이었다. 그가 소장하고 있는 곤충 표본은 슈밤메르담[+]도 부러워할 만한 것이었다. 외출할 때면 대개 주피터라고 부르는 늙은 흑인이 동행했다. 주피터는 레그랜드 집안이 망하기 전에 노예 신분에서 해방되었지만, 어떤 위협이나 감언이설에도 불구하고 스스로 자신의 권리라고 생각한 '젊은 윌 주인님의 발끝을 쫓아다니는 하인 역할'을 포기하지 않았다. 어쩌면 레그랜드의 정신이 다소 불안정하다고 생각한 친지들이 방랑벽이 있는 그를 감독하고 보호해 주길 기대하면서 주피터의 머릿속에 이런 고집스러운 생각을 주입시켰는지도 모를 일이다.

설리번 섬 정도의 위도에서는 겨울이라도 혹독하게 춥지 않고, 가을이라도 불을 피워야 할 날은 드물다. 그런데 18××년 10월 중순, 몹시 추운 날이 있었다. 그날 해가 지기 직전 나는 나무들을 헤치며 내 친구의 오두막집으로 갔다. 그때 나는 섬에서 15킬로미터 정도 떨어진 찰스턴에 살고 있었는데, 오가는 교통 수단이 지금보다 훨씬 열악할 때라 몇 주 동안이나 그를 만나지 못했던 터였다. 그 집에 도착하자마자 늘 하던 대로 문을 두드렸지만 대답이 없었다. 열쇠를 감춰 놓는 장소를 알고 있던 나는 열쇠를 찾아 문을 열고 안으로 들어갔다. 난로에는 불이 활활 타오르고 있었다. 이런 적은 한 번도 없었지만, 나로서는 무척 반가운 일이었다. 나는 외투를 벗고 딱딱 소리를 내며 타고 있는 장작 바로 옆 안락의자에 앉아

✛ **슈밤메르담** : 네덜란드의 유명한 곤충학자.

느긋한 마음으로 집주인들이 오기를 기다렸다.

얼마 안 있어 날이 어두워지자 그들은 돌아왔고, 나를 보고는 무척 반가워했다. 주피터는 함박웃음을 지으며 늪에서 잡은 새로 저녁식사를 해야겠다며 부산을 떨었다. 레그랜드는 예의 그 열정적 발작(달리 무엇이라 불러야 할지 모르겠다)을 일으켰다. 그는 새로운 속(屬)을 형성할, 아직 알려지지 않은 쌍각조개⁺를 발견했다고 했다. 또한 주피터의 도움을 얻어 완전히 새로운 종류로 추정되는 풍뎅이 한 마리를 잡았는데, 그것에 대해 내일 나의 의견을 듣고 싶다고 했다.

"오늘 밤은 왜 안 되지?"

나는 불길 위로 손을 비비며 '풍뎅이란 풍뎅이들은 모조리 지옥에나 가 버렸으면……' 하고 바라면서 물었다.

"아, 자네가 여기 올 줄 알았다면 좋았을 텐데! 자네를 본 지 꽤 오래 되었잖아. 많은 날 중에 오늘 딱 찾아올 줄 내가 무슨 수로 알았겠나? 집으로 오는 길에 요새의 G중위를 만나 어리석게도 그 곤충을 빌려 주어 버렸네. 그러니 내일 아침까지는 그 곤충을 볼 수 없어. 오늘밤은 여기서 묵게. 해가 뜨면, 주피터를 내려 보내 가져오게 할 테니. 그건 정말이지 이 세상에서 제일 아름다운 거야."

"뭐가? 해 뜨는 거?"

⁺ **쌍각조개** : 껍데기가 두 개인 조개.

58

"말도 안 되는 소리! 아니, 그 곤충 말이야. 반짝이는 황금빛에…… 크기는 큰 호두만하고……, 등 한쪽 끝에 칠흑 같은 검은 점이 두 개 있고, 맞은편에는 약간 더 긴 점이 하나 있지. 더듬이는……."

"양철[+] 같은 것은 없습죠, 윌 주인님. 제가 몇 번을 말해야 알아들으시겠습니까요. 그 곤충은 황금풍뎅이입니다요. 속이나 겉이나 어디 한 군데 빼놓지 않고 죄다 황금입죠. 날개만 빼놓고요. 제 평생 그거 반만큼이라도 무거운 벌레를 본 적이 없습니다요."

주피터의 말에 레그랜드는 좀 지나치다 싶을 정도로 정색을 하면서 대꾸했다.

"음, 자네 말이 맞다 쳐도, 그게 자네가 새 구이를 태울 만한 이유가 되는 건 아니겠지?"

그러고는 나를 보며 말을 이었다.

"색깔을 보면, 주피터가 저런 생각을 가지는 것도 당연할 정도야. 그 풍뎅이의 빛깔이 어쩌나 눈부신지, 그보다 더 빛나는 것을 자네도 본 적이 없을 거네. 하지만 내일이면 자네가 직접 판단을 내릴 수 있겠지. 대충 어떻게 생겼는지 내가 보여 주지."

그렇게 말하면서 레그랜드는 탁자로 가서 앉았다. 그런데 책상 위에 펜과 잉크만 보이고 종이가 없었다. 서랍 안을 살펴보았지만,

---

+ 더듬이를 뜻하는 영어의 'antennae(더듬이)'를 주피터가 'and tin(주석, 양철)'으로 잘못 알아들어 하는 말이다.

거기에도 종이는 없었다.

"아, 됐네. 이걸로 하면 되겠네."

그는 조끼 주머니에서 종잇조각을 꺼냈다. 아주 지저분한 큰 판지에서 떨어져 나온 것 같은 그 종잇조각 위에다 레그랜드는 펜으로 대충 그림을 그렸다. 그가 그림을 그리고 있는 동안 여전히 추위가 가시지 않은 나는 계속 난로 옆 자리를 지키고 있었다. 그림을 다 그리고 나자 그는 앉은 채로 그림을 나에게 건넸다. 내가 그림을 받는 순간, 으르렁거리는 소리가 크게 들리더니 이어 문을 긁는 소리가 들렸다. 주피터가 문을 열자 레그랜드가 기르는 커다란 뉴펀들랜드 종 개가 뛰어 들어와 내 어깨에 올라타고는 나를 핥아 댔다. 이 집에 들를 때마다 내가 잘 대해 주었기 때문이다. 개가 한바탕 난리를 피우고 나서야 나는 종이를 보았다. 솔직히 말해, 내 친구가 그린 그림에 적잖이 놀랐다.

그림을 몇 분 동안 들여다본 뒤에 내가 말했다.

"음, 이건 정말 이상한 풍뎅이인걸. 처음 보는 거야. 이런 건 한 번도 본 적이 없어. 해골이 아니라면 말이야. 맞아, 영락없이 해골을 빼닮은 것 같은데!"

"해골이라고? 음…… 그래…… 그림만 봐서는 그렇게 생각할 수도 있겠네. 정말 그렇군. 위에 있는 두 개의 검은 점은 눈처럼 보이고 말이야. 또 아래에 있는 긴 점은 입처럼 보이고, 게다가 전체 모양은 타원형이니……"

"그러게 말이야. 하지만 레그랜드 자네가 화가는 아니니까 뭐. 그 풍뎅이의 생김새를 제대로 알려면 직접 볼 때까지 기다리는 수밖에 없겠네."

내가 이렇게 말하자, 그는 좀 화가 난 듯 대꾸했다.

"글쎄, 나도 그림은 웬만큼 그리는데……. 최소한 꼭 그릴 필요가 있을 땐 말이야. 좋은 선생님들 밑에서 배우기도 했고, 그렇게 형편없는 건 아니라고 자부하는걸."

"이런, 그럼 지금 장난을 치고 있는 거로군. 이건 꽤 그럴듯한 해골…… 아니, 사실 생리학적으로 해골이라고 하는 것에 대한 통설을 따르자면, 이건 아주 멋들어진 해골이라고 말할 수 있네. 만약 자네의 풍뎅이가 이 그림과 닮았다면, 그건 정말 이 세상에서 가장 괴상망측한 풍뎅이임에 틀림없어. 이야, 말해 놓고 보니, 아주 오싹한 미신을 하나 만들어 내도 되겠는걸. 이 곤충을 해골풍뎅이나 뭐 그런 비슷한 이름으로 부르는 건 어떤가? 자연사에는 그런 식으로 이름을 붙인 것들이 아주 많으니까. 그런데 자네가 말한 더듬이는 대체 어디 있지?"

"더듬이!"

레그랜드는 더듬이 얘기가 나오자 이상하게도 흥분한 듯 보였다.

"더듬이 안 보여? 내가 본 대로 분명히 더듬이를 그려 넣었으니 안 보일 리가 없는데."

"글쎄, 자네는 그렸는지 모르겠지만, 내 눈에는 아직도 안 보이는걸."

그의 성미를 건드리기 싫어 나는 더 이상 아무 말도 하지 않고 종이를 그에게 건넸다. 그러나 내심 눈앞에 펼쳐지는 일들에 상당히 놀라고 있었다. 레그랜드가 왜 그렇게 불쾌해하는지 그저 어리둥절할 뿐이었다. 그림은 정말이지 전체적으로 해골과 매우 흡사했으며, 분명히 더듬이는 없었다.

매우 짜증스럽게 종이를 받아 든 레그랜드는 종이를 불 속으로 던질 생각인지 종이를 막 구기려 하다가, 무심코 그림을 힐끔 들여다보는가 싶더니 그림에서 눈을 떼지 않았다. 순식간에 그의 얼굴이 벌겋게 달아오르더니, 다음 순간 극도로 창백해졌다. 몇 분 동안 그는 그림을 뚫어져라 들여다보았다.

이윽고 그가 자리에서 일어나 촛불을 집어 들고 가장 후미진 구석으로 가더니, 그곳에 있는 선원용 사물함 상자 위에 앉았다. 그러고는 아무 말도 없이 종이를 앞뒤로 돌려 가며 부지런히 살펴보았다. 나는 그의 행동에 몹시 어리둥절했다. 하지만 괜한 말로 그렇지 않아도 뚱해 있는 그의 기분을 건드느니 차라리 가만있는 편이 현명하겠다고 생각했다.

잠시 뒤, 그는 조끼 주머니에서 지갑을 꺼내 그 종이를 조심스럽게 넣은 다음, 책상 서랍에 집어넣고는 자물쇠로 잠갔다. 이제 그의 행동이 좀 차분해진 듯했다. 하지만 처음에 보였던 열정도 덩달아 온데간데없었다. 그는 화가 났다기보다는 뭔가에 정신이 팔려 있는 것 같았다. 밤이 깊어 가면서 점점 더 골똘히 생각에 잠겼고, 내가 농담을 걸어도 대꾸하지 않았다. 나는 예전에도 자주 그랬듯이 오두막에서 밤을 보낼 작정이었지만, 내 친구가 이런 기분에 빠져 있는 것을 보고는 떠나는 편이 낫겠다고 생각했다. 그는 가지 말라고 나를 붙잡지는 않았지만, 내가 집을 나설 때 평소보다 훨씬 더 따뜻하게 악수를 했다.

그런 일이 있고 나서 한 달쯤 뒤(그 사이 나는 레그랜드를 보지 못했다), 찰스턴에 있는 나에게 레그랜드의 하인 주피터가 찾아왔다. 이 선량하고 늙은 흑인이 지금껏 한 번도 본 적 없는 풀 죽은 모습이어서, 나는 내 친구에게 뭔가 심각한 불행이 닥친 건 아닌지 걱정이 되었다.

"아니, 주피터, 무슨 일인가? 자네 주인은 잘 있고?"

"사실대로 말씀드리면, 주인님은 별로 잘 계시지 못합니다요."

"잘 계시지 못한다! 그거 참 큰일이구만. 뭐가 문제인가?"

"바로 그겁니다! 제 말이 바로 그겁니다요. 주인님은 뭐가 문제인지 당최 말씀이 없으십니다요. 어쨌든 몹시 아프십니다."

"몹시 아프다고! 왜 바로 그렇게 말하지 않았나? 그럼 지금 침대에 몸져누워 있는가?"

"아니요, 아닙니다요. 오히려 어디에도 누우려 들지 않아서 문제입죠. 가엾은 윌 주인님 때문에 제 마음이 천근만근입니다."

"주피터, 도대체 무슨 말을 하고 있는지 모르겠네. 자네 방금 주인이 아프다고 했지. 그런데 주인이 자기가 어디가 아프다고 말하지 않는단 말인가?"

"그렇게 화를 내서도 소용없습니다요. 뭘 주인님이 아무 말을 하지 않는 것 정도는 문제도 아닙죠. 문제는 주인님이 왜 그렇게, 그러니까 유령처럼 창백한 모습으로 고개를 숙이고 어깨를 추켜올린 채 여기저기를 싸돌아다니느냐 하는 겁니다요. 그리고 늘 무슨 암호를 들고 다니면서……."

"뭘 가지고 다닌다고, 주피터?"

"석판 위에 숫자로 적혀 있는 암호입죠. 그렇게 이상한 숫자들은 생전 본 적이 없습니다요. 주인님은 갈수록 이상해지고 있습니다요. 늘 눈에 힘을 잔뜩 주고 주인님을 감시해야 한다니까요. 며칠 전에는 해도 뜨기 전에 빠져나가서는 하루 종일 돌아오지를 않는 겁니다. 돌아오기만 하면 단단히 혼을 내주려고 큰 막대기를 준비해 놓았는데……. 바보같이 그런 마음이 싹 가시지 뭡니까요. 주인님이 너무 불쌍해 보였거든요."

"뭐? 뭐라고? 아, 알았네! 어쨌든 간에 그 불쌍한 친구에게 자네가 너무 심하게 하지 않는 편이 나을 것 같으이. 주피터, 주인을 때리지는 말게. 그 친구는 견뎌 내지 못할 거야. 그런데 무엇 때문에 이런 병이, 아니 이런 행동의 변화가 일어났는지 혹시 짚이는 게 없나? 내가 저번에 본 이후로 무슨 안 좋은 일이라도 있었나?"

"아니요, 그 뒤로는 아무 일도 없었습죠. 제 생각에는 그 전에 무슨 안 좋은 일이 있었던 것 같아요. 선생님이 우리 집에 찾아오셨던 그날 말입니다요."

"뭐라고? 그게 무슨 말인가?"

"저, 그 곤충 말입니다요."

"뭐라고?"

"주인님이 그 황금풍뎅이한테 머리 어딘가를 물린 게 틀림없습니다요."

"무슨 근거로 그런 추측을 하는 건가, 주피터?"

"발톱만 봐도 그렇습니다. 주둥이도 마찬가지구요. 그렇게 희한한 벌레는 본 적이 없다니까요. 그 놈은 가까이 오는 것은 뭐든지 물어뜯고 발길질을 해 댑니다. 그래서 처음에 윌 주인님이 그 놈을 잡았다가 곧바로 다시 놓아 줄 수밖에 없었습니다. 그때 물린 것이 분명합니다. 나는 그 놈의 주둥이 생긴 꼴이 하도 마음에 안 들어 근처에 있던 종이로 그 놈을 잡았습지요. 손도 대기 싫어서 종이로 그 놈을 덮고는 주둥이에다 종잇조각을 처넣었습니다요. 그렇게 된 것입죠."

"그렇다면 자네는 자네 주인이 아픈 게 그 벌레한테 물려서라고 생각하는 건가?"

"그렇게 생각하는 것이 아니라 그게 맞습니다요. 그 황금풍뎅이에게 물리지 않았다면 왜 황금 꿈만 계속 꾸시겠니까? 황금풍뎅이에 대해서라면 그 전에도 들은 적이 있었는데 말입죠."

"그런데 레그랜드가 황금 꿈을 꾼다는 것은 어떻게 아는가?"

"어떻게 아느냐고요? 잠꼬대를 그렇게 해 대는데 어찌 모르겠습니까? 그래서 아는 겁니다요."

"음, 자네 말이 맞는 것 같군. 그런데 어쩐 일로 이렇게 황송하게도 나를 찾아올 생각을 했는가?"

"왜 이러십니까요."

"레그랜드의 전갈이라도 가져왔는가?"

"아니요, 편지를 가져왔습니다요."

그러면서 주피터는 다음과 같은 내용이 담긴 쪽지 한 장을 건넸다.

친애하는 ×××에게

왜 이리 오랫동안 찾아오지 않는가? 설마 내가 좀 매정하게 대했다고 화가 난 것은 아니겠지? 아니, 그럴 리야 없겠지. 자네와 헤어진 이후 큰 근심거리가 생겼네. 자네에게 말할 것이 있는데, 어떻게 얘기해야 할지, 또 얘기를 해도 되는 것인지 모르겠네.

지난 며칠 동안 나는 그리 좋은 상태가 아니었네. 가엾은 늙은이 주피터가 어찌나 신경을 쓰는지 나를 보통 성가시게 하는 게 아니야. 더 이상 참아 내기 힘들 정도라네. 내가 이 말을 하면 자네는 믿겠나? 요전에는 내가 집을 살짝 빠져나와 하루 종일 육지의 산속에서 보냈다고 해서 나를 혼내 준답시고 커다란 나무 몽둥이를 준비해 놓았지 뭔가. 내가 아파 보이지만 않았다면 틀림없이 흠씬 얻어맞았을 걸세.

지난번에 만난 이후로는 수집품을 하나도 늘리지 못했네.

가능하면, 어떻게든 주피터와 함께 와 주게. 부디 와 주게나. 중요한 일로 오늘 밤 자네를 만나고 싶네. 분명히 말하는데, 이건 매우 중요한 일이네.

자네의 영원한 벗, 윌리엄 레그랜드

이 쪽지의 어조에는 내 마음을 몹시 불안하게 하는 무언가가 있었다. 전체적인 문체도 평소와는 확연히 달랐다. 그는 도대체 무슨 꿈을 꾸고 있는 것일까? 곧잘 흥분하는 그의 머릿속이 또 무슨 새로운 변덕에 사로잡혀 있는 것일까? 무슨 '매우 중요한 일'을 해야 한다는 것일까? 그의 상태를 설명하는 주피터의 말로 보아서도 감이 좋지 않았다. 계속되는 불운에서 오는 중압감으로 마침내 내 친구가 이성을 잃은 게 아닐까 걱정이 되었다. 그래서 나는 잠시도 머뭇거리지 않고 흑인 하인과 같이 갈 채비를 했다.

부두에 도착하자마자, 나는 우리가 타고 갈 배의 바닥에서 새것으로 보이는 낫 한 자루와 삽 세 자루를 보았다.

"이게 다 뭔가, 주피터?"

"주인님의 낫과 삽입죠."

"물론 그렇겠지. 그런데 왜 여기에 있는 거냐고?"

"주인님이 한사코 시내에 가서 낫하고 삽을 사 오라고 했습니다요. 돈도 엄청 많이 주고 산 것입죠."

"그런데 자네 주인은 이 낫과 삽으로 대체 무슨 일을, 또 무슨 요상한 일을 하려는 건가?"

"제가 그걸 어찌 알겠습니까요. 주인님 자신도 아마 모르실 겁니다. 제 말이 틀리면 손에 장을 지지겠습니다요. 어쨌든 이 모든 게 다 그 벌레 때문입죠."

정신이 온통 '그 벌레'에 팔려 있는 주피터에게서는 더 이상 만족할 만한 답을 얻어 낼 수 없다고 판단한 나는 보트를 타고 출발했다. 우리는 강한 순풍을 타고 곧 몰트리 요새 북쪽에 있는 작은 포구에 들어섰고, 오두막집은 거기에서 약 3킬로미터 정도 되는 거리에 있었다. 우리가 오두막집에 도착한 것은 오후 3시쯤이었다. 레그랜드는 눈이 빠지게 우리를 기다리고 있었다. 그가 정신 나간 사람처럼 반가워하며 내 손을 잡는 바람에 나는 화들짝 놀랐으며, 마음속에 품고 있던 의심은 더욱 깊어졌다. 그의 얼굴빛은 창백하다 못해 시체 같았고, 움푹 파인 눈에는 이상한 광채가 번뜩이고 있었다. 건강에 대해 몇 가지 물은 뒤, 무슨 말을 해야 좋을지 몰라 나는 G중위한테 그 풍뎅이를 받아 왔느냐고 물었다.

그는 흥분하며 대답했다.

"아, 그럼. 그 다음 날 아침에 바로 받았지. 이제 무슨 일이 있어도 그 풍뎅이를 내돌리지 않을 거네. 주피터가 그 풍뎅이에 대해 했던 말이 딱 맞았어."

"어떤 점에서?"

나는 마음속으로 애처로운 예감을 느끼며 물었다.

"그 곤충이 진짜 황금으로 된 곤충이라고 한 거 말이야."

레그랜드가 이 말을 어찌나 심각하게 하는지, 나는 말로 표현할 수 없을 정도로 큰 충격을 받았다.

그는 득의양양한 미소를 띠며 말을 이었다.

"이 벌레 덕택에 나는 돈을 벌 거야. 우리 가문의 재산을 되찾을 거라고. 그러니 내가 이 녀석을 소중히 여기는 것도 당연하지 않은가? 행운의 여신이 그 풍뎅이를 나한테 선사하는 게 좋겠다고 생각한 것 같으니, 나는 그저 그것을 제대로 사용하기만 하면 되는 거지. 그럼 난 황금을 얻게 될 거야. 풍뎅이는 바로 황금이 있는 곳을 알려 주는 지표라네. 주피터, 그 풍뎅이를 가져오게!"

"그 곤충을요, 주인님? 저는 그 놈과 씨름하기 싫습니다요. 주인님이 직접 가지고 오십시오."

그러자 레그랜드는 엄숙하고 근엄한 태도로 자리에서 일어나 유리 상자에 들어 있던 곤충을 내게 가져왔다. 그 곤충은 아름다웠으며, 그 당시에는 생물학자들에게 알려지지 않은 것이라 학문적 관점에서도 큰 가치를 지닌 것이었다. 등 한쪽 끝에 둥글고 검은색 점이 두 개 있었고, 맞은편에 긴 점이 하나 있었다. 껍질은 매우 딱딱하고 빛이 나서 황금처럼 보였다. 무게도 놀랄 만큼 묵직했다. 이런저런 것들을 다 고려해 보면, 그 곤충에 대한 주피터의 생각을 터무니없다고 탓할 수만도 없는 노릇이었다. 하지만 도대체 왜 레그랜드가 주피터의 생각에 장단을 맞추고 있는지, 그것은 참으로 알다가도 모를 일이었다.

내가 곤충을 다 살펴봤다 싶자, 레그랜드가 자못 심각한 어투로 말했다.

"내 자네를 부른 건, 운명과 그 곤충에 관한 나의 생각을 발전시키는 데 자네의 조언과 도움을 좀 얻기 위해서……."

"이보게, 레그랜드."

나는 소리쳐 그의 말을 가로막았다.

"자네 아픈 게 틀림없구만. 가만있을 일이 아니야. 침대에 가서 눕게나. 자네가 나을 때까지 며칠 동안 나도 함께 있어 주겠네. 열도 좀 있을 테고……."

"만져 보게."

이마를 짚어 보니, 열이 있는 기미는 전혀 없었다.

"아파도 열이 안 날 수 있지. 자, 이번만은 내 처방을 따르게나. 일단 침대에 눕게. 그 다음에는……."

"자네 생각이 틀렸어."

그가 내 말을 끊고는 말했다.

"난 그냥 조금 흥분했을 뿐이야. 지극히 정상이지. 내가 괜찮아지길 바란다면, 이 흥분이나 좀 가라앉혀 주게나."

"어떻게 해 주면 되겠나?"

"아주 쉽네. 주피터와 나는 육지에 있는 산으로 탐험을 가려고 하는데, 이 탐험에는 우리가 신뢰할 수 있는 사람의 도움이 필요해. 자네는 우리가 믿을 수 있는 유일한 사람이야. 성공하든 실패하든 간에 자네가 지금 보고 있는 것과 같은 나의 흥분 상태는 가라앉게 될 걸세."

"자네 말이라면 뭐든지 들어주고 싶지만, 이 해괴망측한 벌레가 그 탐험과 어떤 관련이라도 있다는 말인가?"

"그렇다네."

"그렇다면 레그랜드, 그런 말도 안 되는 탐험의 일원이 될 수는 없네."

"유감이군, 정말 유감이야. 그럼 우리끼리 하는 수밖에……."

"자네들끼리 한다고? 이 사람 정말 정신 나갔군! 가만있게! 얼마 동안이나 집을 비울 작정인가?"

"아마 오늘 밤이 새도록이겠지. 지금 당장 출발해서 무슨 일이 있어도 동틀 때까지는 돌아올 거야."

"그럼 자네의 명예를 걸고 약속하겠는가? 이 정신 나간 짓이 끝나고 벌레 일이 만족스럽게 정리되면, 집에 돌아와 내 충고를 의사의 충고처럼 군소리 없이 따르겠다고."

"좋아, 약속하지. 그럼 이제 출발하세. 꾸물거릴 시간이 없어."

무거운 마음으로 나는 내 친구와 함께 길을 나섰다. 우리(레그랜드, 주피터, 개, 그리고 나)는 대략 4시쯤 출발했다. 주피터는 낫과 삽을 들고 갔는데, 한사코 자기가 모두 들고 가겠다고 우겨 댔다. 내가 보기에는 지나치게 부지런하거나 주인을 끔찍이 섬겨서라기보다는 이런 연장들을 주인 손이 닿는 곳에 두는 것이 꺼림칙해서인 것 같았다. 그의 행동은 몹시 결연해 보였고, 가는 내내 '그 망할 놈의 벌레'라는 말만 내뱉었다. 나는 별로 밝지 않은 등불 두 개를 맡았다. 레그랜드는 그 풍뎅이만 들고 갔는데, 풍뎅이를 긴 노끈 끝에 매달고서는 마치 마술사처럼 이리저리 돌리면서 걸었다. 내 친구의 정신이 정상이 아니라는 것을 보여 주는 이 결정적이고 명백한 증거를 내 눈으로 보고 있자니, 눈물을 참을 수 없을 지경이었다. 그러나 지금 당장은, 또는 성공할 가망이 있는 보다 적극적인 대책을 취할 수 있을 때까지는, 그의 공상에 장단을 맞추어 주는 것이 상책이라고 생각했다. 그 사이 나는 어떻게든 이 탐험의 목적에 관하여 그의 말을 들어 보려고 애썼으나 헛수고였다. 나를 이 탐험에 끌어들이는 데 성공하고 나자, 그는 사소한 문제에 대해서는 더 이상 이야기를 하고 싶지 않다는 듯 내가 질문할 때마다 "다 알게 될 거네"라는 말만 되풀이했다.

우리는 작은 보트를 타고 섬의 초입에 있는 샛강을 건너 육지의 해변에 있는 언덕 지대에 오른 뒤, 사람의 발자취를 찾아볼 수 없는 지극히 황량하고 적막한 지대를 지나 북서쪽 방향으로 나아갔다. 레그랜드는 전에 왔을 때 자기 나름의 방식으로 만들어 놓은 이정표를 살피려고 여기저기에서 잠깐잠깐 멈추었을 뿐, 거침없이 길을 안내했다.

　이런 식으로 우리는 두 시간 가량 행군을 했고, 해가 막 질 무렵 이제까지 본 것보다 훨씬 더 황량한 지역에 들어섰다. 그곳은 산 정상 가까이에 있는 일종의 고원 지대였다. 그 지대는 밑에서부터 꼭대기까지 나무가 빽빽했고, 거대한 바위들이 흙 위에 살짝 얹혀 있어서 받치고 있는 나무들만 아니라면 당장이라도 굴러 떨어질 듯 보이는, 올라가는 게 거의 불가능해 보이는 그런 곳이었다. 여러 방향으로 뻗어 있는 깊은 골짜기들은 주변 경치에 장엄한 분위기를 더해 주었다.

　우리가 오른 자연적으로 만들어진 고원은 가시덤불이 빽빽이 뒤덮고 있어서 낫을 쓰지 않고는 앞으로 나아갈 수 없다는 것을 한눈에 알 수 있었다. 주피터는 주인의 지시를 받으면서 우리가 나아갈 길을 뚫었다. 우리는 그렇게 해서 아주 거대한 튤립나무 발치까지 갔다. 그 튤립나무는 열 그루 남짓 되는 참나무들과 함께 그 고원에 우뚝 서 있었는데, 아름다운 나뭇잎과 모양, 넓게 퍼진 가지들, 장엄한 느낌을 자아내는 자태 등으로 주변의 참나무뿐만 아니라 이제껏 본 모든 나무들을 압도했다. 이 튤립나무에 다다르자 레그랜드는 주피터를 돌아보더니 그 나무에 올라갈 수 있겠느냐고 물었다. 늙은 주피터는 약간 머뭇거리면서 한동안 아무 대답도 하지 않았다. 그러더니 거대한 나무 기둥에 다가가 천천히 그 주위를 돌면서 꼼꼼하게 살펴보았다. 그렇게 세심하게 뜯어보고는 이렇게 말했다.

"예, 주인님, 주피터가 못 올라갈 나무란 없습지요."

"그럼 가능한 한 빨리 올라가게. 곧 어두워질 텐데, 그러면 우리가 찾는 게 안 보일 거야."

"얼마나 높이 올라가야 됩니까요, 주인님?"

"일단 가운데 큰 줄기를 타고 올라가. 그러면 내가 어느 쪽으로 가야 할지 말해 주겠네. 잠깐! 이 풍뎅이를 가져가게."

"그 곤충을요? 황금풍뎅이를 말입니까요!"

주피터는 깜짝 놀라 뒷걸음질치며 소리쳤다.

"뭣 때문에 그 놈을 나무 위로 가져가야 합니까요? 젠장, 정말 못 하겠습니다요!"

"주피터, 자네같이 덩치 큰 사람이 이제는 죽어서 아무 해도 끼치지 못하는 작디작은 풍뎅이 한 마리를 가져가란다고 그렇게 벌벌 떠나? 그럼 이 노끈에 매단 채 가져가도록 하게. 어쨌든 이 풍뎅이를 위로 가져가지 않는다면, 이 삽으로 자네 머리통을 부숴 놓을 수밖에."

무안을 당한 주피터가 고분고분한 태도로 말했다.

"아, 왜 이러십니까요, 주인님? 틈만 나면 이 늙은이를 못 잡아먹어 안달이시군요. 다 농담이었습니다. 제가 그 벌레를 무서워하다니요! 제가 그깟 벌레에 눈 하나 까딱하겠습니까요?"

그러면서도 주피터는 풍뎅이가 달린 노끈의 제일 끝을 잡고서는 자기 몸에서 최대한 멀찍이 떨어지게 하면서 나무 탈 준비를 했다.

미국에 있는 나무 가운데 가장 큰 나무인 튤립나무는 어렸을 때는 특이하게도 줄기가 매끈매끈하고 대개 곁가지를 치지 않고 위로 곧장 아주 높게 자란다. 그러나 나이가 들면 줄기에 짧은 곁가지들이 많이 생기면서 나무껍질이 울퉁불퉁해지고 옹이들이 생긴다. 그래서 주피터가 나무를 오르는 것은 실제로는 보기보다 어렵지 않았다. 한두 번 떨어질 뻔한 위기가 있기는 했지만, 주피터는 팔과 무릎으로 거대한 줄기를 최대한 꽉 껴안으면서, 튀어나와 있는 부분들을 손으로 잡기도 하고 발로 디디기도 하면서 무사히 나무를 올랐다. 이윽고 첫 번째 큰 가지가 갈라지는 지점까지 오른 주피터는 마치 일을 다 끝마친 사람처럼 굴었다. 땅에서 20미터 높이 정도에 있긴 했지만, 사실 위험한 고비는 다 넘긴 것이나 다름없었다.

"이제 어느 쪽으로 가야 합니까요, 윌 주인님?"

"제일 큰 가지를 타게. 이쪽에 있는 가지 말일세."

주피터는 곧바로 주인이 가리키는 쪽으로 움직였다. 별 어려움 없이 그는 점점 더 높이 올라갔고, 이윽고 우거진 잎에 가려 몸이 보이지 않게 되었다. 큰 소리로 외치는 그의 목소리가 들려 왔다.

"얼마나 더 올라가야 됩니까요?"

"얼마나 올라간 건가?"

"아주 높이 왔습니다. 나무 꼭대기 위로 하늘이 보입니다요."

"하늘에는 신경 끄고, 내 말을 똑똑히 듣게. 줄기를 내려다보면서 아래쪽의 나뭇가지를 세어 보게나. 나뭇가지를 몇 개나 지났지?"

"하나, 둘, 셋, 넷, 다섯. 큰 가지 다섯 개를 지났습니다요, 주인님. 올라온 쪽으로 말입니다요."

"그럼 가지 하나를 더 올라가게."

몇 분 뒤, 일곱 번째 가지에 올랐다는 목소리가 들렸다.

레그랜드는 몹시 흥분해 소리쳤다.

"주피터, 이제 될 수 있는 대로 그 가지 끝까지 가야 하네. 뭐든지 이상한 것이 보이면 나한테 알려 주게."

이때쯤 해서는 가엾은 내 친구의 정신 이상에 대해 가졌던 일말의 의구심마저 완전히 사라지게 되었다. 나는 그가 미쳤다고 생각할 수밖에 없었으며, 그를 빨리 집으로 데려가야 한다는 생각에 노심초사했다. 어떻게 하는 게 최선일까 곰곰이 생각하고 있는 사이 주피터의 목소리가 다시 들려 왔다.

"이 가지를 타고 멀리 가는 것은 굉장히 겁이 납니다요. 가지가 거의 다 썩어 있거든요."

"가지가 썩었다고 했나, 주피터?"

레그랜드가 떨리는 목소리로 소리쳤다.

"예, 주인님, 완전히 썩었습니다요. 확실히 썩었어요. 말라 비틀어 죽었습니다요."

"이런, 이제 어떻게 한다?"

무척 실망한 듯 레그랜드가 물었다.

"어떻게 하긴!"

나는 끼어들 기회가 생긴 것에 기뻐하면서 말을 이었다.

"집에 가서 침대에 눕게. 자, 어서! 그래야 착한 사람이지. 시간도 늦었고, 게다가 자네가 한 약속도 잊지 않았겠지."

"주피터."

그는 내 말을 듣는 둥 마는 둥 주피터를 향해 외쳤다.

"내 말 들리나?"

"예, 주인님. 아주 잘 들립니다요."

"그럼 칼로 한 번 시험해 보게. 나무가 많이 썩었는지."

잠시 뒤 주피터의 대답이 들려 왔다.

"썩었다니까요, 주인님, 확실합니다요. 그런데 생각한 것만큼 많이 썩지는 않았습니다. 저 혼자라면 조금 더 앞으로 나아갈 수 있을 것 같습니다요."

"혼자라면! 그게 무슨 말인가?"

"풍뎅이 말입니다요. 진짜 무겁거든요. 일단 이 놈을 떨어뜨리면, 제 한 몸쯤으로 가지가 부러질 것 같지는 않습니다요."

"이런 천하의 불한당 같으니라고!"

레그랜드는 이렇게 소리쳤지만 적잖이 마음이 놓이는 눈치였다.

"그런 말도 안 되는 소리가 어디 있어. 풍뎅이를 떨어뜨리기만 해 봐라. 내 당장 자네 목을 분질러 놓을 거야. 이봐, 주피터, 내 말

듣고 있나?"

"예, 주인님. 불쌍한 검둥이한테 그렇게까지 소리치실 필요 없습니다요."

"좋아! 잘 듣게나! 안전하다고 생각하는 데까지 최대한 앞으로 나아가 봐. 곤충을 버리지 말고 말이야. 그러면 내려오는 대로 선물로 1달러짜리 은화를 주겠네."

곧바로 주피터의 대답이 들려 왔다.

"갑니다요, 윌 주인님, 다 왔습니다요. 거의 가지 끝까지요."

그러자 레그랜드가 비명을 지르듯 소리쳤다.

"끝까지! 나뭇가지 끝까지 갔단 말이지?"

"거의 다 와 갑니다요, 주인님. 어, 어, 어, 어! 세상에! 여기 나무 위에 이게 뭐지?"

"그래, 뭐가 있는가?"

레그랜드가 매우 기뻐하면서 소리쳤다.

"해골입니다요. 누군가 나무 위에다 갖다 놓았는데, 까마귀가 살은 다 파먹어 버렸습니다요."

"해골이라고 했지! 좋아, 아주 좋아! 해골이 어떻게 나뭇가지에 매달려 있는가? 그러니까 무엇으로 고정이 되어 있느냐고?"

"해골이 틀림없고요, 이제 좀 살펴봐야겠습니다. 정말 이상합니다. 해골에 큰 못이 박혀 있고, 그 못 덕분에 해골이 나무에 붙어 있습니다요."

"주피터, 내가 시키는 대로 정확히 해야 되네. 내 말 들리나?"

"예, 주인님."

"그럼 정신 똑바로 차리고, 해골 왼쪽 눈을 찾아봐."

"음, 좋습니다요! 근데 남아 있는 눈은 하나도 없는데요."✢

"이런 어리석기는! 오른손 왼손을 구분할 줄은 아는 건가?"

"예, 대강 압니다. 장작 패는 손이 왼손입지요."

"그렇지! 자네는 왼손잡이니까. 그럼 왼쪽 손과 같은 쪽에 있는 것이 왼쪽 눈이야. 이제 해골 왼쪽 눈이 어디 있는지 알겠지. 어때, 찾았는가?"

긴 침묵이 흘렀다. 이윽고 주피터가 물었다.

"해골 왼쪽 눈은 해골 왼쪽 손과 같은 쪽에 있다는 말씀입죠? 그런데 해골에는 왼손이 없는뎁쇼. …… 아, 됐습니다요! 왼쪽 눈을 찾았습니다요. 이제 어떻게 하지요?"

"풍뎅이를 눈 사이로 넣어 노끈이 닿는 데까지 늘어뜨리게나. 노끈 놓치지 않도록 조심하고."

"다 했습니다요, 윌 주인님. 구멍 속으로 노끈 집어넣는 것 정도야 일도 아닙죠. 자, 내려갔습니까요?"

이렇게 말을 주고받는 동안에도 주피터의 몸은 전혀 보이지 않았다. 그러나 그가 어렵사리 내려 보낸 풍뎅이가 마침내 노끈 끝에

✢ 영어 'left'에는 '왼쪽'이라는 뜻과 '남아 있다'는 뜻이 있는데, 레그랜드가 '왼쪽'이라는 뜻으로 물은 것을 주피터는 '남아 있다'는 뜻으로 해석한 것이다.

매달린 채 모습을 드러냈다. 풍뎅이는 우리가 서 있는 고원을 희미하게 비추고 있는 석양의 마지막 햇살을 받으며, 윤을 낸 황금 공처럼 반짝였다. 풍뎅이는 다른 나뭇가지의 방해를 받지 않고 매달려 있었기 때문에, 그대로 떨어뜨리면 우리 발등에 떨어질 것 같았다. 레그랜드는 곧바로 낫을 집어 들고는 풍뎅이 바로 아래에 지름이 3~4미터 정도 되는 원 모양을 그리며 풀을 베었다. 일을 끝마치자 그는 주피터에게 노끈을 놓고 내려오라고 명령했다.

내 친구는 풍뎅이가 떨어진 지점에 정확하게 말뚝을 박고는 주머니에서 줄자를 꺼냈다. 그러고는 말뚝에서 가장 가까운 나무 기둥에 줄자 한쪽 끝을 고정시킨 뒤, 줄자를 풀면서 말뚝까지 온 다음, 그 방향으로 계속 나아가면서 줄자를 5미터 정도 더 풀었다. 그동안 주피터는 낫으로 가시덤불을 잘라 내 길을 열어 주었다. 그렇게 해서 생긴 지점에 레그랜드는 두 번째 말뚝을 박고, 그 말뚝을 중심으로 지름이 1미터 20센티미터쯤 되도록 대충 원을 그렸다. 그러고는 직접 손에 삽 한 자루를 들더니, 주피터와 나에게도 한 자루씩 주면서 최대한 빨리 땅을 파자고 했다.

나는 평소에도 이런 종류의 일에는 별다른 흥미가 없었거니와, 그때는 더더욱 그 일을 거부하고 싶은 마음이 굴뚝같았다. 밤이 다가오고 있는 데다, 그때까지 했던 일들만으로도 충분히 지쳐 있었기 때문이다. 그러나 딱히 빠져나갈 방법도 없고 괜히 거부를 했다가 불쌍한 내 친구의 진정된 마음을 다시 헤집지나 않을까 하는 걱

정이 들었다. 주피터의 도움을 기대할 수 있었다면, 나는 당장에라도 이 미친 친구를 강제라도 집으로 데려갔을 것이다. 그러나 나는 그 늙은 흑인의 성격을 너무도 잘 알고 있었다. 그는 어떤 상황에서든 그의 주인과 내가 맞섰을 때 나를 거들 생각은 꿈도 꿀 수 없는 사람이었다.

레그랜드가 남부 지방에 떠돌고 있는, 땅에 묻힌 돈에 관한 수많은 헛소문 가운데 하나에 홀렸으며, 그러한 그의 환상이 그 곤충을 잡게 되면서, 또는 주피터가 그것을 '진짜 황금으로 된 벌레'라고 고집스럽게 주장하는 바람에 더욱 굳어졌다는 것은 의심할 여지가 없었다. 광기에 휩싸이기 쉬운 사람은 그런 정도의 암시에도(특히 그게 이미 가지고 있던 자신의 생각과 일치하는 경우라면) 홀딱 넘어가게 마련이다. 그러고 보니 이 가엾은 친구가 그 풍뎅이를 자신의 '운명의 지표'라고 말했던 게 문득 떠올랐다. 이런 저런 생각으로 나는 서글프고 혼란스러웠다. 하지만 어차피 해야 할 일이라면 기분 좋게 하자고 마음먹었다. 즐거운 마음으로 땅을 파자, 그래서 이 정신 나간 친구에게 자신이 품고 있는 환상이 잘못되었다는 것을 한시라도 빨리 자기 눈으로 직접 확인하게 해 주자, 이렇게 생각했던 것이다.

램프에 불을 붙인 뒤 우리는 모두 땅 파는 일에 몰두했다. 얼마나 열성적으로 일을 했던지, 보다 이성적인 이유가 있는 일에나 걸맞았을 정도로 열심이었다. 이글거리는 불빛이 우리와 연장들을 비추었다. 우리 셋이 얼마나 볼 만한 광경을 연출하고 있을까, 그리고 어쩌다 이곳을 지나는 사람이 있어서 우리를 보게 된다면 얼마나 이상하고 수상하게 여길까 생각하니 착잡했다.

우리는 두 시간 동안 꾸준히 땅을 팠다. 다들 말도 거의 없었다. 우리를 가장 당혹스럽게 만든 건 개가 계속 짖어 대는 것이었는데, 녀석은 우리가 하는 일에 지나친 관심을 보였다. 급기야는 이러다가 근처를 지나가는 부랑자한테 우리가 여기 있는 것을 알리지는 않을까 걱정될 지경이었다. 아니, 그것은 레그랜드의 걱정이었다. 내 입장에서야, 방황하는 내 친구를 집으로 데려갈 구실을 만들 수 있다면 어떤 방해라도 환영할 일이었다. 결국 그 시끄러운 소리는 주피터에 의해 효과적으로 진압되었다. 주피터는 작심이라도 한 듯 구덩이에서 나와, 멜빵으로 개의 입을 틀어막고는 낄낄 웃으며 돌아와 하던 일을 계속했다.

앞서 말했던 두 시간이 지나자 구덩이는 1미터 50센티미터 정도의 깊이가 되었지만, 보물이 있을 만한 기미는 전혀 보이지 않았다. 모두가 잠시 일손을 멈추었다. 나는 이 코미디 같은 일이 이로써 끝나기를 바랐다. 그러나 레그랜드는 무척 실망한 빛을 보이면서도 무슨 생각을 하는 듯 이마를 닦더니 다시 일을 시작했다. 우리는 이제 지름이 1미터 20센티미터 정도인 원 안을 모두 파내었고, 조금씩 그 원 밖에까지 경계를 넓히면서 60센티미터 가량 더 깊이 파 내려갔다. 그러나 여전히 아무것도 보이지 않았다. 마침내 딱하기 그

지없는 황금 사냥꾼은 얼굴에 쓰라린 실망의 빛을 내비치며 구덩이에서 기어 나왔다. 그러고는 일을 시작할 때 던져 놓았던 외투를 마지못해 다시 걸쳤다. 그러는 동안 나는 한 마디도 하지 않았다. 주피터는 주인의 신호에 따라 연장을 모으기 시작했다. 연장을 다 꾸리고 개 주둥이를 풀어 준 뒤, 우리는 깊은 침묵 속에 빠진 채 집으로 향했다.

열두어 걸음쯤 갔을까, 갑자기 레그랜드가 큰 소리로 욕설을 퍼부으며 주피터에게 달려들어 멱살을 잡았다. 깜짝 놀란 주피터는 눈과 입을 있는 대로 벌리고 삽을 떨어뜨리며 털썩 무릎을 꿇었다.

"이런 불한당 같으니라고!"

레그랜드는 씩씩거리며 소리쳤다.

"이런 극악무도한 검둥이 악당! 말해 봐, 말해 보라고! 얼버무리지 말고 당장 대답해! 어느 게 왼쪽 눈이야?"

"아이고, 윌 주인님! 이게 왼쪽 눈 아닙니까요?"

겁에 질린 주피터는 소리치며 자기 **오른쪽** 눈에 손을 갖다 댔다. 그는 주인이 당장이라도 눈을 도려낼까 봐 겁을 집어먹은 듯 필사적으로 손을 눈에 대고 있었다.

"내 생각대로야! 그럴 줄 알았어! 야호!"

레그랜드는 큰 소리로 외치며 주피터를 풀어 주고는 몇 차례 경중경중 뛰고 빙글빙글 돌면서 기뻐했다. 깜짝 놀란 주피터는 자리에서 일어나 말없이 자기 주인을 봤다가 나를 봤다가, 다시 나를 봤다 주인을 봤다 했다.

"가자! 되돌아가야 해. 게임은 아직 안 끝났어."

레그랜드는 이렇게 말하면서 다시 튤립나무 있는 곳으로 앞장서 갔다.

튤립나무 밑에 도착하자 그는 주피터에게 말했다.

"주피터, 이리 와 보게! 나뭇가지에 박혀 있던 얼굴이 나뭇가지 쪽을 보고 있었나, 아니면 밖으로 향하고 있었나?"

"밖으로 향하고 있었습죠, 주인님. 그러니까 까마귀가 힘들이지 않고 눈알을 파먹을 수 있었겠죠."

"그렇다면 자네가 그 풍뎅이를 떨어뜨린 것은 이쪽 눈을 통해서 였나, 아니면 이쪽 눈을 통해서였나?"

레그랜드는 주피터의 두 눈을 차례로 만지면서 물었다.

"이쪽 눈입니다요, 주인님. 말씀드린 대로 왼쪽 눈입죠."

주피터가 가리킨 눈은 오른쪽 눈이었다.

"그러면 그렇지. 다시 해야 해."

이런 친구의 모습을 보면서 나는 그의 광기에도 어떤 논리가 있 다는 것을 알았다, 아니 그렇게 생각했다. 그는 풍뎅이가 떨어진 지 점을 표시했던 말뚝을 뽑아 그 자리에서 서쪽으로 약 8센티미터 정 도 옮겼다. 그러고는 아까처럼 가장 가까운 나무 기둥에서 말뚝까 지 줄자를 댄 다음, 그 방향을 따라 직선으로 15미터를 더 나아갔 다. 그렇게 해서 아까 땅을 팠던 곳에서 몇 미터 떨어진 곳에 새로운 지점이 정해졌다.

그는 이 새로운 지점을 중심으로 아까보다 약간 더 큰 원을 그렸고, 우리는 다시 삽을 들고 일을 시작했다. 나는 탈진할 만큼 지쳐 있었다. 하지만 무엇 때문에 내 생각이 그렇게 바뀌었는지는 나도 알 수 없었지만, 땅 파는 일이 그리 싫지 않았다. 나는 까닭 모를 흥미를 느꼈고, 심지어 흥분되기까지 했다. 레그랜드의 터무니없어 보이는 행동에서 어떤 예측 가능성이나 심사숙고의 흔적을 발견한 탓인지 모르겠다. 나는 어느새 막연한 기대에 부풀어 열심히 땅을 파면서, 가엾은 내 친구를 미치게 한 환상 속의 보물을 찾고 있었다. 그렇게 한 시간 반 정도 땅을 팠을 때, 우리는 다시 개가 맹렬하게 짖는 소리 때문에 일을 중단해야 했다. 아까 개가 짖어 댄 것은 그저 재미나 변덕 때문이었다. 그러나 지금은 격렬하고 절실했다. 주피터가 다시 주둥이를 틀어막으려 해도 세차게 반항하며 구덩이 속으로 뛰어내려 미친 듯이 흙을 파헤쳤다. 그러자 곧바로 단추 몇 개와 썩은 양털 같은 것들과 함께 완전히 해골이 된 두 사람의 뼈가 나왔다. 두어 번 더 삽질을 하자 큰 스페인 칼이 나왔으며, 좀 더 파내려 가자 금화와 은화 서너 닢이 눈에 띄었다.

이것을 본 주피터는 기쁨을 억누르지 못했다. 하지만, 그의 주인의 얼굴에는 극도로 실망한 빛이 역력했다. 그는 우리한테 작업을 계속하라고 재촉했는데, 그 말이 채 끝나기도 전에 나는 파헤친 땅 속에 반쯤 묻혀 있는 큰 철제 링에 발이 걸려 비틀거리다 그만 앞으로 넘어지고 말았다.

이제 우리는 정말 열의를 갖고 일을 했다. 정말이지 내 평생 그렇게 흥분되는 10분을 보낸 적은 없었다. 그 10분 동안 우리는 궤짝 하나를 통째로 파냈다. 아주 견고한 데다 상태가 완벽하게 보존되어 있는 것으로 보아 어떤 광화학 처리(아마도 염화 제2 수은 처리일 것이다)를 한 것 같았다. 궤짝은 길이가 1미터, 넓이가 90센티미터, 깊이가 60센티미터 정도였다. 정련한 철로 만든 띠로 단단히 묶고 대갈못을 박아 놓아 전체적으로는 조잡한 격자무늬로 보였다. 뚜껑 가까이에 양쪽으로 쇠고리가 세 개씩, 그러니까 모두 여섯 개의 쇠고리가 달려 있어 여섯 사람이 꽉 잡을 수 있게 되어 있었다. 우리는 있는 힘껏 힘을 합쳐 보았지만, 궤짝은 밑바닥에서 조금 움찔할 뿐이었다. 우리는 곧바로 궤짝이 너무 무거워 옮기는 것은 불가능하다는 결론을 내렸다. 그런데 운 좋게도 뚜껑을 고정시키는 것이라고는 빗장 두 개밖에 없었다. 우리는 조마조마한 마음으로 몸을 떨면서 빗장을 열었다. 다음 순간, 헤아릴 수 없을 만큼 많은 보물이 우리 눈앞에서 반짝였다. 등불을 구덩이 안으로 비추자, 마구 섞여 있는 황금과 보물 더미에서 광채가 뿜어져 나와 눈이 부실 지경이었다.

그때의 감정은 구태여 말하지 않겠다. 물론 놀라움이 가장 컸다. 레그랜드는 흥분을 주체하지 못해 거의 말도 하지 못했다. 주피터의 낯빛은 한동안 흑인의 얼굴이라고 할 수 없을 정도로 시체처럼

창백해졌다. 마치 벼락이라도 맞아 혼이 나간 듯한 모습이었다. 주피터는 구덩이에 무릎을 꿇고 앉더니만, 호화로운 목욕을 즐기기라도 하듯이 팔을 팔꿈치까지 황금 속에 파묻었다. 그는 이내 깊은 한숨을 내쉬면서 독백하듯 소리쳤다.

"이 모든 게 황금풍뎅이 덕분입니다요! 황금풍뎅이, 예쁘기도 하지! 가엾은 황금풍뎅이, 내가 그렇게 욕지거리를 해 댔으니! 부끄럽지도 않냐, 이 검둥이 놈아? 아, 입이 있으면 뭐라고 대답 좀 해 봐!"

결국에는 내가 나서서 이 주인과 하인에게 서둘러 보물을 치워야 한다고 말할 수밖에 없었다. 밤이 깊어 가고 있었고, 날이 밝기 전에 보물을 모두 집 안으로 옮기려면 서둘러야 했다. 그런데 딱히 무엇을 어떻게 해야 할지 판단이 서지 않았다. 그것을 고심하느라 많은 시간이 흘렀다. 그만큼 우리는 정신이 없었다. 결국 궤짝 안에 든 것을 3분의 2가량 들어내어 궤짝을 가볍게 만들기로 했다. 그렇게 하고 나서 조금 힘을 쓰자 이번에는 궤짝이 움직였다. 궤짝에서 꺼낸 보물은 가시덤불 속에 숨겨 놓고, 그것을 지키도록 개를 남겨 두었다. 주피터는 개에게 무슨 일이 있어도 자리를 뜨지 말며 우리가 돌아올 때까지 짖지도 말라고 단단히 주의를 주었다. 우리는 궤짝을 들고 서둘러 집으로 향했다. 갖은 고생 끝에 우리가 오두막집에 무사히 도착한 것은 새벽 한 시가 다 되어서였다. 지칠 대로 지친 우리는 더 이상 손 하나 까딱할 수 없을 것 같았다. 우리는 2

시까지 휴식을 취하며 때 늦은 저녁을 먹었다. 그러고는 때마침 오두막에 있던 튼튼한 배낭을 챙겨 들고는 곧바로 언덕으로 향했다. 새벽 4시가 조금 안 되어 우리는 구덩이에 도착했고, 남은 전리품을 가능한 한 똑같이 세 무더기로 나눈 다음 구덩이는 메우지 않은 채 다시 오두막으로 향했다. 우리가 오두막집에 두 번째로 황금 더미를 내려놓았을 때, 첫 새벽 햇살이 동쪽에 있는 나무들 위로 머리를 내밀고 있었다.

우리는 완전히 녹초가 되었지만, 흥분이 가라앉지 않아 편히 쉴 수가 없었다. 이리저리 뒤척이며 서너 시간 정도 잠을 잔 뒤, 우리는 약속이라도 한 듯 모두 일어나 우리의 보물을 하나하나 살펴보기 시작했다.

궤짝은 원래 넘칠 만큼 가득 차 있었기 때문에, 우리는 내용물을 살피느라 그날 하루 꼬박, 그리고 그 다음 날 저녁 늦게까지 일을 해야 했다. 질서니 순서니 하는 것은 찾아볼 수도 없을 정도로 모든 게 뒤죽박죽이었다. 조심스럽게 모두 분류해 놓고 보니, 보물은 처음 생각했던 것보다 훨씬 많았다. 당시의 시세에 따라 꼼꼼히 계산해 보니, 동전만 해도 45만 달러가 넘었다. 은화는 한 닢도 없었고, 모두 금화였다. 아주 오래된 각 나라의 금화가 있었다. 프랑스 금화, 스페인 금화, 독일 금화에다 영국의 기니 금화가 조금 있었고, 한 번도 보지 못한 것들도 보였다. 너무 닳아 뭐라고 새겨져 있는지 읽을 수도 없는 아주 크고 무거운 금화들도 있었다. 그렇지만 미국

화폐는 하나도 없었다.

　우리가 발견한 보물의 가치는 따져 보기가 더욱 어려웠다. 다이아몬드가 모두 합쳐 110개인데 조그만 것은 하나도 없었으며, 그 가운데 몇 개는 엄청나게 크고 정교했다. 눈에 띄게 광채가 나는 루비가 18개, 하나같이 아주 아름다운 에메랄드가 310개, 사파이어가 21개, 오팔이 1개 있었다. 보석들은 원래 있던 장신구에서 떨어져 나와 궤짝 속에서 아무렇게나 나뒹굴고 있었다. 장신구들은 금 더미에 아무렇게나 묻혀 있었는데, 아무도 알아보지 못하게 하려고 그랬는지 망치로 두들겨져 있었다. 그러고도 엄청난 양의 순금 장식품이 들어 있었다. 200여 개에 이르는 엄청난 크기의 반지와 귀고리, 내 기억이 맞는다면 30개에 달하는 두꺼운 금줄, 굉장히 크고 무거운 십자가 83개, 매우 값비싼 황금 향로 5개, 포도 잎사귀와 술 마시는 사람들을 화려하게 새긴 대형 황금 사발, 정교하게 세공한 칼 손잡이 2개, 그리고 일일이 기억할 수 없는 수많은 작은 물건들……. 보물의 무게는 모두 합쳐 150킬로그램이 넘었다. 197개의 멋진 금시계는 빼고 쟀는데도 말이다. 그 금시계 세 개만 해도 500달러의 값어치가 나가는 것이었다. 시계 대부분은 매우 오래되어 시간을 보는 용도로는 쓸모가 없었으며, 세공도 약간 부식되었다. 하지만 하나같이 보석이 촘촘히 박혀 있었고 값비싼 케이스에 들어 있었다. 그날 밤, 우리는 궤짝에 들어 있던 물건 전체를 150만 달러의 값어치가 나가는 것으로 어림잡았다. 그러나 나중에 장신구와 보석을 처분하는 과정에서(몇 개는 우리가 쓰기 위해 남겨 놓았다) 우리가 그 보석들을 지나치게 과소평가했다는 것을 알게 되었다.

마침내 작업이 마무리되고 강렬한 흥분도 어느 정도 가라앉자, 레그랜드는 내가 알고 싶어 안달이 난 이야기를 아주 상세하게 들려 주기 시작했다.

"기억하겠지, 내가 자네에게 대충 그린 풍뎅이 스케치를 건네 주었던 밤 말이야. 또 자네가 내 그림을 보고 해골 같다고 해서 내가 잔뜩 화를 냈던 것도. 처음 자네가 그 말을 했을 때, 나는 자네가 농담하는 줄 알았네. 그런데 가만 생각하니 풍뎅이 등에 있는 특이하게 생긴 점들이 떠오르는 거야. 그래서 난 자네 말에도 일리가 있다고 고개를 끄덕였지. 하지만 여전히 내 그림 실력을 비웃었던 것에 대해서는 화가 나더군. 나도 그림을 꽤 잘 그린다는 소리를 듣는 사람인데 말이야. 그래서 자네가 나에게 그 양피지[+] 조각을 다시 건넸을 때, 홧김에 그걸 꼬깃꼬깃 구겨 불 속에 던져 버리려고 했었네."

"양피지가 아니라 종잇조각이겠지."

"아니, 꼭 종이처럼 보였지만, 그리고 나 역시 처음에는 종이라고 생각했지만, 막상 그 위에 그림을 그려 보니 아주 얇은 양피지라는 걸 금방 알겠더군. 기억하겠지만, 그것은 꽤 지저분했지. 그걸

✚ **양피지** : 양의 생가죽을 얇게 펴서 약품 처리를 한 뒤 표백하여 말린 종이.

94

막 구겨서 버리려는 순간, 자네가 봤던 그림에 눈길이 갔네. 그런데 나 스스로는 풍뎅이를 그렸다고 생각한 그림에서 해골 모습이 보이는 게 아니겠는가. 그때 내가 얼마나 놀랐는지 상상이 될 것이네. 나는 너무 놀라 잠시 생각을 제대로 할 수가 없었네. 내 그림이 세세한 면에서는 해골과 다르다는 걸 물론 잘 알았지. 그런데도 전체적인 윤곽은 엇비슷하더란 말이야.

곧바로 나는 촛불을 들고 맞은편 방구석으로 가서 그 양피지를 좀 더 자세히 살펴보았네. 그런데 양피지를 뒤집자 내가 그린 그림이 뒷면에 있는 게 아닌가. 내가 그린 바로 그 그림 말이야. 처음에는 두 그림의 전체 윤곽이 너무나 비슷한 것에 놀랐지. 그러고는 정말로 신기한 우연의 일치에 놀랐어. 내가 풍뎅이를 그린 양피지의 바로 뒷면에 해골 그림이 있었으니 말이야. 해골은 내 풍뎅이 그림하고 윤곽뿐만 아니라 크기도 아주 비슷하더군. 이 기묘한 우연의 일치에 한참 동안 나는 정신을 차릴 수 없었네. 그건 이런 일을 경험하게 되면 흔히 나타나는 반응이지. 정신이 어떤 연관관계(일련의 인과관계)를 확립하려고 기를 쓰다가, 그렇게 할 수 없게 되면 일시적 마비 상태에 빠지는 거지. 그러나 이런 망연자실한 상태에서 깨어나자 점점 어떤 확신 같은 게 생겼는데, 그 확신이 우연의 일치보다 더 나를 놀라게 했네. 그 풍뎅이를 그릴 때 양피지에는 분명 아무 그림도 없었다는 게 또렷하게 생각난 거야. 나는 깨끗한 면을 찾느라 양피지를 이쪽저쪽으로 뒤집어 보았던 것을 기억해 내고는 완전히 확신하게 되었네. 해골 그림이 양피지에 있었다면, 내가 그 것을 놓쳤을 리가 없지 않은가. 이 부분이 가장 이해하기 어려웠고, 나로선 도저히 설명할 길이 없었지. 그러나 이미 내 머릿속의 가장 후미지고 비밀스러운 방에서는 진실에 대한 예감이, 반딧불 같은 개념이 희미하게나마 빛나고 있었다네. 그리고 그 진실이 어젯밤 의 모험을 통해 멋지게 밝혀진 거지. 어쨌든 나는 곧바로 자리에서 일어나 양피지를 안전하게 치워 놓고는 혼자가 될 때까지 더 이상 생각을 하지 않기로 했다네.

자네가 가고 주피터도 깊이 잠든 다음, 나는 이 사건에 대해 좀 더 체계적으로 조사하기 시작했네. 우선 내가 어떻게 해서 그 양피 지를 손에 넣게 되었는지를 생각해 보았지. 우리가 그 풍뎅이를 발 견한 지점은 섬에서 동쪽으로 1킬로미터 정도 떨어진 육지의 해안 이었는데, 만조가 되어 물이 최고 수위로 올라올 때면 여기서 그리 멀지 않은 거리라네. 내가 그 풍뎅이를 붙잡자마자, 녀석은 나를 꽉 물었어. 그 바람에 녀석을 놓치고 말았지. 녀석은 주피터 쪽으로 날아갔는데, 주피터는 여느 때처럼 조심성을 발휘해 먼저 녀석을 싸서 잡을 수 있는 나뭇잎이나 그와 비슷한 것이 주위에 있나 둘러 보았다네. 바로 그때, 주피터의 눈과 내 눈에 양피지 조각이 들어왔 네. 물론 당시에는 종잇조각이라고 생각했지만 말이야. 양피지는 한쪽 모서리를 빳빳이 세운 채 모래에 반쯤 묻혀 있었지. 그 양피지 를 발견한 곳 근처에서 나는 큰 배에 딸린 보트로 추정되는 선체의 파편들을 보았네. 그 파편들은 아주 오래 전 것 같더군. 보트 조각인지 알아보기도 쉽지 않을 정도였으니까 말이야.

주피터는 그 양피지로 풍뎅이를 잡아서 내게 주었네. 잠시 뒤 우리는 집으로 향했고, 오는 길에 G중위와 마주쳤지. 그에게 풍뎅이를 보여 주자, 그는 그것을 요새로 가져가게 해 달라고 부탁하더군. 내가 그렇게 하라고 하자, 그는 양피지는 놔 두고 곤충을 바로 자기 조끼 주머니에 집어넣더군. G중위가 풍뎅이를 요리조리 살펴볼 때 양피지는 내 손에 들려 있었거든. 아마도 내가 마음을 바꿀까 두려워, 그 선물을 당장 주머니에 집어넣은 모양이야. 자네도 알지 않는가. 그 사람이 자연사와 관련된 거라면 뭐든지 대단히 열성적이라는 걸. 바로 그때 나도 별 생각 없이 그 양피지를 내 주머니 속에 넣었던 것 같네.

내가 그 풍뎅이를 그리려고 책상으로 갔을 때, 평소에는 잘만 보이던 종이가 없었던 걸 자네도 기억하지? 서랍 속을 찾아보았지만 거기에도 없었네. 그래서 오래된 편지라도 있을까 싶어 주머니를 뒤졌는데, 바로 그 양피지가 손에 잡히더군. 자, 이제 그 양피지를 정확히 어떻게 해서 손에 넣었는지 자세히 이야기했네. 내가 이렇게 시시콜콜 얘기하는 이유는, 여러 가지 상황이 나에게 아주 깊은 인상을 주었기 때문이네.

물론 자네는 내가 공상에 빠져 있다고 생각할 것이네. 하지만 나는 이미 일종의 연관관계를 확립해 놓았네. 큰 쇠사슬의 두 고리를 연결한 셈이지. 바닷가에는 보트가 있었고 보트에서 멀지 않은 곳에 해골이 그려져 있는 양피지가(종이가 아니네) 있었네. 물론 자네는 '둘 사이에 무슨 연관성이 있나?' 하고 묻겠지. 내 대답은 이거야. 잘 알려진 대로 해골은 해적의 표시네. 무슨 일을 할 때마다 해골 깃발이 올라가게 마련이지.

아까 그 조각이 종이가 아니라 양피지라고 말했네. 양피지는 오래 보존할 수 있어. 거의 영구적이지. 중요하지 않은 문제를 양피지에 쓰는 일은 거의 없네. 평범한 목적으로 그림을 그리거나 글씨를 쓸 때는 종이가 훨씬 낫거든. 이런 생각을 하다 보니, 해골이 담고 있는 어떤 의미가 떠오르더군. 난 양피지의 생김새도 놓치지 않고 관찰했네. 무슨 일이 있었는지 한쪽 귀퉁이가 떨어져 나갔지만, 원래 모양은 직사각형이라는 것을 알겠더군. 그건 그 양피지의 쓰임새가 오랫동안 기억되고 잘 보존되어야 할 무언가를 기록하기 위한 메모 용지 같은 거였다는 얘기네."

이 대목에서 내가 끼어들었다.

"하지만 자네가 풍뎅이 그림을 그릴 때에는 양피지에 해골이 없었다고 하지 않았나. 그렇다면 보트와 해골 사이의 연관관계를 어떻게 찾을 수 있지? 자네도 인정했듯이 그 해골은 자네가 풍뎅이를 그린 뒤에 그려진(누가 어떻게 그렸는지는 귀신도 모르지만) 것이 아닌가?"

"아, 그게 바로 모든 미스터리의 핵심이지. 하지만 여기까지 문제를 풀고 나니 그 비밀을 찾는 건 생각보다 쉽더군. 나의 수순은 정확했고, 결국 정답을 찾아낼 수 있었지. 나는 다음과 같은 추리를 했네. 내가 풍뎅이를 그릴 때 양피지에는 해골이 확실히 없었지. 나는 그림을 그린 뒤 자네에게 주었고, 자네가 그림을 되돌려줄 때까지 바로 옆에서 자네를 지켜봤네. 따라서 자네는 그 해골을 그리지 않았지. 그리고 그렇게 할 만한 사람도 아무도 없었고. 그렇다면 그것은 인간이 한 일이 아니다, 그럼에도 불구하고 그림은 그려졌다, 이렇게 말이야.

생각이 여기까지 미치자, 나는 문제의 시간 사이에 일어난 모든 일들을 기억해 내려고 애썼네. 날씨가 추웠고(정말 드물고 기분 좋은 일이었네!) 난로에는 불이 활활 타오르고 있었지. 나는 운동을 한 탓에 몸에서 열이 나 책상 가까이에 앉았네. 하지만 자네는 의자를 난로 가까이로 가져갔지. 내가 그 양피지를 자네 손에 넘겨주고 자네가 그것을 보려는 순간, 울프가 뛰어 들어와 자네 어깨 위로 뛰어올랐지. 자네는 왼손으로 개를 쓰다듬은 다음 옆으로 떼어 놓았네. 그러는 동안 양피지를 쥐고 있던 자네의 오른손은 무릎 사이에 힘없이 늘어진 채로 불 가까이에 있었지. 양피지에 불이 붙겠다 싶어 내가 자네에게 막 주의를 주려는 순간, 미처 말을 꺼내기도 전에 자네는 양피지를 가까이 가져가 살펴보기 시작했네. 이 모든 것을 하나하나 따져 보니, 양피지에 해골을 나타나게 한 것은 다름이 아니라 불기운이었음은 의심할 여지가 없었네. 자네도 잘 알다시피, 종이나 양피지에 쓴 글씨가 불에 비추어 보았을 때에만 보이도록 하는 화학적 처리법이 아주 옛날부터 있어 왔지 않은가. 자주 쓰는 방법이 오수⁺를 왕수⁺⁺에 삶은 다음 그 4배의 물로 희석하는 것인데, 그렇게 하면 초록빛이 나오지. 코발트 불순물을 질산칼륨에 녹이면 빨간색이 나오고 말이야. 이것들은 열이 식으면 색깔이 사라지지. 하지만 열을 가하면 색깔이 다시 나타나게 되네.

　나는 해골 그림을 주의 깊게 살펴보았네. 그림의 외곽선(그러니까 양피지 가장자리에 가까운 부분 말일세)이 다른 부분보다 훨씬 더 선명했네. 열의 작용이 불완전했거나 불균등했던 게 틀림없었지. 나는 곧바로 불을 지펴 양피지 구석구석에 골고루 열을 가했네. 처음에는 해골의 희미한 선이 뚜렷해지는 효과만 나타나더군. 그런데 작업을 계속하다 보니 양피지 한쪽 구석, 그러니까 해골이 그려진 지점과 대각선으로 반대쪽 지점에 언뜻 염소처럼 보이는 그림이 나타나는 것이 아니겠는가. 좀 더 자세히 들여다보니, 그건 새끼 염소를 그리려고 했던 거라는 걸 알겠더군."

　"하하! 물론 난 자네를 비웃을 입장이 못 되네. 비웃기에는 150만 달러는 너무 큰돈이니까. 하지만 말이야, 지금 자네 설마 세 번째 연결고리를 찾았다고 말하려는 건 아니겠지? 해적과 염소 사이에 무슨 특별한 연관관계가 있다고 할 셈은 아니지? 자네도 알지

✙ **오수** : 코발트, 망간, 철 따위를 함유한 천연 광물.
✙✙ **왕수** : 진한 질산과 진한 염산의 혼합액.

않는가? 해적이 염소하고 뭔 상관이 있겠는가. 농부라면 몰라도."

"하지만 난 그 그림이 염소라고는 말하지 않았네."

"그래, 새끼 염소(kid)라고 했지. 그게 그거 아닌가?"

"그게 그거라고 할 수도 있지만, 그래도 똑같은 건 아니지. 자네는 아마 키드⁺ 선장에 대해 들어 보았을 걸세. 나는 즉시 그 동물 그림을 '키드'라는 동음이의어를 이용한 장난이거나 아니면 그림 문자로 된 서명이라고 판단했네. 이유는 양피지 위에 그 그림이 그려진 위치 때문이네. 대각선으로 반대편에 있는 해골도 마찬가지로 소인이나 봉인 같은 느낌이 들었네. 하지만 그밖에 다른 것들(내가 상상하고 있는 문서의 내용이나 내가 짐작하는 정황을 입증해 줄 글귀)이 아무것도 없다는 것이 난감할 따름이었네."

"자네는 날인과 서명 사이에 편지가 있을 거라고 기대했던 모양이군?"

"편지든 뭐 그 비슷한 거든. 사실, 난 나에게 엄청난 행운이 다가오는 느낌을 강하게 받았네. 왜 그런 예감이 들었는지는 잘 모르겠어. 어쩌면 실제로 그렇게 믿을 만한 게 있었다기보다는 그저 하나의 바람이었을지도 모르지. 그나저나 말이야, 그 풍뎅이가 순금이라는 주피터의 바보 같은 말이 내 상상력에 얼마나 큰 영향을 끼쳤는지 아는가? 그리고 잇따라 일어난 사건들과 우연의 일치들, 그것

⁺ 키드 : Kidd, 17세기 말 무렵의 유명한 해적으로, 새끼 염소를 뜻하는 영어 단어 'kid'와 발음이 같다.

들은 정말이지 놀라웠어. 이런 일들이 하필 일 년 중 딱 한 번밖에 없는 날, 그러니까 불을 피워야 할 만큼 추운 날 일어났다는 게 얼마나 기막힌 우연의 일치인지 자네도 알겠지? 또 만약 개가 딱 그 순간에 자네한테 달려들지 않았다면, 나는 해골을 볼 수 없었을 테고, 그러면 보물도 찾지 못했을 것 아닌가?"

"계속 얘기해 보게. 궁금해서 못 참겠네."

"음, 자네도 들어 봤을 거야. 키드 일당이 대서양 연안 어딘가에 묻어 두었다는 보물에 관해 여러 가지 소문이 떠돌고 있다는 거 말이야. 틀림없이 그런 소문들은 어느 정도 사실에 근거를 둔 것일 게야. 그리고 그렇게 오랫동안 지속적으로 떠도는 것은 묻힌 보물이 그대로 있기 때문일 거고. 만일 키드가 한동안 숨겨 두었던 자신의 약탈품을 다시 파냈다면, 그런 소문들이 그와 같은 내용으로 우리 귀에까지 들어오지는 않았겠지. 자네도 가만히 보면 알겠지만, 떠도는 이야기는 죄다 보물을 찾고 있는 사람들 이야기지, 보물을 찾아 낸 사람들 이야기는 없지 않은가. 키드 선장이 보물을 되찾았다면 어떻게 이럴 수 있겠나. 내 생각에는 어떤 사고(이를테면, 위치를 알려 주는 비밀 문서 분실)가 있었고, 그래서 키드 선장이 보물을 되찾을 방법이 사라졌던 것 같네. 그 바람에 보물을 숨겼다는 사실조차 몰랐을 키드 선장의 추종자들에게까지 그 사실이 알려지게 된 것이고. 그 추종자들은 보물을 되찾으려고 설레발을 쳤겠지만, 정보도 없이 막무가내로 시도했으니 허탕만 쳤을 테지. 그래서 그들이 소

102

문들을 만들어 내고 퍼뜨리고 다닌 게 아닌가 싶어. 자네는 대서양 연안에서 어떤 중요한 보물을 찾아 냈다는 이야기를 들어 본 적이 있는가?"

"아니, 전혀."

"그러나 키드 선장의 보물이 어마어마하다는 것은 세상이 다 아는 사실이야. 따라서 그 보물이 아직도 땅 속에 묻혀 있다는 건 자명하네. 그러니 어쩌다 내 손에 들어온 그 양피지가 보물이 묻힌 장소에 관한 기록과 관련이 있을 거라는 희망을, 아니 거의 확신을 내가 품었다고 해도 자네는 놀라지 않겠지."

"그래서 그 다음에는 어떻게 되었는가?"

"불을 더 세게 지핀 뒤, 나는 양피지를 불에 다시 쬐어 보았네. 하지만 아무것도 나타나지 않았지. 양피지에 먼지가 너무 두껍게 끼어서 그럴지도 모른다는 생각이 들었네. 그래서 따뜻한 물을 부어 조심스럽게 그 양피지를 씻었네. 그러고는 해골 그림을 아래로 향하게 해서 양은 프라이팬에 놓고 화로 위에 올려놓았네. 몇 분 뒤, 프라이팬이 완전히 달궈진 다음 양피지를 꺼냈더니, 말로 표현할 수 없을 정도로 기쁘게도, 양피지 군데군데에 줄 맞추어 배열되어 있는 어떤 부호들이 점점이 나타나는 게 아니겠는가. 나는 양피지를 다시 프라이팬 위에 올려놓고 1분 동안 그대로 두었네. 다시 꺼내어 보니, 이제 곧 자네에게 보여 줄 것과 같은 글이 선명하게 나타났네."

그러면서 레그랜드는 양피지에 다시 열을 가하더니, 나에게 보라고 건네주었다. 해골과 염소 사이에는 아래와 같은 문자들이 붉은 색조로 희미하게 찍혀 있었다.

53‡‡†305))6*;4826)4‡.)4‡);806*;48†8¶(60))85;I‡(;:‡*8†
83(88)5*†;46(;88*96*?;8)*‡(;485);5*†2:*‡(;4956*2(5*—
4)8¶8*;4069285);)6†8)4‡‡;I(‡9;4808I;8:8‡I;48†85;4)485
†528806*8I(‡9;48;(88;4(‡?34;48)4‡;I6I;:I88;‡?;

나는 양피지를 되돌려주면서 말했다.

"하지만 나는 뭐가 뭔지 하나도 모르겠는걸. 이 수수께끼만 풀면 골콘다✝의 모든 보석이 날 기다리고 있다고 해도, 난 그 보물을 손에 넣지 못할 걸세."

"하지만 자네가 글자들을 얼핏 봤을 때 드는 생각만큼 수수께끼를 푸는 게 그렇게 어렵지는 않다네. 누구나 쉽게 짐작할 수 있듯이, 이 글자들은 암호야. 다시 말해, 뭔가 의미를 담고 있다는 말이네. 하지만 내가 아는 한, 키드는 아주 난해한 암호를 만들어 낼 위인이 못 되네. 나는 곧바로 이것은 간단한 암호일 것이라고 결론을 내렸네. 하지만 머리가 둔한 뱃사람들에게는 암호 풀이법 없이는

✝ 골콘다 : 다이아몬드 가공으로 부를 누린 인도의 도시 유적.

도저히 풀 수 없어 보이기는 하지."

"그럼 자네는 정말로 그것을 풀었단 말인가?"

"물론이지. 이것보다 몇만 배 어려운 것도 푼 적이 있네. 내 주변 환경과 나의 독특한 성향 덕분에 나는 늘 이런 종류의 수수께끼에 관심을 가졌는데, 적절한 방법만 쓴다면 인간이 만든 수수께끼 가운데 인간의 재주로 풀 수 없는 건 없다는 게 내 신조네. 사실, 분명하게 읽을 수 있고 서로 연결되는 글자들을 찾아 내기만 하면 전체 내용을 밝혀 내는 것은 그다지 어렵지 않지.

이번 경우에(사실 모든 비밀 문서에서) 가장 먼저 풀 문제는 그 암호가 어떤 언어로 쓰여 있느냐 하는 거네. 암호 해독의 원칙들은 특정한 관용구의 모습에 따라 좌우되고 결정되네. 특히 간단한 암호일수록 더더욱 그렇지. 일반적으로, 암호를 해독하려고 하는 사람은 암호문의 언어를 찾아 낼 때까지 자기가 아는 모든 언어를 (확률에

의거해서) 이것저것 시험해 보는 수밖에 없다네. 하지만 지금 우리 앞에 있는 이 암호의 경우는 서명 덕분에 그런 수고를 할 필요가 없었네. '키드'를 동음이의어로 사용하여 말장난을 하는 것은 영어에서만 가능하니까 말이야. 상황이 이렇지 않았다면, 나는 스페인어나 프랑스어로 먼저 시도해 보았을 것이네. 그런 언어들이 카리브 해의 해적들이 비밀 문서를 작성할 때 가장 자연스럽게 쓸 수 있는 언어들이잖은가. 서명 덕택에 나는 암호가 영어라고 단정할 수 있었네.

자네가 지금 보다시피, 단어들 사이에 띄어쓰기가 안 되어 있네. 띄어쓰기를 했다면 일은 훨씬 더 쉬웠을 텐데 말이야. 만약 그랬다면, 나는 비교적 짧은 단어들을 하나하나 대조하고 분석하는 것으로 일을 시작했을 것이네. 그리고 철자 하나로 된 단어가 나오면(예를 들어 a나 I 같은 것 말이네) 내가 생각한 풀이 방법이 맞는지 확인해 볼 수 있었을 것이네. 그러나 띄어쓰기가 안 되어 있었기 때문에, 내가 맨 먼저 한 일은 가장 많이 나오는 글자와 가장 적게 나오는 글자를 찾아 내는 것이었네. 글자를 모두 센 다음 나는 다음과 같은 표를 만들었네.

8은 33번
;은 26번
4는 19번

‡와)은 16번

*는 13번

5는 12번

6은 11번

†과 I는 8번

0은 6번

9와 2는 5번

:와 3은 4번

?는 3번

¶은 2번

.와 —은 1번

　자, 영어에서 가장 빈번하게 쓰는 글자는 'e'네. 그 다음은 a o i d h n r s t u y c f g l m w b k p q x z, 이런 순서고. 그런데 e는 워낙 자주 쓰이다 보니, 문장 길이와 상관없이 e가 들어 있지 않은 문장은 좀처럼 찾아보기가 어렵지.

　자, 이제 아주 초기 단계에서 단순한 추측 이상의 토대를 마련한 셈이네. 위와 같은 표를 일반적으로 어떻게 사용하는지는 말하지 않아도 알 것이네. 하지만 우리가 풀려고 하는 암호에서는 아주 부분적으로만 그 표의 도움이 필요했지. 자, 이 표에서 가장 많이 나오는 글자가 8이니 이것을 영어 알파벳의 e라고 가정하는 것으로 시작하세. 가정이 맞는지 보기 위해 8이 두 번 연달아 나온 경우가 많은지 살펴보도록 하세. 왜냐면 영어에서 e가 연달아 두 번 나오는 경우는 아주 흔하니까 말이야. 예를 들자면 meet, fleet, speed, seen, been, agree 같은 단어들이지. 이 암호의 경우에는 길이가 짧은데도 불구하고 8이 다섯 번이나 연달아 나왔네.

그러니 8을 e로 가정하세. 자, 영어의 **단어 중**에 가장 흔히 쓰는 건 the네. 그러니 세 글자가 모두 다르면서 마지막이 8로 끝나는 단어가 그 순서대로 반복되어 나오는 경우가 있는지 찾아보세. 만약 그런 글자가 같은 배열로 되풀이된다면, 그게 the일 가능성이 아주 높네. 조사해 보니 그런 배열이 7개나 있었고, 그 문자는 ;48이었네. 따라서 ;은 t, 4는 h, 8은 e라고 추정할 수 있겠지. 마지막에 나오는 8이 e라는 것은 확정된 셈이고 말이야. 자, 이제 큰 고비 하나는 넘겼네.

그런데 단어 하나를 찾아 내면, 아주 중요한 것도 덩달아 알아 낼 수 있다네. 다름이 아니라, 다른 단어들이 어디에서 시작하고 어디에서 끝나는지를 정할 수 있다는 거네. 예를 들어 ;48 조합 가운데 마지막에서 두 번째 것을 보세. 암호문의 맨 끝에서 조금 앞에 있는 거 말이야. 그것 바로 뒤에 나오는 ;는 단어 첫머리임을 알 수 있네. 그리고 이 the에 이어지는 여섯 글자 중에서 다섯 글자는 이미 정해졌네. 모르는 글자는 비워 두고, 우리가 아는 글자를 적어 보면 다음과 같네.

t eeth

　여기에서 th는 t로 시작하는, 그러니까 위에 있는 저 단어의 일부분이 아닌 것으로 따로 떼어 낼 수 있네. 빈칸에 어떤 알파벳을 집어넣어도 th가 뒤에 붙어 있는 상태로는 단어가 만들어지지 않기 때문이지. 따라서 우리는 이렇게 줄일 수 있네.

　　　t ee

　그리고 아까처럼 알파벳을 하나하나 넣어 보면 유일하게 가능한 단어가 tree라는 결론이 나오네. 이렇게 해서 우리는 the tree라는 단어들의 연쇄를 통해, 또 하나의 글자 r이 '('로 표시되었다는 것을 알아냈네.

　이 단어 뒤로 조금만 가 보면 ;48이라는 조합이 또 나오네. 그 바로 앞에서 한 단어가 끝나는 것으로 가정해 보세. 그러면 다음과 같은 배열이 나오네.

　　　the tree ;4(‡?34 the

　그리고 알아 낸 글자를 알파벳으로 바꾸면 이렇게 되네.

the tree thr‡?3h the

자, 아직 모르는 글자 대신에 빈칸을 남겨 놓으면, 아니 점을 찍으면 이렇게 되지.

the tree thr···h the

곧바로 through라는 단어가 분명하게 떠오를 걸세. 이제 이 발견으로 우리는 세 개의 새로운 글자, 즉 o, u, g를 알 수 있는데, 각각 ‡, ?, 3으로 표시되었네.

이제 우리가 알아 낸 모든 글자의 조합을 통해 암호문을 자세히 들여다보면, 첫머리에서 그리 멀지 않은 곳에 다음과 같은 배열을 찾을 수 있네.

83(88
egree

바꿔 보면 egree, 보나마나 degree가 아닌가. 이로써 우리는 또 다른 글자 d를 †로 나타낸다는 것을 밝혀 냈네.

degree라는 단어 네 글자 뒤에는 다음과 같은 조합이 보이네.

;46(;88*

아까처럼 아는 글자를 알파벳으로 바꾸고 모르는 글자를 점으로
표시하면, 이렇게 되네.

th · rtee ·

생각하나마나 thirteen이라는 단어를 떠올리게 하는 조합이지.
이렇게 해서 우리는 다시 새로운 두 글자 i와 n이 각각 6과 *로 표시
되었다는 것을 알게 되었네.
    이제 암호문의 첫머리를 보면 다음과 같은 조합이 나오네.

53‡‡†

아까처럼 해독하면 이렇게 나와.

· good

그래서 이제 맨 앞에 나오는 글자는 a이고, 첫 두 단어는 a good
이라고 단언할 수 있네.

헷갈리지 않도록 지금까지 발견한 부호들을 표로 정리할 때가
된 것 같군. 자, 이제 다음과 같은 표를 만들 수 있네.

5 — a

† — d

8 — e

3 — g

4 — h

6 — i

* — n

‡ — o

(— r

; — t

우리는 가장 중요한 글자를 열 개 이상 찾아 냈네. 그러니 해독
방법을 더 이상 자세히 얘기할 필요는 없을 것이네. 이런 종류의 암
호문을 쉽게 해독할 수 있다는 것과 어떤 논리로 풀어 나가는지를
보여 주기 위한 설명은 이만하면 충분하다고 생각하네. 그러나 우
리 앞에 있는 암호문은 암호 중에서도 가장 단순한 수준에 속한다
는 점을 명심하게. 이제 자네에게 양피지에 있던 암호문을 해독해
주는 일만 남은 것 같군. 내용은 이러하네.

A good glass in the bishop's hostel in the devil's seat forty-one degrees and thirteen minutes northeast and by north main branch seventh limb east side shoot from the left eye of the death's-head a bee-line from the tree through the shot fifty feet out.

비숍+의 관저에 있는 악마의 자리에서 좋은 안경 사십일 도 십삼 분 북북동쪽 큰 줄기 동쪽 일곱 번째 가지 시체 머리의 왼쪽 눈에서 사격 그 나무로부터 총알 자리를 지나며 최단거리 15미터.

"하지만 여전히 수수께끼 같은 암호가 하나도 안 풀린 것 같네 그려. '악마의 자리' '시체 머리' '비숍의 관저' 같은 알쏭달쏭한 말에서 무슨 수로 어떤 의미를 끌어낼 수 있단 말인가?"

내 말에 레그랜드는 이렇게 대꾸했다.

"얼핏 보면 문제가 여전히 심각하게 보인다는 건 나도 인정하네. 그래서 내가 맨 먼저 시도해 본 것은 이 암호문을 쓴 사람이 의도한 대로 자연스럽게 문장을 쪼개 보는 것이었네."

"구두점을 찍는 것 말인가?"

"그와 비슷한 거지."

"그런데 어떻게 그런 생각을 하게 되었는가?"

+ **비숍** : 가톨릭에서 주교를 이르는 말.

"암호문을 쓴 사람이 해독을 어렵게 하기 위해 띄어쓰기를 하지 않았다는 점에 착안한 거네. 그런데 아주 영리한 사람이 아니라면 이런 일을 할 때 과도하게 하는 법이라네. 그래서 글을 쓰면서 자연스럽게 쉼표나 마침표를 찍어야 하는 곳이 나오면, 오히려 글자들을 보통보다 훨씬 더 따닥따닥 붙여 쓰는 경향을 보이기가 십상이지. 이번 경우에도 암호문을 잘 보면 그런 식으로 지나치게 글자를 붙여 쓴 곳을 다섯 군데나 쉽게 찾을 수 있네. 이런 점을 염두에 두고, 나는 이렇게 문장을 나누어 보았지.

　　　비숍의 관저에 있는 악마의 자리에서 좋은 안경, 사십일 도 십삼 분, 북북동쪽, 큰 줄기 동쪽 일곱 번째 가지, 시체 머리의 왼쪽 눈에서 사격, 그 나무로부터 총알 자리를 지나며 최단거리 15미터."

"그렇게 나누어도 나는 여전히 뭐가 뭔지 도통 모르겠는걸."
"나 역시 마찬가지였어. 며칠 동안은 말이야. 그 며칠 동안 나는 설리번 섬 주변에서 '비숍의 저택'으로 불릴 만한 건물이 있는지 부지런히 찾아다녔네. 물론 '관저'라는 케케묵은 단어는 쓰지 않았네. 그러나 아무런 정보도 얻을 수 없게 되자, 나는 조사 범위를 확대하고 좀 더 조직적인 방법으로 일을 진행해야겠다 마음먹었지. 그런데 바로 그때, 그러니까 어느 날 아침 문득 이 '비숍의 관저'라는 게 '비숍'이라는 유서 깊은 가문과 관련이 있을 수도 있겠구나

하는 생각이 들었네. 비숍 가문은 아주 옛날부터 이 섬 북쪽 4킬로 미터쯤 되는 곳에 오래된 저택을 가지고 있었지. 그래서 나는 그 저택이 있는 농장으로 가서 나이든 흑인들을 상대로 다시 조사를 해 보았네. 마침 나이가 가장 많은 노파 하나가 '비숍의 성'이라고 하는 곳을 알고 있다고 하면서, 나를 그곳으로 안내해 줄 수도 있다고 하더군. 그러면서 그곳은 저택이나 여인숙 같은 곳이 아니라, 큰 바위라는 거지 뭔가.

내가 수고비를 톡톡히 주겠노라고 하자, 노파는 약간 머뭇거리다가 나를 그 장소로 데려다 주는 데 동의했네. 우리는 별 어려움 없이 그곳을 찾았고, 나는 노파를 보낸 다음 주변을 조사하기 시작했네. 그 '저택'은 벼랑과 바위가 불규칙하게 어우러져 있었는데, 다른 바위들 사이로 높이 솟아 있을 뿐만 아니라 외따로 떨어져 있고 생김새가 독특해 단박에 눈에 띄더군. 나는 그 바위 꼭대기로 올라갔네. 하지만 그 다음에 무엇을 해야 할지 막막하더군.

이런저런 궁리를 하다가, 그 바위의 동쪽 면에 있는 폭이 좁은 바위 턱에 눈길이 닿았네. 그 바위 턱은 내가 서 있는 바위 꼭대기에서 1미터 정도 아래에 있었는데, 45센티미터쯤 앞으로 튀어나왔고 폭은 30센티미터도 안 되었네. 그 바위 턱 바로 위에는 우묵하게 파인 곳이 있어서, 전체적인 모양이 우리 조상들이 쓰던 등이 움푹 들어간 의자와 비슷했네. 거기가 바로 암호에서 '악마의 자리'라고 일컫는 곳이 틀림없었지. 나는 드디어 그 수수께끼의 비밀을 완전히 풀 수 있겠구나 하는 느낌이 들었네.

'좋은 안경'은 망원경을 일컫는 말일 수밖에 없지. 뱃사람들 사이에서 '안경'이라는 말이 다른 뜻으로 쓰일 일이 뭐가 있겠나. 망원경이 필요하다는 것, 그리고 망원경을 어떤 관측점에서 봐야 하는지가 한 치의 오차도 없이 밝혀진 거네. 또 나는 곧바로 '41도 13분'과 '북북동쪽'이라는 구절이 망원경의 조준점에 관한 지시 사항이라고 확신하게 되었네. 이러한 발견들에 한껏 흥분한 나는 서둘러 집으로 돌아와서 망원경을 가지고 다시 바위로 돌아갔네.

바위 턱으로 내려간 나는 그곳에 앉으려면 특정한 자세를 취할 수밖에 없다는 것을 알았네. 이 사실은 내 심증을 더욱 굳히게 해 주었네. '41도 13분'은 당연히 수평선을 기준으로 망원경을 올리는 각도를 일컫는 말이지. 수평 방향으로의 위치는 '북북동쪽'이라는 방위로 확실하게 표시되어 있으니 말이야. 이 방위는 휴대용 나침반으로 바로잡을 수 있었네. 그런 다음 나는 어림짐작을 해 가면서 최대한 41도 각도에 맞추려고 망원경을 조심스럽게 위아래로 움직였네. 그러던 중에 저 멀리 유독 큰 나무의 잎 사이로 동그란 틈새, 그러니까 뻥 뚫린 것 같은 공간이 있는 게 눈에 띄었네. 그 틈새 한가운데에 하얀 점 하나가 보였네. 처음에는 그게 뭔지 못 알아보겠더군. 망원경의 초점을 조절하며 다시 보니, 그건 인간의 해골이었어.

해골을 발견하자, 나는 수수께끼가 다 풀렸다고 자신만만했네.

'큰 줄기 동쪽 일곱 번째 가지'란 나무 위 해골 위치를 말하는 것이고, '시체의 머리 왼쪽 눈에서 사격'은 뻔한 것 아니겠는가. 즉, 묻힌 보물을 수색하는 방법 아니겠냐고. 그 말의 뜻은 해골 왼쪽 눈에서 총알을 떨어뜨리라는 말이며, 가장 가까운 나무 기둥으로부터 그 '총알 자리(즉, 총알이 떨어진 자리)'를 지나면서 그려진 '최단거리', 다시 말해 직선을 15미터 정도 확장하면 어떤 특정한 지점을 가리킨다는 거지. 바로 그 지점 아래에 보물이 숨겨져 있을 수 있겠구나 생각했네."

"모든 것이 정말 명쾌하군. 교묘하긴 하지만, 그럼에도 불구하고 간단하고 명료하군. '비숍의 관저'를 떠난 다음에는 어떻게 했나?"

"그 나무의 위치를 마음속에 잘 새기고는 집으로 발걸음을 옮겼네. 그런데 '악마의 자리'를 떠나자마자, 그 동그란 틈새가 사라져 버렸네. 아무리 두리번거려도 그 틈새는 코빼기도 안 보이더군. 내가 보기에 이번 일에서 가장 기묘한 게 바로 이 사실이네(여러 번 되풀이해서 시험해 보았으니 '사실'이라고 장담할 수 있네). 즉, 문제의 그 동그란 틈새는 그 바위 정면에 있는 좁은 바위 턱에서 보는 각도 말고는 어디에서 봐도 보이지 않는다는 것이네.

이 '비숍의 저택' 원정에는 주피터도 함께 갔네. 지난 몇 주 동안 나의 얼빠진 행동을 보고, 나를 혼자 두지 않으려고 각별히 신경을 쓴 것이겠지. 그러나 다음 날 아침 나는 일찍 일어나 주피터 몰래 살짝 빠져나와 그 나무를 찾으려고 산으로 갔네. 고생고생해서 나는 마침내 그 나무를 찾았네. 밤에 집으로 돌아와 보니, 내 하인 녀석이 나에게 몽둥이질을 하겠다며 난리를 치더군. 자, 이제 모험의 나머지 부분은 자네도 나만큼이나 잘 알고 있으리라 믿네."

"그러니까 처음 땅을 팔 때 주피터가 어리석게도 해골 왼쪽 눈 대신 오른쪽 눈으로 풍뎅이를 떨어뜨려 그 지점을 놓친 거군."

"맞아. 그 실수로 '총알 자리'에서, 다시 말해 나무에서 가장 가까운 말뚝의 위치에서 7센티미터 정도 벗어나게 된 거지. 만일 보물이 '총알 자리' 바로 아래에 있었다면 그 실수는 대수롭지 않았겠지. 하지만 '총알 자리'는 가장 가까운 나무와 함께 일직선의 방향을 결정하는 두 지점 중 하나일 따름이지 않은가. 그러니 처음에는 그 오차라는 게 별 게 아니어도 줄을 풀어 나갈수록 오차가 점점 커지게 되어 있었던 거지. 그래서 우리가 15미터를 나갔을 때는 목표물에서 꽤 벗어나 버리고 말았던 거야. 만약 보물이 여기 어딘가에 실제로 묻혀 있다는 믿음이 없었다면, 우리의 모든 노력은 물거품이 될 뻔했어."

"내 추측에는 말이네, 키드 선장이 **해골** 아이디어를, 그러니까 해골 눈 사이로 총알을 떨어뜨리는 것을 생각하게 된 것은 해적 깃발을 보고 착안한 게 아닌가 싶어. 그런 해괴망측한 방법을 통해 자신의 돈을 되찾는 것이 아주 제격이라는, 일종의 시적인 느낌을 가졌음이 틀림없는 것 같네."

"그럴 수도 있겠군. 하지만 이 문제에 있어서는 시적인 느낌 못

지않게 상식적인 부분도 고려한 것 같네. '악마의 자리'에서 볼 수 있으려면, 특히 작은 물건일 경우 흰색이 가장 좋겠지. 잦은 날씨의 변화에도 색깔을 유지하고 심지어는 더욱더 하얗게 될 수 있는 걸로 사람의 해골만한 것은 없지 않은가."

"그나저나 자네가 호언장담하는 꼴하며, 풍뎅이를 흔들어 대던 모습은…… 정말 해괴망측했네! 난 자네가 미친 줄 알았어. 그런데 왜 해골에서 총알 대신 굳이 풍뎅이를 떨어뜨릴 것을 고집한 건가?"

"아, 그건 솔직히 말하면, 나는 자네가 대놓고 내 정신 상태를 의심하는 것에 화가 좀 났었네. 그래서 작은 속임수를 좀 써서 내 나름대로 자네를 은근히 놀려 주려고 마음먹었다네. 그래서 풍뎅이도 흔들었고, 나무에서 풍뎅이를 떨어뜨려 보기도 한 걸세. 풍뎅이가 꽤 무겁다는 자네의 말을 듣고 떠오른 아이디어였어."

"아, 그랬군. 이제 내가 아직도 잘 모르겠는 게 딱 하나 남았네. 그 구덩이에서 나온 해골들은 어떻게 설명할 텐가?"

"그건 자네만큼이나 나도 답할 수 없는 문제야. 하지만 그럴듯한 설명이 하나 있기는 하네. 내 추측대로 잔혹한 행위가 실제로 있었다고 믿는 건 끔찍한 일이긴 하지만, 어쨌든 확실한 것은 키드 선장이(내가 믿어 의심치 않는 것처럼 그가 정말로 이 보물을 숨긴 사람이라면 말이야) 혼자서 보물을 숨기지는 않았을 것 같다는 거야. 하지만 작업이 끝났을 때, 키드 선장은 아마도 자기 비밀을 알고 있는 사람들을 모두 없애 버리는 게 상책이라고 생각했을 거야. 그리고 부하들이 구덩이에서 부지런히 일하고 있을 때, 곡괭이로 두어 번 내리치는 건 일도 아니었겠지. 어쩌면 열 번을 내리쳤어야 했는지도 모르고. 그거야 누가 알겠나?"

The Murders in the Rue Morgue

모르그 거리의 살인 사건

사이렌✝이 어떤 노래를 불렀는가, 또는 아킬레스✝✝가 여인들 틈
에 몸을 숨겼을 때 어떤 이름을 사용했는가 하는 질문은 까다롭기는
하지만 전혀 답할 수 없는 것은 아니다.

—토마스 브라운,『호장론』

인간의 정신을 흔히 '분석적'이라고 말하지만, 정신 그 자체를
분석하기란 거의 불가능하다. 단지 정신이 야기하는 현상들을 통
해 우리는 정신을 이해할 수 있을 따름이다. 우리가 정신에 대해 알
고 있는 것들 가운데 한 가지는, 정신적 능력이 뛰어난 사람들에게
는 정신이 아주 강렬한 즐거움의 원천이 된다는 사실이다.

✝ **사이렌** : 그리스 신화에 나오는 반은 여자이고 반은 새인 요정으로, 아름다운 노랫소리로 지나가는 뱃
사공을 꾀어 죽였다고 한다.
✝✝ **아킬레스** : 『일리아드』에 나오는 그리스 영웅으로, 전쟁에 나가게 되면 위대한 영웅이 되지만 일찍
죽고, 그렇지 않으면 현군이 될 것이란 예언 때문에 그의 아버지가 여장을 시켜서 여자들과 같이 살도록
했다.

건강한 사람이 근육 운동을 하면서 기쁨을 느끼고 자신의 육체적 능력에 흡족해하듯이, 분석가는 **이리저리 얽힌** 문제를 푸는 정신적 활동에서 자부심을 느낀다. 분석가는 자신의 재능을 쓰는 일이라면 아무리 사소한 것에서라도 즐거움을 얻는다. 그는 수수께끼, 난해한 문제, 암호 등을 좋아하며, 그런 것들을 풀 때면 보통 사람들에게는 초인적으로 보일 정도의 **명석함**을 보인다. 분석가가 내리는 결론은 지극히 정연한 논리를 통해 얻어짐에도 불구하고, 실제로는 다분히 직관의 냄새를 풍긴다.

분석 능력 또는 해석 능력이 수학적 연구, 특히 수학의 최고 분야인 해석학에 크게 힘입었다는 것은 사실이다. 하지만 단지 이런 관계를 역으로 적용하여 수학의 한 분야가 마치 분석이나 해석의 정수라도 되는 양 '해석학'이라는 용어로 불리는 것은 부당하다. 계산 그 자체가 분석은 아니기 때문이다. 예를 들어, 체스✛를 두는 사람은 계산은 하지만 분석하려고 애쓰지는 않는다. 그러므로 체스 게임이 정신 발달에 대단히 효과적이라는 생각은 잘못된 상식이다.

나는 지금 논문을 쓰려는 것이 아니다. 다만 내가 직접 겪은 다소 특이한 사건에 대해 이야기하기 전에 두서없이 몇 마디 하고 싶을 뿐이다. 얘기가 나온 김에 좀 더 말하자면, 고도의 분석적 사고

✛ **체스** : 체크 무늬 판에서 두 사람이 각각 16개의 말을 이용하여 펼치는 게임.

력은 복잡하고 경박한 체스보다 단순하고 점잖은 체커[+]에서 더 분명하고 유용하게 발휘된다. 말들마다 **해괴하게** 움직이며 서로 가는 길도 다르고 점수도 다양하고 변수도 많은 체스를 보면서, 사람들은 단지 복잡한 것에 불과한 것을 심오한 것으로 착각한다(이런 착각은 흔히 범하는 실수다). 체스에서는 집중력이 아주 중요한 역할을 한다. 잠시 한눈이라도 팔면, 말의 움직임을 놓쳐 큰 피해를 입거나 패배하게 된다. 말이 움직일 수는 있는 길이 여러 가지인 데다, 이리저리 뒤얽혀 있어서 말의 움직임을 놓치기 십상이기 때문이다. 그래서 명석한 사람보다는 집중력이 뛰어난 사람이 이기게 되어 있다.

이와는 대조적으로 말의 움직임이 **일정하고** 변수가 별로 없는 체커에서는, 부주의 때문에 실수할 가능성이 적기 때문에 집중력의 역할은 상대적으로 줄어들고, **명석한** 사람일수록 유리하다.

좀 더 구체적으로, 경기판에 왕이 4개만 남아 있는 체커 게임을 가정해 보자. 또 실수가 없다고 가정해 보자. 두 선수가 같은 조건이라면, 이제 승부는 누가 더 멋들어진 수를 찾아 내느냐에 달려 있다. 그리고 그런 수를 찾기 위해서는 머리를 아주 많이 써야 한다. 통상적으로 쓸 수 있는 방법을 다 쓴 분석가는 상대방의 머릿속에 들어가 상대방 입장에 서서 판을 본다. 그렇게 해서 심심찮게 상대

[+] **체커** : 체스 판에서 두 사람이 말을 12개씩 써서 하는 놀이.

방의 실수나 계산 착오를 유발할 수 있는 유일한 묘수(때로는 어처구니없이 간단한 수)를 찾아 내는 것이다.

휘스트[+] 게임은 이른바 '계산 능력'과 상관관계가 높은 것으로 오랫동안 알려져 왔다. 지능이 높은 사람들이 체스는 경박한 놀이라고 무시하면서도 휘스트에는 푹 빠져 있곤 한다는 것은 잘 알려진 사실이다. 이 게임만큼 분석력이 중대한 역할을 하는 게임은 없다. 서구에서 최고의 체스 선수라 하면 그저 체스 실력이 뛰어난 선수 이상 아무것도 아닐 테지만, 휘스트에 능수능란하다고 하면, 머리 싸움이 필요한 보다 중요한 일에서 성공할 능력이 있다는 것으로 받아들여진다.

'능수능란'이라는 표현이 의미하는 바는, 판을 유리하게 만드는 **온갖** 수를 알고 있는 것을 비롯해 그 게임에 완전히 통달했다는 뜻이다. 이 '수'라고 하는 것에는 여러 가지가 있으며, 그 형태도 다양하다. 그리고 보통의 이해력으로는 접근할 수 없고 깊은 사유에서 나오는 경우가 많다. 주의 깊게 관찰하면 기억도 또렷하게 오래가는 법이다. 이것만 고려하면, 집중력이 뛰어난 체스 선수가 휘스트도 잘할 것 같다. 카드 놀이 교본에 나와 있는 규칙들(이것들은 휘스트 게임의 단순한 메커니즘에 토대를 두고 있다)은 일반적으로 이해하기가 그다지 어렵지 않다. 따라서 좋은 기억력에다 규칙만 잘 알고

✛ **휘스트** : 네 명이 둘씩 편을 짜고 하는 카드 놀이.

있으면, 휘스트를 잘한다는 소리를 들을 수 있다. 그러나 분석가의 능력이 발휘되는 것은 단순한 규칙의 테두리 넘어섰을 때이다. 분석가는 수많은 상황을 말없이 관찰하고 추론한다. 물론 상대방도 그렇게 할 것이다. 얼마나 광범위한 정보를 얻느냐는 추론의 타당성보다는 관찰의 질에 달려 있다. 여기에서 꼭 필요한 것이 **무엇**을 관찰하느냐를 아는 것이다.

휘스트의 고수는 자신을 어떤 한계에 가두지 않는다. 게임이 목적이라고 해서 게임 외적인 사물들에서 추론하는 것을 마다하지 않는다. 자기편의 얼굴을 자세히 살펴보고, 상대편 얼굴과 비교한다. 상대편이 카드를 어떻게 분류하는지 잘 관찰하며, 종종 카드를 들고 있는 사람의 눈빛만 보고도 좋은 카드를 들고 있는지 아닌지를 속속들이 알아낸다.

게임이 진행되는 동안에는 상대방의 표정 변화를 하나도 빼놓지 않고 눈여겨본다. 자신 있는 표정, 놀란 표정, 의기양양한 표정, 애석한 표정 등의 변화를 읽으며 많은 생각을 한다. 카드를 바닥에서 집어 드는 손놀림만 보고도, 그 사람이 원하는 무늬의 카드를 집었는지 아닌지를 판단할 수 있다. 또한 카드를 테이블에 던지는 모양새만 보고도 어떤 속임수를 쓰고 있는지 알아차린다. 무심코 부주의하게 던지는 말 한 마디, 우연히 떨어뜨리거나 뒤집어진 카드 한 장, 떨어진 카드를 얼른 감출 때 초조해하는지 그렇지 않은지의 여부, 돌린 패들을 세고 배열하는 순서, 그리고 당황, 머뭇거림, 흥분,

동요, 이 모든 것들이 어떤 일이 벌어지고 있는가를 직관적으로 알아차릴 수 있도록 알려주는 단서들이 된다. 처음 두세 바퀴 정도 차례가 돌면 그는 상대방 손에 무슨 패가 있는지 훤히 알게 되며, 그 다음부터는 마치 상대방이 패가 다 보이도록 뒤집어서 들고 있기라도 한 것처럼 한 치의 오차도 없이 정확하게 자신의 카드를 낸다.

분석력을 단순한 영리함과 혼동해서는 안 된다. 분석가는 모두 영리한 사람이지만, 영리한 사람이 분석을 전혀 못하는 경우도 많기 때문이다. 골상학자들이 기본 능력으로 간주하여 별도의 기관이 담당한다고 주장한(내 생각에는 틀린 주장이다) 구성 능력 또는 결합 능력은 대개 영리한 사람들의 특징으로 손꼽히지만, 백치에 가까운 사람들에게서도 그 능력이 종종 나타나 정신 전문가들의 관심을 끌기도 했다. 영리함과 분석력의 차이는 공상과 상상의 차이보다 훨씬 크지만 아주 비슷한 데가 있다. 사실 영리한 사람들은 늘 공상적이며, **진정으로** 상상력이 뛰어난 사람은 항상 분석적이다.

지금부터 내가 할 이야기는 내가 방금 말한 주장들에 대한 일종의 주석처럼 보일 것이다.

18XX년 봄부터 초여름까지 나는 파리에 머물면서 C. 오귀스트 뒤팽이라는 사람을 알게 되었다. 이 젊은 신사는 훌륭한(사실 유명한) 집안 출신이었지만, 갖가지 불행한 사건들로 말미암아 매우 가난한 신세가 되었다. 그는 활력을 잃었고, 세상일에 열의를 보인다거나 재산을 되찾으려는 노력 같은 건 이미 포기한 상태였다. 하지

만 채권자들의 배려로 유산의 일부가 아직 그의 명의로 남아 있어서 거기에서 나오는 수입으로 그는 꼭 필요한 것들만 사 쓰면서 아주 검소하게 생활을 꾸려 나가고 있었다. 그의 유일한 사치품이라면 책이었는데, 사실 파리에서는 책을 구하기가 그다지 어렵지 않다.

우리가 처음 만난 곳은 몽마르트 거리에 있는, 지금은 이름도 생각나지 않는 어느 도서관이었다. 우연히도 우리는 동시에 매우 진귀한 책 한 권을 찾고 있었다. 그 일로 우리는 가까워졌고, 그 뒤로 여러 번 만났다. 프랑스 인들이 늘 그렇듯이, 그는 나에게 아주 솔직하게 자기 가족의 역사를 낱낱이 털어놓았고, 나는 그 이야기를 흥미진진하게 들었다. 나는 또 그의 매우 폭넓은 독서에 놀랐다. 그리고 무엇보다도 그의 상상력에서 느껴지는, 길들여지지 않은 열정과 생기 넘치는 신선함은 내 가슴속에 불을 지피는 것 같았다. 그즈음 파리에서 필요한 물건들을 찾고 있던 나는 그런 사람과 친구로 지내는 것이 무엇과도 바꿀 수 없을 정도로 소중하게 느껴졌다. 그리고 나는 이런 느낌을 그에게 솔직하게 털어놓았다. 결국 우리는 내가 파리에 머무는 동안 함께 살기로 의기투합했다. 그나마 그보다는 형편이 조금 나은 내가 돈을 마련해 낡고 음침한 집을 빌리고, 우리 둘의 공통된 기질인 다소 몽환적인 우울함에 어울리는 스타일의 가구를 들였다. 생제르맹 교외의 황량하고 외진 곳에 있는 그 집은 어떤 미신 때문에(어떤 미신인지는 정확히 물어보지 않았다) 오랫동안 사람이 살지 않았으며, 금방이라도 쓰러질 것 같았다.

이 집에서 우리가 어떻게 지냈는지 사람들이 알았다면, 우리를 미치광이(아무런 해도 끼치지 않는 미치광이일 테지만) 취급했을 것이다. 세상과의 단절은 완벽했다. 방문객은 한 명도 없었다. 사실 나는 내 친구들한테도 우리의 은신처가 어디에 있는지 비밀로 했다. 게다가 뒤팽은 몇 년째 파리에서 사람들과의 접촉을 피하고 있던 터였다. 우리는 우리들만의 고립된 세계에서 살았다.

내 벗의 공상벽(달리 무엇이라고 부를 수 있을까?)은 밤에 매료되어 있었다. 그의 다른 면에 대해 그러했던 것처럼, 나는 이러한 그의 기행에도 서서히 빠져들었고, 그의 불안정하고 변덕스러운 기분에 나 자신을 완전히 **내맡기게** 되었다. 밤의 여신이 언제나 우리와 함께 있을 수는 없는 노릇이었지만, 우리는 밤을 연출할 수 있었다. 첫새벽이 오면 우리는 낡은 집의 육중한 창문을 모두 닫고, 강한 향기를 풍기며 창백하고 희미한 불빛을 내는 초 두 개를 켰다. 촛불 아래에서 책을 읽고 글을 쓰고 이야기를 나누면서 정신없이 꿈속을 헤매다 보면 어느덧 시계가 진짜 밤이 왔다는 사실을 알리곤 했다. 그러면 우리는 거리로 뛰쳐나가 팔짱을 끼고 낮에 나누던 이야기를 계속하거나, 북적대는 도시의 요란한 빛과 그림자의 틈바구니에서 조용히 관찰하면 얻을 수 있는 마음의 무한한 흥분을 찾아 늦은 시간까지 여기저기 그리고 멀리까지 싸돌아다녔다.

그럴 때면 나는 뒤팽의 특출한 분석력에(그의 풍부한 상상력을 보고 예상은 했었지만) 감탄하지 않을 수 없었다. 그는 그러한 능력을 발휘하는(과시하는 것은 아니라 하더라도) 데에서 대단히 큰 기쁨을 얻는 것 같았으며, 그런 즐거움을 감추지 않았다. 그는 소리 낮춰 킬킬거리며, 사람들이 가슴에 자기한테만 보이는 창문을 달고 있는 것 같다며 큰소리쳤다. 그러면서 내 마음속을 훤히 들여다보는 것 같은 주장들을 해서 자신의 호언장담에 대한 직접적이고도 놀랄 만한 증거를 제시하곤 했다. 이럴 때 그의 표정을 보면 무뚝뚝하고 넋이 나간 듯했으며, 눈은 초점을 잃은 듯했다. 평소에는 낭랑한 테너의 음색이었던 목소리도 날카로운 고음으로 변했는데, 말투가 차분하고 발음이 또박또박하지 않았다면 신경질적으로 들렸을 것이다. 이런 뒤팽의 모습에서 나는 오래된 '이중 영혼설'을 떠올렸다. 그리고 창조적 영혼으로서의 뒤팽과 분석적 영혼으로서의 뒤팽을 생각하면서 혼자 빙긋이 웃곤 했다.

뒤팽에 대한 나의 말들이 무슨 추리소설이나 지어낸 이야기처럼 들릴지도 모르겠다. 하지만 그런 것은 아니다. 그 프랑스 인에 대한 묘사는 그저 격정적인 지식인(어쩌면 병적인 지식인이라고 하는 게 더 나을지도 모르겠다)에 대한 담담한 서술일 뿐이다. 하지만 그 시기에 그가 했던 말들의 성격이 어떤 것인지 보여 주기 위해 예를 하나 드는 게 좋을 성싶다.

어느 날 밤, 우리는 팔레 루아얄⁺ 근처의 길게 뻗은 지저분한 거

✛ **팔레 루아얄** : 파리 중심에 위치한 왕궁.

리를 거닐고 있었다. 둘 다 뭔가를 깊이 생각하느라 최소한 15분 동안 한 마디도 하지 않았다. 이윽고 뒤팽이 불쑥 이렇게 말했다.

"그 사람은 왜소한 사람이야. 암, 그렇지. 흥을 돋우는 쇼에 더 적합할 거야."

"당연하지."

처음에 나는 그가 내 마음속에 들어와 내 생각을 읽었다는 이 신기한 일을 알아차리지 못한 채(나는 딴 생각에 너무 몰두해 있었다) 무심코 대답했다. 하지만 곧 정신을 차린 나는 깜짝 놀랐다.

내가 심각한 목소리로 말했다.

"뒤팽, 귀신이 곡할 노릇이군. 솔직히, 난 너무 놀라 어안이 벙벙할 뿐이야. 내가 그 사람 생각을 하고 있다는 것을 대체 어떻게 알았나?"

나는 뒤팽이 정말로 내가 마음속으로 생각하고 있던 사람을 확실히 알고 있는지 확인하기 위해 일부러 '그 사람'이라는 말을 썼다.

"샹틸리 말하는 거 아닌가? 돌려 말할 필요 있나? 자네는 그가 너무 왜소해서 비극에는 어울리지 않다고 생각하고 있었잖은가?"

그것은 정확하게 내가 마음속으로 생각하고 있었던 것이다. 샹틸리는 생드니 가에서 일하는 구두 수선공으로, 연극에 미쳐 크레비용✛의 비극에서 크세르세스 역을 맡아 나름대로 열연을 펼쳤으

✛ **크레비용** : 비극으로 유명한 프랑스의 극작가(1674~1762). 〈크세르세스(1714)〉는 단 한 번 상영된 실패작이었다.

나 결국 사람들의 놀림감이 되고 말았다.

"맙소사! 어서 말해 보게나. 자네가 내 마음을 훤히 들여다보는 방법 말이야. 그런 방법이 있다면 나한테도 좀 알려 주게."

사실 나는 너무 놀라 말문이 막힐 정도였다.

"자네가 그 구두 수선공이 크세르세스, 또는 그와 비슷한 역할을 하기에는 키가 너무 작다는 결론을 내리게 된 것은 과일 장수 때문이지."

"과일 장수라고? 정말 뜻밖인걸. 나는 아는 과일 장수가 하나도 없는데."

"우리가 이 거리로 들어섰을 때 자네와 부딪쳤던 사람 말일세. 15분 전쯤일 거야."

그제야 나는 우리가 C×××거리에서 지금 서 있는 거리로 들어서던 순간, 사과 광주리를 머리에 인 과일 장수와 부딪쳐 하마터면 넘어질 뻔했던 일이 생각났다. 그러나 이것이 샹틸리와 무슨 연관이 있는지 나는 도무지 감을 잡을 수 없었다. 그렇다고 뒤팽이 허풍을 떨 사람도 아니었다.

"설명해 주지, 자네가 분명히 이해할 수 있도록 말이야. 먼저 내가 자네에게 말을 건 순간부터 문제의 과일 장수와 부딪칠 뻔했던 때까지 자네의 생각을 되짚어 보세. 큰 줄기는 다음과 같네. 샹틸리, 오리온⁺, 니콜라스 박사, 에피쿠로스, 스테레오토미, 도로 포장용 돌, 그리고 과일 장수."

사람들은 과거를 돌이켜 보며 자기 마음속에 있는 특정한 생각들이 어떤 과정을 통해 형성되었는지 되돌아보는 즐거움을 맛볼 때가 있다. 이 일은 아주 흥미진진하기도 하지만, 처음 해 보는 사람은 출발점과 종착점 사이에 엄청난 거리와 괴리가 있는 것을 발견하고는 깜짝 놀라기도 한다. 그러니 방금 내 프랑스 인 친구 뒤팽의 말을 들었을 때, 그리고 결국에는 그의 말이 모두 사실임을 인정하지 않을 수 없었을 때, 내가 얼마나 놀랐을지 짐작할 수 있을 것이다.

뒤팽이 말을 이었다.

"C×××거리를 벗어나기 바로 직전, 내 기억이 맞다면 우리는 말에 관해 이야기를 나누었어. 그게 우리가 마지막으로 나눈 대화였지. 이 거리로 들어설 때 머리에 커다란 광주리를 인 과일 장수가 우리 앞을 서둘러 지나가면서 보수 공사 중인 포장도로 위에 쌓아 둔 돌무더기 위로 자네를 밀쳤네. 자네는 나뒹구는 돌을 밟고는 미끄러져 발목을 약간 삐끗했지. 그래서 화가 나 언짢은 표정을 지으며 몇 마디 투덜거렸지. 그러고는 돌무더기를 돌아본 다음, 말없이 다시 발걸음을 옮겼네. 나는 자네의 행동을 일부러 눈여겨본 것은 아니었지만, 요즈음은 관찰이 내 생활의 일부가 되다시피 해서 말이야.

✤ 오리온 : 그리스 신화에 나오는 거인 사냥꾼으로, 그 이름을 따서 별자리 이름인 오리온자리가 만들어졌다.

자네는 계속 땅을 내려다보며 못마땅한 표정으로 도로 여기저기에 파인 곳들과 바퀴 자국들을 힐끔거렸어(그래서 난 자네가 여전히 그 돌을 생각하고 있다는 것을 알 수 있었지). 그러다 우리는 라마르틴이라는 길에 다다랐는데, 그곳은 굵은 못을 박아 넣은 블록을 겹쳐 까는 시험적인 방법으로 도로 포장이 되어 있었지. 그제야 자네 얼굴이 환해지더군. 자네의 입술이 움직이는 것을 보면서, 난 자네가 이런 방식의 도로 포장법을 이르는 '스테레오토미'라는 단어를 중얼거리는 거라고 생각했지. 그리고 혼자서 '스테레오토미'라는 말을 중얼거리면 틀림없이 아토미(원자), 그리고 더 나아가 에피쿠로스 이론을 떠올릴 것이라고 짐작했어. 왜냐면 우리가 얼마 전에 이 주제에 관해 토론할 때, 뛰어난 그리스 인들의 막연한 추측이 최근에 성운 우주 창조설로 확인되었는데도 불구하고, 참으로 이상하게도 거의 주목을 받지 못하고 있다고 내가 자네한테 말한 적이 있거든. 그래서 나는 자네가 오리온자리의 거대한 성운에 눈길을 던질 것 같았고, 그렇게 하리라고 확신을 갖고 지켜보고 있었지. 아니나 다를까, 자네는 하늘을 올려다보더군. 그때 난 내가 자네 사고의 흐름을 정확하게 따라왔구나 하고 확신했네. 어제 「뮈제」에 실렸던 샹틸리에 대한 혹평에서, 글쓴이는 비극을 한다며 이름을 바꾼 구두 수선공을 빈정대며 우리가 종종 읊던 라틴어 구절을 인용했지. 바로 이 구절 말일세.

최초의 문자가 오래된 소리를 파괴했다.

나는 이 구절이 예전에 '유리온'이라고 표기하기도 했던 오리온
에 관한 것이라고 자네한테 말한 적이 있네. 이 설명을 하면서 내가
좀 빈정댔기 때문에 자네가 그것을 잊어버렸을 리가 없다는 걸 알
았지. 따라서 자네가 틀림없이 오리온과 샹틸리를 연결시켜 생각
할 것 같더군. 자네 입술 위에 얼핏 스친 미소를 보고서 나는 자네
가 실제로 그렇게 하고 있다는 것을 알아차렸지. 자네는 그 가엾은
구두 수선공의 처지를 생각한 거야. 그때까지 자네는 고개를 숙인
채 걷고 있었는데, 이제 허리를 죽 펴더군. 그때 나는 자네가 샹틸
리의 왜소한 체구에 대해 생각하고 있다는 확신을 얻었지. 그래서
바로 자네의 생각 속으로 끼어들어 이렇게 말했던 거야. '그 사람
은(샹틸리 말이네) 왜소한 사람이야. 암, 그렇지. 흥을 돋우는 쇼에
더 적합할 거야'라고.''

잠시 뒤, 우리는 「트리부노 신문」 석간을 대충 훑어보다가 다음
과 같은 눈에 띄는 기사를 발견했다.

〈기괴한 살인 사건〉

오늘 새벽 3시경, 생로크 구역 주민들은 잇따라 들리는 끔찍
한 비명 소리에 잠을 깼다. 그 비명은 모르그 거리에 있는 한 건
물 4층에서 들려 왔는데, 그곳에는 레스파네 부인과 딸 카미유 양

이 사는 것으로 알려졌다. 10명의 이웃들이 두 명의 경관과 함께 정상적인 방법으로 그 집으로 들어가려고 했으나 여의치 않자, 뒤늦게 쇠지레로 현관문을 부수고 들어갔다. 이때는 비명 소리가 이미 멎은 상태였다. 하지만 사람들이 서둘러 첫 번째 층계에 막 올라설 때, 두세 명이 다투는 듯한 거친 목소리가 들려 왔다. 그 소리는 위에서 나는 것 같았다. 두 번째 층계참에 다다랐을 때, 그 소리마저 멎고 사방은 쥐 죽은 듯 조용했다. 사람들은 흩어져 이 방 저 방 황급히 뛰어다녔다. 4층에 있는 커다란 뒷방을 열어 보고 (안으로 잠겨 있어 문을 강제로 열었다) 모두들 경악했다.

그 방은 완전히 난장판이었다. 가구는 부서져 사방에 널브러져 있었다. 침대는 하나뿐이었는데, 침구가 벗겨진 채 방 한가운데 내동댕이쳐져 있었다. 의자 위에는 피 묻은 면도칼이 하나 있었다. 난로 위에는 길고 굵은 잿빛 머리카락 두세 뭉치가 역시 피가 묻은 채 뿌리째 뽑혀 있었다. 방바닥에서는 나폴레옹 금화 네 개, 황수정 귀고리 한 짝, 큰 은 스푼 세 개, 작은 양은 스푼 세 개, 그리고 금화 4천 프랑 정도가 든 주머니 두 개가 발견되었다. 한쪽 구석에 놓인 책상은 서랍들이 열려 있었는데, 물건들은 대부분 그대로인 것 같았지만, 누군가 샅샅이 뒤진 흔적이 있었다. 침구(침대가 아니다) 밑에서 발견된 조그마한 철제 금고는 열쇠가 꽂힌 채 열려 있었다. 금고 안에는 오래된 편지 서너 통과 대수롭지 않은 서류들만 있었다.

레스파네 부인의 흔적은 보이지 않았다. 그러나 난로 근처에서 평소보다 많은 양의 검댕이 발견되어 굴뚝 수색이 벌어졌다. 그리고 굴뚝 속에서 (입에 담기 끔찍하지만) 딸의 시체가 거꾸로 선 채로 발견되었다. 시체는 굴뚝의 좁은 틈 속에서 꽤 높은 곳까지 끌어 올려져 있었다. 시신은 꽤 따뜻했다. 시체를 살펴보니, 찰과상이 여러 군데 발견되었는데, 굴뚝으로 끌어올릴 때와 다시 내릴 때 생긴 상처가 분명했다. 얼굴은 여기저기 심하게 긁혀 있었고, 목이 졸려 죽은 듯 목에는 짙은 멍과 깊은 손톱자국이 있었다.

집 안을 샅샅이 조사했으나 별다른 것은 발견되지 않았다. 사람들은 건물 뒤편에 있는 잘 정돈된 조그만 뒤뜰로 가 보았는데, 그곳에 레스파네 부인의 시체가 있었다. 목이 완전히 절단되어 있다가 일으켜 세우려 하자 툭 하고 떨어졌다. 머리뿐만 아니라 몸도 여기저기 잘려 나가 사람의 모습이라고 할 수 없을 지경이었다.

현재까지 이 끔찍한 미스터리에 관한 단서는 하나도 없는 것으로 알려지고 있다.

다음 날 신문에는 다음과 같은 상세한 기사가 추가로 실렸다.

〈모르그 거리의 비극〉

기괴하고 무시무시한 이 사건과 관련해 많은 사람들이 조사를 받았지만, 사건의 실체를 밝힐 어떤 단서도 찾지 못했다. 다음은

우리가 입수한 중요한 증언들이다.

폴린 뒤부르 죽은 두 사람의 세탁을 담당한 세탁부로, 그들을 안 지 3년이 되었으며 다음과 같이 증언했다.

"노부인과 딸은 사이가 좋고 다정해 보였다. 급여는 후했다. 생활 방식이나 수입에 대해서는 말할 입장이 아니다. 다만 부인이 생계를 위해 점을 쳤다고 알고 있다. 돈을 모아 두었다는 소문도 있었다. 세탁물을 가져올 때나 가져갈 때 집 안에서 다른 사람을 만났던 적은 한 번도 없었다. 하인이 한 명도 없었다는 것은 확실하다. 4층 말고는 건물 어디에도 가구라고는 없는 것 같았다."

피에르 모로 담뱃가게 주인. 많은 양은 아니지만 레스파네 부인에게 4년 가까이 정기적으로 담배와 코담배를 팔았다고 한다. 그는 이 근방에서 태어나 평생을 이 지역에서 살았다.

"죽은 부인과 딸은 시체가 발견된 그 집에서 6년 넘게 살았다. 예전에는 보석상이 집주인이었는데, 위층 방들을 여러 사람들에게 세를 놓았다. 라스파네 부인은 이 집을 산 다음, 세든 사람들이 건물을 함부로 쓰는 것이 못마땅해 아예 직접 이사를 들어와 살았고, 나머지 방도 세를 놓지 않았다. 노부인한테는 어린아이 같은 구석이 있었다. 나는 지난 6년 동안 부인의 딸을 대여섯 번밖에는 보지 못했다. 두 사람은 극단적인 은둔 생활을 했으며, 부자라는 소문도 있었다. 이웃사람들 사이에 라스파네 부인이 점을 친다는 소리도 있었지만 나는 믿지 않았다. 노부인과 딸 이외에 짐꾼이 한두 번, 의사가 열 번 남짓 온 것을 빼고는 그 집 안으로 들어가는 사람을 본 적이 없다."

다른 여러 이웃들도 비슷한 증언을 하였다. 그 집을 자주 드나들었다고 말할 만한 사람은 없었다. 레스파네 부인이나 딸과 연고가 있는 사람 중에 살아 있는 사람이 있는지도 알 수 없었다. 건물 앞쪽의 덧창문은 거의 닫혀 있었다. 4층의 커다란 뒷방을 제외하고는 뒤쪽 창문들도 늘 닫혀 있었다. 집은 그다지 오래되지 않은 훌륭한 건물이다.

이시도르 뮈제 경관. 새벽 3시경에 신고를 받고 그 집으로 갔으며, 20~30명이 대문 앞에서 들어가려고 애쓰는 것을 보았다고 증언했다.

"내가 결국 총검으로 문을 열었다. 쇠지레가 아니다. 문짝이 두 개이고, 위아래 어디에도 빗장이 질러지지 않아 문을 여는 건 그다지 어렵지 않았다. 비명은 문이 열리는 순간까지 계속 들리다가 갑자기 뚝 그쳤다. 극심한 고통을 느끼는 사람(또는 사람들)의 비명 같았으며, 급하고 짧게 내는 소리라기보다는 크고 길게 이어지는 소리였다."

뮈제 경관은 앞장서서 층계를 올라간 사람이었다.

"첫 번째 층계참에 도착하자 두 사람이 화를 내며 큰 소리로 다투는 소리가 들렸다. 하나는 거칠고 굵은 목소리였고 또 하나는 훨씬 더 날카롭고 낯선 목소리였다. 굵은 목소리가 하는 말은 단어 몇 개는 알아들을 수 있었는데, 확실히 프랑스 인이었다. 여자 목소리가 아니었던 것은 분명하다. '저리 꺼져', '악마'라는 프랑스어 단어가 또렷이 들렸다. 날카로운 목소리는 외국인이었다. 여자 목소리인지 남자 목소리인지는 알 수 없었다. 무슨 말을 하는지 알아들을 수는 없었지만 스페인어 같았다."

어제 우리가 보도한 방과 시체의 상태는 이 증인이 말해 준 것이다.

앙리 뒤발 이웃에 사는 사람으로 은 세공 일을 한다. 그 집에 처음 들어갔던 일행 중 한 사람. 그의 증언은 대체로 이시도르 뮈제의 증언을 뒷받침하는 것이었다. 문을 부수고 건물로 들어간 사람들은 밤늦은 시간임에도 불구하고 매우 빠르게 모여드는 구경꾼들을 막기 위해 곧바로 다시 문을 닫았다고 한다. 이 증인은 그 날카로운 목소리는 이탈리아 인 같았다고 증언했다.

"프랑스 인의 목소리가 아니었던 건 확실하다. 남자 목소리인지는 확실치 않다. 여자 목소리일 수도 있다. 이탈리아어는 잘 모른다. 그래서 말을 알아들을 수는 없었지만 억양으로 보아 목소리의 주인공은 이탈리아 인이 틀림없는 것 같았다. 레스파네 부인하고 딸과 알고 지내는 사이였고, 두 사람과 자주 이야기를 나누었다. 날카로운 목소리는 죽은 두 사람 가운데 누구의 목소리도 아닌 게 확실하다."

오덴하이머 레스토랑 주인. 이 증인은 자원해서 증언을 했다. 암스테르담 태생으로, 프랑스어를 할 줄 몰라 통역의 도움을 받아 얘기했다.

"비명이 들릴 때 그 건물 앞을 지나고 있었다. 비명은 몇 분 동안(아마도 10분 정도) 이어졌다. 비명 소리는 컸고 오랫동안 울려 퍼졌으며, 끔찍하고 소름 끼쳤다."

이 사람은 건물 안으로 들어갔던 이들 중 하나로, 모든 점에서 앞서 있었던 증언과 일치했지만, 한 가지 예외가 있었다. 즉, 날카로운 목소리의 주인공은 남자이고, 프랑스 인이 틀림없다고 했다.

"하지만 뭐라고 말하는지 알아들을 수는 없었다. 크고 빠른 데다 높낮이도 일정하지 않고, 화가 난 듯하기도 하고 겁에 질린 듯하기도 한 목소리였다. 목소리는 거칠었다. 날카롭다기보다는 거친 쪽이었다. 날카롭다고는 말할 수 없는 목소리였다. 한편 굵은 목소리는 프랑스어로 '저리 꺼져', '악마'라는 말을 여러 차례 반복해서 했고, '신이시여'라는 말도 한 번 했다."

쥘르 미뇨 드롤렌 거리에 있는 '미뇨 부자(父子) 은행'의 총재로, 아버지 미뇨.

"레스파네 부인에게는 재산이 좀 있었다. ××××년(지금부터 8년 전) 봄에 레스파네 부인은 우리 은행에 구좌를 개설했다. 적은 금액을 빈번하게 예금했다. 한 번도 예금을 인출한 적이 없다가 죽기 사흘 전에 직접 와서 4천 프랑을 찾아갔다. 전액 금화로 지불

했으며, 은행원 한 명을 집까지 딸려 보냈다."

아돌프 르 봉 '미뇨 부자 은행'의 행원으로, 사건 당일 정오쯤 두 개의 주머니에 넣은 4천 프랑을 들고 레스파네 부인과 집까지 함께 갔다. 집에 도착하자마자 카미유 양이 나와서 주머니 하나를 받아들었고, 다른 하나는 노부인이 받아들었다고 한다. 거기서 증인은 인사를 하고 돌아갔다. 그때 거리에는 아무도 없었다고 한다. 그 거리는 뒷골목이라 매우 한적한 길이었다.

윌리엄 버드 양복점 주인. 집 안으로 들어간 일행 중 한 사람. 영국인으로, 파리에 체류한 지는 2년이 되었으며, 계단을 올라갈 때 앞장섰던 무리 중의 한 사람이다.

"싸우는 소리를 들었다. 굵은 목소리의 주인공은 프랑스 인이다. 몇 마디는 알아들을 수 있었는데 다 기억하지는 못한다. '저리 꺼져'라는 소리와 '신이시여'는 분명히 들었다. 여러 사람이 달라붙어 싸우는 것 같은 소리, 서로 치고받는 것 같은 소리가 났다. 날카로운 목소리는 굉장히 컸다. 굵은 목소리보다 훨씬 컸다. 영국인의 목소리가 아닌 것은 확실하다. 독일어 같았다. 여자 목소리인 것 같기도 했다. 독일어는 할 줄 모른다."

위에서 말한 증인 가운데 네 명의 증인이 다시 소환되어 증언한 바에 따르면, 카미유 양의 시체가 발견된 방의 문은 일행이 도착했을 때 잠겨 있었다고 한다. 사방은 쥐 죽은 듯이 조용했다. 신음 소리나 그밖에 어떤 소리도 들리지 않았다. 문을 억지로 열고 들어갔을 때 아무도 보이지 않았다. 안쪽 방과 바깥쪽 방에 있는 창들은 모두 닫혀 있었고, 안으로 단단히 잠겨 있었다. 두 방을 연결하는 문은 닫혀 있었으나 잠겨 있지는 않았다. 바깥쪽 방에서 복도로 통하는 문은 잠겨 있었으나 열쇠가 안쪽에 꽂혀 있었다. 건물 앞쪽, 4층의 막다른 곳에 있는 작은 방의 문은 활짝 열려 있었다. 이 방에는 낡은 침대와 상자 따위가 가득 쌓여 있었다. 물건들을 하나하나 꺼내 수색했다. 집 안 어느 한 구석 빼놓지 않고 샅샅이 뒤졌다. 굴뚝은 위쪽과 아래쪽 양쪽에서 조사했다. 이 집은 다락방이 붙어 있는 4층 건물로, 천장에 나 있는 다락방의 창문은 단단히 못질이 되어 있었고, 몇 년 동안 한 번도 열지 않은 것으로 보였다. 다투는 소리를 듣고 나서 방문을 부수고 들어간 때까지 경과된 시간에 대해 증인들은 저마다 다르게 말했다. 3분이라고 하는 사람이 있는가 하면, 5분이라고 하는 사람도 있었다. 방문을 부수고 들어가는 데 시간이 걸렸던 것이다.

알폰소 가르시오 장의사. 모르그 거리에 거주. 스페인 태생. 집 안으로 들어간 일행 중 한 명이지만, 계단을 올라가지는 않았다. 신경이 예민한 탓에, 흥분하면 몸에 좋지 않을 것 같아서였다고 한다.

"다투는 소리는 들었다. 굵은 목소리는 프랑스 인이었다. 알아들을 수는 없었다. 날카로운 목소리는 영국인 소리였다. 확실하다. 영어는 모르지만 억양으로 알 수 있었다."

알베르토 몬타니 과자 가게 주인. 계단을 맨 먼저 올라간 무리 중 한 사람으로, 그 역시 문제의 목소리를 들었다고 한다.

"굵은 목소리는 프랑스 인의 소리였다. 몇 마디는 알아들을 수 있었다. 타이르는 듯한 목소리였다. 날카로운 목소리가 하는 말은 알아들을 수 없었다. 말이 빠르고 높낮이 변화가 심했다. 러시아 어가 아닐까 싶다."

이 증인의 말은 다른 사람들의 증언과 대체로 일치했다. 그는 이탈리아 인으로 러시아 인과 얘기해 본 적은 없다고 한다.

몇몇 증인들이 다시 소환되어 증언한 바에 따르면, 4층에 있는 방들의 굴뚝은 모두 너무 좁아서 사람이 도저히 통과할 수 없다고 한다. 앞에서 굴뚝을 조사했다고 했는데, 그것은 굴뚝 청소부들이 사용하는 원통 모양의 솔을 사용해서 했다는 것이다. 이 솔로 온 집 안의 굴뚝을 들쑤셔 보았다. 비명을 듣고 사람들이 계단을 올라가는 동안, 아래로 내려올 수 있는 별도의 통로는 없다. 카미유 양의 시체는 굴뚝 속에 꼭 처박혀 있어 여러 명이 힘을 모아 끌어내리지 않으면 안 되었다.

폴 뒤마 의사. 새벽녘에 사체 검사를 위해 왔다. 그가 도착했을 때는 시체 두 구 모두 카미유 양의 시체가 발견된 방의 침대 매트리스 위에 옮겨져 있었다. 카미유 양의 시체에는 심한 타박상과 찰과상이 있었다. 그 상처들은 굴뚝에 쑤셔 넣어졌다는 사실로 충분히 설명된다.

"목은 심하게 까져 있었다. 턱 바로 밑은 깊게 할퀸 상처가 여러 군데 있었고, 검푸른 반점도 줄줄이 있었는데, 손가락으로 눌린 자국이 틀림없다. 얼굴색은 끔찍하게 창백했고, 눈알은 튀어나와 있었다. 혓바닥의 일부가 물려 완전히 끊어져 있었다. 명치에 커다란 타박상이 발견되었는데, 무릎에 눌리면서 생긴 것으로 보인다."

뒤마 씨의 소견에 따르면, 카미유 양은 한 사람 또는 여러 사람에 의해 목이 졸려 숨졌다고 한다.

"부인의 시체는 무참하게 절단되어 있었다. 오른쪽 다리뼈와 오른쪽 팔뼈는 거의 산산조각이 나 있을 정도였다. 왼쪽의 늑골 전부와 왼쪽 정강이뼈는 바스러져 있었다. 몸 전체가 끔찍하게 타박상을 입었고 하얗게 질려 있었다. 상처들이 어떻게 해서 생겼는지는 단정할 수 없다. 굉장히 힘센 남자가 묵직한 몽둥이나 굵은 쇠막대, 또는 의자처럼 크고 무거운 둔기를 휘둘렀을 때 생길 수 있는 모습이었다. 무기가 무엇이었건 간에 여자가 입힐 수 있을 만한 상처는 아니다."

증인이 검사했을 때, 사망자의 머리는 몸과 완전히 분리되어 있었고, 심하게 짓이겨져 있었다. 목은 아주 예리한 도구(아마도 면도칼)에 베인 것으로 보였다.

알렉상드르 에티엔 외과의사. 뒤마 씨와 함께 사체 검사를 위해 왔다. 그의 증언은 뒤마 씨의 견해와 일치했다.

그 밖에 몇몇 사람들이 조사를 받았으나 중요한 사실은 새롭게 나오지 않았다. 정말로 살인이 일어났다고 가정할 때, 이렇게 세세한 것 하나하나까지 수수께끼에 싸인 당혹스러운 살인 사건은 파리에서는 전례가 없다. 경찰도 당황하고 있는데, 이런 종류의 사건에선 이례적인 일이다. 티끌만큼이라도 단서가 될 만한 것은 현재까지 아무것도 없는 상태다.

그 신문의 석간 판에 따르면, 생로크 구역은 아직도 흥분과 놀라움에 휩싸여 있으며, 문제의 집을 샅샅이 재수색하고 새로운 증인들을 조사하였으나, 모두 헛수고였다고 했다. 그러나 후속 기사에 아돌프 르 봉이 체포되어 수감되었다는 뉴스가 있었다. 이미 자세히 알려진 사실들 이외에 그를 특별히 범인이라고 생각할 단서는 없는 것 같은데도 말이다.

뒤팽은 이 사건의 전개 과정에 특별한 관심을 기울이는 것 같았다. 입을 꼭 다물고 있어서 그의 태도를 보고 판단한 것이지만 말이다. 그가 나에게 이 살인 사건에 대한 의견을 물은 것은 르 봉이 수감되었다는 기사가 발표된 뒤였다.

나는 다른 모든 파리 시민들과 마찬가지로 이 사건을 풀리지 않는 미스터리로 생각할 수밖에 없었다. 내가 보기에, 살인자를 찾아낼 방법은 없는 것 같았다.

뒤팽이 말했다.

"이런 수박 겉핥기식 수사만 놓고 방법이 없다느니 어떻다느니 해서는 안 되지. 파리 경찰은 **치밀**하다고 정평이 나 있지만 그저 **잔꾀**에 지나지 않을 뿐이야. 그들의 수사에는 체계적인 방법이라고는 없고, 그때그때 달라지는 임시변통뿐이라네. 이런저런 대책을 내놓지만, 그 대책들이라는 게 의도한 목적하고는 워낙 맞지 않아서, 음악을 더 잘 듣기 위해 실내복을 찾았다는 주르댕+ 씨가 생각날 지경이니, 원.

파리 경찰이 대단한 성과를 거두는 경우도 드물지는 않지만, 대부분이 그저 부지런히 움직여서 얻은 성과에 지나지 않아. 부지런히 움직인다고 해결될 사건이 아닌 경우, 그들은 아무 대책이 없어. 예를 들면, 비도크는 눈치가 빠르고 부지런한 사람이야. 그러나 체계적인 사고를 하지 않기 때문에, 수사를 강도 높게 하면 할수록 실패만 할 따름이지. 대상을 너무 가까이에 놓고 보기 때문에 오히려 제대로 못 보는 격이야. 한두 가지 정도는 면밀하게 볼 수 있겠지만, 그 대신 전체적인 큰 그림을 놓치게 되는 거지. 그래서 지나치면 모자라느니만 못하다는 말이 있지 않나. 진실이 항상 땅속 깊은 곳에 있는 것만은 아니야. 실제로 보다 중요한 지식의 경우, 언제나 가까운 곳에 있지. 우리는 깊고 깊은 골짜기에서 진실을 찾아 헤매지만, 결국 진실을 찾게 되는 곳은 깊이하고는 아무 상관 없는 산꼭

+ **주르댕** : 몰리에르의 희극 「귀족 놀이」의 주인공.

대기라는 거지.

이러한 오류의 성격과 원인을 이해하려면, 천체 관측에서 아주 적합한 예를 찾을 수 있네. 별을 제대로 보는 방법, 즉 별빛을 최대한 잘 감상하는 방법은 별을 힐끔 보는 것, 그러니까 망막 바깥쪽 부분(중심 부분보다 약한 빛에 더 민감하네)을 별을 향하게 해서 곁눈질로 보는 거야. 별빛은 시선을 정면으로 해서 바라볼수록 희미하게 보인다네. 정면으로 봤을 때 더 많은 광선이 눈으로 들어옴에도 불구하고, 곁눈질로 보아야 제대로 별빛을 감상할 여유가 생기는 것이지. 불필요한 심오함은 우리의 생각을 혼란스럽고 나약하게 만든다네. 지나치게 오랫동안 한 곳만, 그것도 지나치게 집중적으로, 지나치게 직접적으로 관찰하면 금성조차도 하늘에서 사라져 버리는 일이 일어나는 거야.

그런데 이번 살인 사건 말인데, 우리가 독자적으로 조사를 해 보는 게 어떻겠나? 어떤 견해를 밝히는 것은 조사를 하고 나서도 늦지 않으니까 말일세. 조사는 즐거운 일이거든(즐겁다는 말을 이런 식으로 쓰는 것은 좀 이상했지만, 난 그냥 잠자코 있었다). 거기다 예전에 르봉에게 신세진 일도 있고 말이야. 가서 그 집을 우리 눈으로 직접 확인하고 오세. 내가 경찰국장인 G씨를 잘 아니까, 필요한 허가증을 받는 건 어렵지 않을 걸세."

우리는 허가증을 얻은 다음, 즉시 모르그 거리로 갔다. 모르그 거리는 리슐리외와 생로크 거리 사이에 있는 지저분한 거리들 가운데 하나였다. 우리가 살고 있는 지역에서 아주 멀었기 때문에, 그곳에 도착했을 때는 늦은 오후가 되어 있었다. 집을 찾는 것은 어렵지 않았다. 아직도 많은 사람들이 길 건너편에서 단순한 호기심으로 닫힌 덧창문을 쳐다보고 있었기 때문이다.

그 집은 파리에서 흔히 볼 수 있는 집이었다. 현관이 하나 있었고, 현관 한쪽 옆에 유리창이 달린 작은 건물이 있었는데, 미닫이 유리창이 달린 것으로 보아 경비원이 있는 곳임을 알 수 있었다. 집에 들어가기 전에 우리는 길을 쭉 따라가서 골목을 돌고 또 돌아 건물 뒤편으로 갔다. 그렇게 가는 동안 뒤팽은 그 집뿐만 아니라 그 일대 전체를 빈틈없이 살폈다. 나는 그가 무엇 때문에 그렇게 주변을 꼼꼼히 살피는지 의아했다.

우리는 왔던 길을 되돌아 다시 건물 앞으로 와서는 초인종을 누르고 담당 경찰관에게 허가증을 보인 다음 집 안으로 들어갔다. 우리는 계단으로 올라가 딸의 시체가 발견된 곳이자, 지금은 두 사람의 시체가 누워 있는 방으로 들어갔다. 방은 흐트러진 상태 그대로 보존되어 있었다. 신문에 보도된 것 이외에 별다른 것이 내 눈에는 보이지 않았다. 뒤팽은 피해자들의 시체를 비롯해 모든 것을 하나하나 조사했다. 이어 우리는 다른 방들을 살펴보고는 마당으로 나갔다. 한 경관이 줄곧 우리 뒤를 따라다녔다. 어두워져서야 우리는 조사를 마치고 그 집을 나왔다. 돌아오는 길에 뒤팽은 한 신문사에 잠깐 들렀다.

나는 내 친구의 변덕이 종잡을 수 없다는 것과 'Je les menageais'✛
라고 말한 적이 있다. 이 프랑스어 표현에 딱 들어맞는 영어는 없다.
이번에는 무슨 바람이 불었는지 그는 살인 사건에 대해 입도 뻥긋하
지 않았다. 그러다 이튿날 정오쯤이 되어서야 그는 느닷없이 나에
게 참극의 현장에서 뭔가 **이상한** 것을 발견하지 못했는지 물었다.

'이상한'이라는 단어를 강조해서 말하는 그의 태도에서 나는 왠
지 섬뜩함을 느꼈다.

"아니, 이상한 것은 없었어. 같이 봤던 신문에 난 것 말고는 별
게 없던데."

"신문은 이 사건의 기괴한 공포를 제대로 파헤치지 못하고 있는
것 같아. 한가로운 신문 기사 따위는 잊어버리세. 내가 보기에 사람
들은 이 미스터리를 해결할 수 없다고 생각하는데, 가만 보면 그 이
유라는 게 사실은 사건을 아주 쉽게 해결할 수 있는 이유 같단 말이
야. 즉, 사건이 아주 기이하다는 게 그 이유인데 말이야. 경찰을 쩔쩔
매게 만드는 것은 겉으로 보기에 범죄의 동기가 전혀 없다는 얘기지.
살인 그 자체의 동기라기보다는 잔혹하게 살인을 할 동기 말이야.

경찰을 당혹하게 하는 또 다른 점은 싸우는 소리가 들렸다는 사
실과 층계를 올라갔던 사람들의 눈에 띄지 않고 탈출할 방법이 없는
데도 죽은 카미유 양 말고는 집 안에서 아무도 발견되지 않았다는

✛ Je les menageais : 그 변덕에 맞장구를 쳤다는 의미.

사실을 동시에 설명할 길이 없다는 거야. 난장판이 된 방, 굴뚝에 거꾸로 처박힌 시체, 끔찍하게 짓이겨진 노부인의 사체, 이런 것들과 앞에서 언급한 사실들, 그리고 새삼스레 일일이 언급할 필요도 없는 사실들 앞에서 공권력인 경찰은 제대로 힘을 못 쓰고 있고, 그 잘난 예리함도 약발이 안 먹히고 있는 상황이지. 경찰은 이상한 것과 난해한 것을 혼동하는 엄청난, 하지만 흔한 잘못을 저지르고 있어. 그러나 진실을 찾는 과정에서 이성이 힘을 발휘하는 것은 바로 이처럼 평범한 차원을 벗어나는 경우가 아니겠는가. 지금 우리가 하는 이런 종류의 조사에서는 '무슨 일이 일어났느냐' 하는 질문보다는 '지금까지 일어난 적이 없는 무슨 일이 일어났느냐' 하는 질문을 해야 하네. 경찰의 눈에 이 사건이 해결 불가능하게 보이는 정도만큼이나 나는 이 사건을 쉽게 해결할 것이네, 아니 이미 해결했네."

나는 깜짝 놀라 말문이 막혀 그를 멍하니 바라보았다.

"지금 나는 누군가를 기다리고 있네."

방문 쪽을 바라보면서 뒤팽은 말을 이었다.

"내가 기다리는 사람은 이 살인 사건의 범인은 아니지만, 이 범행에 어느 정도 연루된 것이 틀림없는 남자야. 이 범죄의 가장 끔찍한 부분에서는 이 사람이 아무 죄가 없을 거라고 믿고 있어. 난 이런 내 가정이 맞기를 바라네. 왜냐하면 난 그 가정이 맞아야 이 수수께끼 전체를 풀 수 있으니까. 그 남자가 이리로, 바로 이 방으로 곧 올 거야. 어쩌면 안 올 수도 있겠지. 하지만 올 확률이 높아. 일단 그가 오면, 그를 여기에 붙들어 둘 필요가 있어. 자, 여기 권총이 있네. 써야 할 일이 닥치면 써야지. 사용법은 우리 둘 다 잘 알고 있는 터이고."

지금 무슨 행동을 하고 있는지 의식하지도 못한 채, 그리고 뒤팽이 독백이라도 하듯 내뱉는 말들이 믿기지 않으면서도, 나는 권총을 받아들었다. 이럴 때 뒤팽이 넋이 나간 사람처럼 된다는 것은 이미 앞에서도 말했다. 그의 사설은 나를 향해 늘어놓는 것이었지만, 그의 목소리는 결코 크지 않으면서도 멀리 있는 사람에게 말할 때나 나올 법한 억양을 띠고 있었다. 눈은 무표정하게 벽만 응시하고 있었다.

뒤팽이 내처 말했다.

"계단에서 사람들이 들었다는 말다툼 소리가 죽은 여자들의 목소리가 아니라는 것은 그들의 증언으로 완전히 입증되었지. 따라서 그 노부인이 먼저 딸을 죽이고 자살했을 가능성은 없는 셈이야. 이걸 지적하는 것은 하나하나 체계적으로 따져 보기 위해서야. 레스파네 부인의 힘으로는 딸의 시체를 발견될 때의 모습처럼 굴뚝에 집어넣을 수도 없을 테지. 게다가 그 노부인의 몸에 난 상처만 봐도, 자살의 가능성은 완전히 배제할 수 있지. 그렇다면 살인은 제3자에 의해 자행되었으며, 말다툼 소리는 바로 제3자의 목소리라는 말이 되네. 자, 이제 그 목소리에 관한 증언 가운데 특이한 점(증언 전체가 아니라)에 대해 얘기해 보세. 자네는 그 증언들에서 특이한 점을 발견하지 못했나?"

나는 굵은 목소리의 주인공은 프랑스 인이라는 점에 대해서는 모든 증인의 의견이 일치하는데, 날카로운 목소리, 또는 한 증인에 따르면 거친 목소리, 이 목소리에 대해서는 의견이 분분했다는 점을 지적했다.

"그것은 그냥 증언의 내용이고, 증언에서 보이는 특이한 점은 아니지 않은가. 자네는 특별한 것을 발견하지 못한 모양이군. 하지만 눈여겨볼 대목이 있다네. 증인들은 자네가 말한 대로 굵은 목소리에 대해서는 의견이 일치했어. 그러나 날카로운 목소리와 관련해서 특이한 점이 있는데, 그것은 모두 의견이 달랐다는 것이 아니라, 이탈리아 인, 영국 인, 스페인 인, 네덜란드 인, 프랑스 인 등이 저마다 그 소리에 대해 설명하려고 하면서 모두가 그것을 외국인의 소리라고 말했다는 점이야. 다들 자기 나라 사람의 말이 아닌 게 확실하다고 말한 거지. 하나같이 그 소리를 자기가 잘 알지 못하는 다른 나라의 언어를 쓰는 사람이라고 진술했다는 거지.

프랑스 인은 그 목소리의 주인공을 스페인 인이라고 하면서 '스페인어를 할 줄 알면 몇 마디 말을 알아들었을 것이다'라고 했다고 하더군. 네덜란드 사람은 프랑스 인의 목소리라고 주장했는데, 프랑스어를 몰라서 통역을 통해 조사를 했다고 되어 있네. 영국인은 그것이 독일 인 소리라고 생각하는데 '독일어는 할 줄 모른다'는 거야. 스페인 인은 그것이 영국인 소리가 '확실하다'라고 하면서도 '영어는 모르지만 억양으로 알 수 있었다'라고 했네. 이탈리아 인도 그것이 러시아 인의 소리라고 믿고 있으나, '러시아 인과 얘기해 본 적은 없다'는 거야. 또 다른 프랑스 인은 맨 처음의 프랑스 인과는 달리 그것을 이탈리아 인의 소리라고 단언하고 있지만, 이탈리아어는 모르므로 앞의 스페인 인과 마찬가지로 '억양으로 보아' 확신한다고 했네.

자, 그러면 이렇게 가지각색의 증언이 나오는 소리라면 실제로는 얼마나 이상하고 기이한 소리였을까! 유럽의 큰 다섯 나라의 사람들한테 완전히 낯선 말소리였으니 말이야. 자네라면 아시아 인이거나 아프리카 인의 소리였다고 할런지도 모르네. 아시아 인이나 아프리카 인은 파리에 그다지 많지 않네. 그런 추측이 맞는지 아닌지는 제쳐 두고, 이제 다음 세 가지 점에 주목해 보세. 한 증인은 그 소리를 '날카롭기보다는 거칠다'라고 했네. 다른 두 사람은 '빠르고 높낮이가 일정치 않다'고 표현했지. 이 증인들 가운데 어느 누구도 단어를, 아니 단어 비슷한 소리조차 들었다고 하지 않았네."

뒤팽의 이야기는 계속되었다.

"지금까지 내가 말한 걸 듣고 자네가 어떤 인상을 받고 어떻게 이해했는지 모르겠지만, 내가 주저 없이 말할 수 있는 것은 이 부분에 관한 증언, 그러니까 굵은 목소리와 날카로운 목소리에 관한 증언을 가지고 제대로 된 추론을 한다면, 그것만으로도 우리는 충분히 이 미스터리에 대한 수사가 앞으로 나아갈 방향을 제시해 줄 단서를 찾을 수 있다는 거야. '제대로 된 추론'이라는 표현을 썼네만, 그 뜻이 명확히 전달된 것 같지는 않군. 내가 말하는 추론이란 엄밀한 추론을 뜻하는 것이고, 그러한 추론의 필연적인 결과로 단서가 나온다는 거야. 그 단서가 무엇인지는 지금 말하지 않겠네. 대신한 가지 자네가 명심해야 할 것은, 그 단서는 내가 그 방을 조사할때 조사의 형식을, 조사의 흐름을 좌우할 만큼 결정적인 것이었다는 점이야.

자, 이제 머릿속으로 그 방으로 가 보세. 맨 먼저 찾아 봐야 할 게 뭘까? 살인자가 그 방을 빠져나간 방법이지. 우리 둘 다 초자연적인 현상 같은 것은 믿지 않는다고 해도 좋겠지. 귀신이 레스파네 모녀를 살해했을 리는 없잖은가. 그 행위를 저지른 자는 분명 살아있는 존재이고, 탈출도 물리적으로 했겠지. 어떻게 했을까? 다행스럽게도 그 점에 관해서 추리할 수 있는 방법이 하나 있고, 그 방법을 통해 우리는 확실한 결론을 내릴 수 있네.

자, 가능한 탈출 방법을 하나하나 검토해 보세. 분명한 것은 사람들이 계단을 오를 때 범인은 딸의 시체가 발견된 방, 아니면 적어도 그 방에 붙어 있는 바로 옆방에 있었다는 거야. 그렇다면 우리가 탈출구를 찾아야 하는 곳은 이 두 개의 방밖에는 없지. 경찰은 방바닥, 천장, 담을 속속들이 살폈어. 비밀 출구가 있었다면 경찰의 눈을 피할 수 없었을 거야. 하지만 경찰의 눈을 믿지 않는 나는 직접내 눈으로 확인해 보았지. 역시나 비밀 출구는 없더군. 두 개의 방에서 복도로 통하는 문은 둘 다 열쇠가 안쪽에 꽂힌 채로 굳게 잠겨 있었지. 그러면 다음은 굴뚝이야. 이 집 굴뚝들은 난로 위쪽 2~3미터까지는 보통 넓이지만, 그래도 큰 고양이조차도 굴뚝을 쉽게 왔다 갔다 할 수 없을 것이네. 자, 앞서 말한 방법으로 탈출이 불가능하다면, 이제 남는 것은 창문뿐이네. 앞쪽 방의 창문으로 탈출했다면 길거리에 모여 있던 사람들한테 들켰을 거야. 그렇다면 범인은 뒤쪽 창문으로 나간 게 틀림없겠지. 자, 이렇게 명료한 방식으로 이런 결론에 도달했는데, 외견상 불가능하다는 이유 때문에 그 결론을 거부한다는 것은 추리가로서 할 일이 아니겠지. 우리에게 남은 일은 이 외견상 '불가능한' 것들이 사실은 가능하다는 것을 증명하는 것이네.

그 방에는 창문이 두 개 있지. 하나는 가구로 가려져 있지 않기 때문에 창문 전체가 보여. 또 하나의 창문은 커다란 침대가 바짝 붙어 있어서 침대 머리에 가려 아랫부분이 보이지 않아. 첫 번째 창문은 안쪽에서 단단히 잠겨 있었어. 몇 사람이 힘을 합쳐 열어 보려고 했지만 꿈쩍도 하지 않았지. 창틀 왼쪽에 송곳으로 뚫은 커다란 구멍이 있고, 거기에는 굉장히 단단한 대못이 거의 못대가리까지 푹 박혀 있었네. 다른 한쪽 창문도 (조사해 보니까) 역시 같은 모양의 대못이 같은 방식으로 박혀 있더군. 이것도 열어 보려고 안간힘을 써 봤지만 역시 끄떡도 안 했네. 그래서 경찰은 이쪽으로는 탈출했을 리가 없다고 단정해 버린 거지.

나는 좀 더 철저하게 조사했네. 좀 전에 말한 이유, 즉 얼핏 보면 불가능해 보이지만, 실제로는 그렇지 않다는 것을 증명하는 것이 이 사건의 관건임을 나는 잘 알고 있었기 때문이지.

나는 다음과 같이 생각해 보았네. 일종의 귀납법이지. 범인은 실제로 두 창문 가운데 하나로 도망쳤다. 그렇다면 사건 현장에서 발견된 모양처럼 범인이 창틀을 안쪽에서 잠글 수는 없다. 바로 이런 생각 때문에 경찰은 이 부분에 대한 조사에서 손을 뗐지. 어쨌든 창틀은 틀림없이 잠겨 있었으니까 말이야. 그렇다면 창문은 자동으로 잠기는 힘이 있어야 한다. 자, 이건 피할 수 없는 결론이네. 나는 두 창문 중 가구에 가려져 있지 않은 창문으로 가서, 어렵사리 못을 뽑고 창틀을 밀어 올리려고 해 보았네. 예상대로 내 힘으로는 도저히 안 되더군.

어딘가 스프링으로 작동하는 잠금 장치가 숨겨져 있는 게 틀림없다, 나는 그렇게 생각하게 되었네. 이런 식으로 내 생각이 구체화되면서 못에 대한 의문은 여전히 남았지만, 적어도 내 가설이 옳다는 확신을 얻게 되었네. 아니나 다를까, 주의 깊게 찾아보니 숨겨진 스프링이 보이더군. 나는 그것을 눌러 보았지. 그것을 발견한 것만으로도 충분히 만족스러웠기 때문에 덧창문을 밀어 올려 보지는 않았어. 나는 못을 원래대로 제자리에 꽂고 자세히 들여다보았네.

이 창문으로 빠져나간 사람은 창을 닫을 수도 있고, 스프링도 혼자 알아서 작동하겠지만, 못을 다시 박을 수는 없지. 결론은 명백했

고, 나는 다시 조사 범위를 더욱 좁힐 수 있었네. 범인은 다른 쪽 창문으로 도망친 게 틀림없었어. 그런데 양쪽 창틀의 스프링이 같다고 한다면, 십중팔구 그럴 거네만, 차이는 못에 있거나 적어도 못이 걸리는 방식에 있을 테지. 나는 침대의 매트리스 위로 올라가, 두 번째 창틀을 반쯤 가리고 있는 침대 머리를 자세히 살펴보았네. 나는 침대 머리 판자 뒤로 손을 넣어 어렵지 않게 스프링을 찾아 내서 눌러 보았지. 예상한 대로 옆 창문과 같은 스프링이었어. 나는 바로 못을 살펴보았네. 옆 창문의 못처럼 튼튼했고, 같은 방식으로 박혀 있더군. 못대가리까지 꽉 박혀 있는 모양으로 말이야.

자네는 내가 당황했을 거라고 말하고 싶겠지만, 만약 그렇게 생각한다면 자네는 귀납법을 제대로 이해하지 못하고 있는 셈이네. 사냥개가 쫓던 냄새를 놓쳐 버리는 것과 같은 일은 나한테 한 번도 일어난 적이 없다네. 난 단 한 순간도 냄새를 놓친 적이 없는 사람이야. 모든 연결 고리는 한 군데도 끊어진 곳 없이 잘 연결되어 있네. 나는 집요하게 비밀을 추적했고, 그 결과 바로 그 **못**을 찾게 되기에 이른 거야. 그 못은, 다시 말하지만, 다른 쪽 창문에 있는 못과 모든 점에서 똑같았어. 그러나 이런 사실은 (결정적으로 보일지는 모르지만) 사실 아무것도 아니라네. 오히려 바로 그 순간에 나는 해결의 실마리가 완성되었구나 하고 생각했어. 못에 뭔가 이상한 점이 있는 게 틀림없다, 하고 생각했지.

못을 만져 보니, 못대가리와 함께 못 1센티미터 정도가 툭 하고 떨어져 나오는 게 아니겠는가. 나머지 아래 부분은 부러진 채로 구멍 속에 남아 있고 말이야. 못은 오래전에 부러졌고(부러진 자리에 녹이 슬어 있었어), 쇠망치로 때려 창틀에 박다가 그렇게 된 것 같았네. 내가 떨어져 나간 못대가리 부분을 박혀 있던 구멍에 조심스럽게 다시 넣자, 그것은 어느 모로 보나 온전한 못처럼 보였지. 부러진 게 감쪽같이 보이지 않으니까 말이야. 나는 스프링을 밀고 창문을 슬쩍 올려 보았네. 그러자 못대가리가 구멍에 박힌 채 창틀과 함께 올라가는 것이 아니겠는가. 창문을 다시 내리니 여전히 못은 멀쩡해 보이고 말이야.

이제 수수께끼는 풀렸어. 살인범은 침대 바로 위에 있는 창문 쪽으로 도망친 거야. 범인이 빠져나간 뒤 창문은 저절로 닫혔고(아니면 그가 일부러 닫았을 수도 있지), 스프링 덕분에 창문은 자동으로 잠긴 거야. 경찰은 창문이 스프링 때문에 잠긴 것은 모르고 못만 보고서는 창문이 고정되어 있겠거니 생각해서 더 이상 수사를 할 필요가 없다고 판단한 거지.

다음 문제는 범인이 건물에서 어떻게 빠져나갔느냐 하는 거네. 이 점에 대해서는 자네와 함께 집 주변을 돌아보았을 때 난 이미 알아챘다네. 문제의 창문에서 1.5미터 정도 떨어진 곳에 피뢰침 한 개가 솟아 있더군. 그런데 그 피뢰침에서는 그 누구도 창문으로 들어가는 것은 고사하고 창문에 손을 대는 것도 불가능할 거야. 그러나 나는 4층 덧창문이 파리의 목수들이 '페라드'라고 부르는 특이한 종류라는 것을 알게 되었네. 이것은 요즘에는 거의 쓰지 않지만, 리옹이나 보르도에 있는 아주 오래된 저택에서는 흔히 볼 수 있는 것이지. 모양은 보통 문(두 짝 문이 아니라 외짝 문)과 다를 게 없지만, 위쪽 절반이 격자 모양으로 되어 있는 것이 다르지. 그래서 이 창문은 손으로 잡기가 매우 편하다네. 그런데 이 집의 덧창문은 폭이 족히 1미터는 되더군. 우리가 집 뒤편에서 보았을 때, 이 덧창문들은 둘 다 반쯤 열려 있었어. 다시 말해, 벽과 직각을 이루며 열려 있었던 것이지. 경찰도 아마 나처럼 건물 뒤편을 조사했을 거야. 만약 그랬다면, 이 덧창문들을 폭을 제대로 볼 수 없는 방향에서 본 탓에(틀림없이 그랬을 거네) 덧창문들이 그렇게 넓다는 사실을 놓쳤을 수 있지.

아무튼 경찰은 그 창문을 심각하게 고려하지 않았던 것 같아. 사실 이쪽 창문을 통해 탈출하는 것이 아예 불가능하다고 단정해 버렸으니, 이 부분에 대한 조사도 당연히 소홀했겠지. 그런데 내 눈에는 침대 머리맡 창의 덧창문을 벽에 붙게 활짝 열면 피뢰침까지의 거리가 70센티미터 안짝이 된다는 게 딱 들어오더군. 뛰어난 운동 신경과 배짱이 있는 사람이라면 피뢰침에서 창문으로 들어가는 것도 가능해 보였네. 70센티미터만 손을 뻗치면(덧창문이 완전히 열려 있다고 가정했을 때 말이야) 도둑은 문의 격자 부분을 꽉 잡을 수가 있었을 걸세. 그러고는 벽에 발을 딛고 대담하게 몸을 날리면서 피뢰침을 잡았던 손을 놓으면, 덧창문이 닫히면서, 몸을 방 안으로 날릴 수 있다는 거지. 그때 안쪽 창문이 열려 있었다면 말이야.

좀 전에 말했지만 여기서 특히 명심할 것은, 이렇게 위험하고 어려운 동작을 하기 위해서는 뛰어난 운동 신경이 전제 조건이라는 거야. 내가 말하고 싶은 것은 우선은 이런 일이 가능하다는 점이고, 둘째로 보다 중요한 것은 그런 일을 해낼 만한 민첩성을 가지고 있는 비범한 능력, 아니 거의 초능력을 가진 인물을 머릿속에 담아 두어야 한다는 걸세.

자네는 틀림없이 법률 용어를 빌려서 이렇게 말하겠지. '자네 주장을 입증하려면' 그런 행위에 필요한 운동 신경을 최대치로 평가하기보다는 오히려 낮추어 잡아야 한다고 말이야. 법률에서는 그렇게 해야 할지 모르지만 추리는 그렇게 하는 게 아니라네. 나의 최종 목표는 진실뿐이니까. 그러나 지금 당장의 목적은 자네로 하여금 방금 말한 비범한 운동 신경과 아주 특이하게 날카롭고(또는 거칠고) 높낮이가 일정하지 않은 목소리를 나란히 놓고 생각하도록 하는 것이네. 그 목소리의 주인공이 어느 나라 사람인지에 관해 같은 의견을 낸 사람이 한 명도 없었고, 그의 말에서 한 음절도 알아들을 수 없었다고 했네."

이 말을 듣자, 나는 뒤팽이 말하고자 하는 바가 무엇인지 어렴풋이 알 것도 같았다. 하지만 생각이 날 듯, 날 듯하면서도 결국 생각이 나지 않는 경우처럼 나는 이해를 할 듯, 할 듯하면서도 결국은 이해할 수 없었다. 내 친구는 계속 말했다.

"내가 관심의 초점을 탈출 방법에서 침입 방법으로 옮긴 것을 알겠지. 내 의도는 두 가지가 다 같은 장소에서, 그리고 같은 방법으로 이루어졌다는 것을 말하고자 함이네. 이제 방 내부로 눈을 돌려 보세. 방 안이 어떤 모습이었는지 떠올려 보게. 옷장 서랍들은 샅샅이 뒤진 흔적이 있었지만, 옷가지들이 '대부분' 남아 있었다고 말들 하네. 하지만 이것은 추측에, 그것도 아주 어리석은 추측에 불과해. 옷장에 원래 있던 옷이 죄다 고스란히 남아 있는 건지 아닌지 우리가 도대체 어떻게 알겠는가? 레스파네 모녀는 은둔 생활을 했고, 찾아오는 손님도 없었고, 외출도 거의 하지 않았네. 그러니 옷도 그다지 많이 필요 없었을 걸세. 발견된 옷들은 적어도 이 여인들이 가질 만한 것들 중에 가장 좋은 옷들이었어. 만약 도둑이 일부를 가져갔다면 어째서 가장 좋은 것으로 가져가지 않았을까? 그리고 결정적으로 거추장스러운 옷가지는 한아름 안고 가면서 왜 4천 프랑이나 되는 금화는 놔두고 갔을까? 금화는 안 가져갔지 않은가. 미뇨 씨가 말한 금액이 고스란히 들어 있는 주머니가 방바닥에서 발견되었잖은가.

돈을 집 문 앞에서 건네주었다는 증언 때문에 경찰의 머릿속에 생기게 된, 살인 동기에 관한 터무니없는 생각을 자네 머릿속에서는 지워 주기 바라네. 이것(돈이 건네지고 돈을 받은 사람이 사흘도 못 가서 살해되었다는 것)보다 열 배는 더 이상한 우연들이 별다른 주목도 받지 못한 채 우리 삶에서 매시간 누구한테나 일어난다네. 일반적으로 우연이라는 것은 확률론을 제대로 배우지 못한 사색가들에게는 커다란 장애물이야. 확률론이라는 것 덕택에 학문의 가장 훌륭한 연구 대상들을 가장 훌륭하게 설명하고 있지만 말이야. 이번 사건에서, 만약 금화가 사라졌다면, 사흘 전에 돈을 찾았다는 사실은 단순히 우연이라고 볼 수 없는 중요한 점이 되겠지. 살인의 동기에 부합하는 것일 테니까. 그러나 이번 사건에서 범행의 동기가 돈이라고 말하는 것은, 범인이 돈과 아울러 범행 동기마저 모조리 내던져 버릴 정도로 멍청이였다고 하는 것과 다름없어.

자네의 주의를 촉구했던 여러 가지 단서들, 즉 특이한 목소리, 뛰어난 운동 신경, 끔찍하기 짝이 없는 살인 사건에서 신기하게도 동기가 없다는 점, 이런 것들을 상기하면서, 이제 살육 자체를 잠깐 살펴보세. 자, 여기 손으로 목이 졸려 거꾸로 굴뚝에 처박힌 한 여인이 있어. 평범한 살인범들이 쓰는 방법은 아니야. 적어도 시체를 그런 식으로 처리하지는 않지. 자네도 인정하겠지만, 시체를 그렇게 굴뚝에 처박은 수법에는 설사 범인이 흉악무도한 인간이라고 가정한다고 해도, 상식을 벗어난 무엇인가가, 인간의 행위에 대한 통념과는 맞지 않는 무엇인가가 있어. 한번 생각해 보게. 몇 사람이 달라붙어 겨우 끄집어내야 할 정도로 굴뚝에 억지로 시체를 쑤셔 박으려면 얼마나 힘이 세야 하겠나.

이제 엄청난 괴력이 사용되었다는 것을 보여 주는 또 다른 증거들을 살펴보세. 난로 위에는 사람의 잿빛 머리카락 뭉치(그것도 큰 뭉치)가 놓여 있었네. 머리에서 뿌리째 뽑힌 것들이지. 머리카락 20~30 가닥만 해도 이런 식으로 한꺼번에 뽑으려면 굉장한 힘이 필요하다는 건 자네도 알 거야. 그 문제의 머리카락 뭉치를 자네도 나와 함께 봤네. 머리카락의 뿌리 쪽에는(정말 소름끼치는 장면이었지!) 살가죽이 들러붙어 있었네. 단번에 50만 가닥 정도의 머리털도 뽑을 만큼 엄청난 힘이었다는 증거지. 노부인의 목은 그냥 베어져 있는 게 아니라, 머리가 몸에서 완전히 절단된 상태였어. 범행 도구라고 해 봤자, 고작 면도칼 하나인데 말이야. 이런 행위들에서 보이는 야수적인 잔인성에 유념해 주길 바라네. 레스파네 부인 시체에 있는 타박상에 대해서는 따로 말하지 않겠네. 의사 뒤마 씨와 그의 유능한 조수인 에티엔 씨는 둔기에 의한 타박상이라고 단정하고 있는데, 거기까지는 두 사람 말이 정확하게 맞네. 그런데 문제의 둔기는 다름 아니라 바로 뒤뜰에 깔린 돌이야. 피해자는 침대에서 내려다보는 창문에서 그 돌 위로 떨어진 거지. 하지만 이처럼 단순해 보이는 생각도 덧창문의 넓이에 주의를 기울이지 못한 것과 마찬가지로 경찰들의 머릿속에는 떠오르지 않은 거야. 그놈의 못 때문에 창문이 열렸을 가능성을 완전히 배제한 탓이지.

이 모든 사실과 더불어 방 안이 이상하게 난장판이 된 것을 잘 생각해 본다면, 이제 우리는 놀라운 운동 신경, 초인적인 힘, 야수적인 잔인성, 동기 없는 살육, 도저히 인간적이라고 할 수 없는 기괴한 공포, 여러 나라 사람들의 귀에 외국어로 들린 한 음절도 뚜렷하게 알아들을 수도 없었던 목소리 등, 이 모든 것을 종합적으로 고려해야 할 단계에 왔네. 자, 결론이 뭔가? 내 말을 다 듣고 나니 어떤 생각이 드나?"

뒤팽의 질문에 나는 등골이 오싹해지는 것을 느꼈다.

"미치광이 짓이야. 근처 어느 정신 병원에서 도망쳐 나와 미쳐 날뛰는 놈."

"어찌 보면 그렇게 생각할 수도 있겠군. 그러나 아무리 심한 발작을 일으킨다 하더라도 미치광이의 목소리는 사람들이 계단에서 들었다는 목소리와는 어울리지 않네. 미치광이도 어느 나라인가의 사람일 테고, 말들이 아무리 앞뒤가 맞지 않다 하더라도, 음절을 나누는 것은 항상 일정한 법이니 말이야. 게다가 아무리 미치광이라도 머리칼까지 지금 내 손에 있는 것 같지는 않겠지. 이 머리칼은 레스파네 부인이 꽉 움켜쥐고 있던 것을 조금 빼내 온 거네. 자네한테는 이게 무엇으로 보이나?"

"뒤팽!"

나는 몹시 놀라 소리쳤다.

"정말 이상한 머리칼이군. **사람**의 머리칼이 아닌데."

"난 이게 사람의 머리칼이라고 말한 적이 없네. 그러나 이 점에 대해서 결론을 내리기 전에, 이 종이에 그린 스케치를 봐 주게. 이것은 누군가의 증언에서는 레스파네 부인의 목에 '검은 타박상'과 '깊은 손톱자국'이라는 말로, 그리고 또 다른 이의 증언에서는(뒤마

170

와 에티엔 씨의 증언) '검푸른 반점도 줄줄이 있었는데, 손가락으로 눌린 자국이 틀림없다' 라는 말로 묘사된 것을 그대로 그림으로 그려 본 거야."

내 친구는 우리 앞에 놓여 있던 탁자 위에 종이를 펼치면서 말을 이었다.

"이 그림을 보면 목을 단 한 번에 얼마나 세게 졸랐는지 알 수 있을 거야. 미끄러진 흔적이라곤 전혀 없어. 손가락 하나하나가 처음 목을 움켜쥔 무서운 힘 그대로 마지막까지, 아마도 피해자가 죽을 때까지 꿈쩍하지 않고 있었던 거야. 자, 시험 삼아 종이 위에 그려진 손가락과 자네의 손가락을 하나하나 맞추어 대 보게."

나는 뒤팽의 말대로 해 보았으나 아무래도 들어맞지 않았다.

그러자 뒤팽이 말했다.

"이건 제대로 된 방법이 아닌 것 같군. 종이는 평면인데, 사람 목은 원통형이니까 말이야. 여기 통나무가 하나 있네. 굵기도 사람 목만 하군. 그림을 이 통나무에 말아서 다시 실험을 해 보세."

나는 그가 시키는 대로 해 보았으나, 손가락을 맞추기는 아까보다 더 어려웠다.

"이건 사람의 손자국이 아니야." 내가 말했다.

"그렇다면 퀴비에[+]가 쓴 책의 이 부분을 읽어 보게."

✛ **퀴비에** : 프랑스의 박물 · 동물학자.

거기에는 동인도제도의 거대한 황갈색 오랑우탄에 대한 세세한 해부학적 설명과 기본적인 정보가 쓰여 있었다. 이 포유동물의 거대한 몸집, 굉장한 힘과 운동 능력, 무자비한 잔인성, 모방 습관 등은 누구나 익히 알고 있는 바이다. 순간 나는 이 살인 사건의 무시무시한 전모를 깨달았다.

"손가락에 대한 설명은 이 스케치와 정확하게 일치하는군. 자네가 그린 것처럼 움푹 팬 자국을 만들 수 있는 동물은 여기에 적혀 있는 종류의 오랑우탄 말고는 없겠어. 게다가 이 황갈색의 털도 퀴비에의 책에 있는 동물의 털과 동일하고 말이야. 그러나 나로서는 이 무시무시한 미스터리의 세세한 부분은 이해가 되지 않네. 더구나 말다툼을 하는 목소리는 두 개였고, 그 가운데 하나는 틀림없이 프랑스 인 소리였지 않는가."

"맞아. 그리고 증인들이 이구동성으로 지적했던 표현, 즉 '신이시여'라는 말을 기억하지? 목격자 가운데 한 사람은(과자 가게 주인 몬타니) 이 소리의 특징을 타이르는 소리였다고 아주 제대로 말했네. 그래서 나는 수수께끼를 완전히 풀 희망을 '신이시여'라는 이 한 마디에 걸었네. 이 살인에 대해 알고 있는 프랑스 인 사내 하나가 있다는 말이네. 그는 피로 물든 이번 사건에서 어느 모로 보나 무죄일 가능성이 높아. 아니 거의 확실하네. 아마도 오랑우탄이 이 사나이로부터 도망쳤을 거고, 사나이는 오랑우탄을 쫓아 그 방까지 갔겠지. 그런데 뒤이어 방은 아수라장이 됐을 테고, 오랑우탄을 다시 붙잡을 수는 없었을 거야. 오랑우탄은 지금도 제멋대로 돌아다니고 있을 테고. 그러나 추측은 이 정도로 해 두겠네. 이런 추측을 뒷받침해 주는 생각들은 내 자신의 머리로도 뚜렷이 이해할 수 없을 정도로 흐릿하고 피상적인 거라네. 그런 마당에 다른 사람의 이해를 구한답시고 아는 척할 수도 없는 노릇 아닌가. 그러니 추측은 그냥 추측이라고 해두고, 그 정도로만 이야기하겠네. 어쨌든 만약 문제의 프랑스 인 사내가 내 가정대로 범행 그 자체와는 관계가 없다고 한다면, 그는 내가 어젯밤 집으로 돌아오는 길에 「르 몽드」(해운업계의 신문으로 선원들이 잘 본다) 지에 의뢰한 광고를 읽고 틀림없이 우리 집으로 찾아올 거야.”

뒤팽이 내민 신문에는 다음과 같은 광고가 실려 있었다.

포획물. ××일 이른 아침(사건이 발생한 아침), 블로뉴 숲 속에서 잡힌 아주 큰, 황갈색 보르네오종 오랑우탄. 주인(몰타 섬 소속 선박 선원으로 추정)에게 돌려주겠음. 단, 그것이 자신의 소유임을 충분히 증명하고 포획 및 보관하는 데 소요된 약간의 비용을 지불할 것. 생제르맹 교외 ××가 ××번지 3층으로 오기 바람.

“그 사나이가 선원이고 몰타 섬 배의 승무원이라는 것은 어떻게 알았지?”

“나도 몰라. 확실히는 모른다네. 그러나 여기에 리본 조각이 있어. 모양새로 보나 기름때가 묻어 있는 것으로 보나 선원들이 땋은 머리를 묶는 데 즐겨 쓰는 리본 같아 보이네. 게다가 리본의 매듭은 선원들 말고는 좀처럼 묶을 수 없는 매듭이고, 게다가 몰타 섬 사람 특유의 매듭 방법이지. 이 리본은 피뢰침 발치에서 내가 주운 거야. 사망자들의 것이 아닌 것은 확실해. 그런데 리본을 보고 몰타 섬의 배의 선원이라고 추정한 것이 틀렸다손 치더라도, 광고에 그렇게 써 놓아서 손해 볼 일은 없네. 내가 실수를 했다고 해도, 상대는 이쪽이 어떤 사정으로 착각을 했다고 생각할 뿐, 애써 그런 사정을 캐내려 들지는 않을 테니 말이야. 하지만 만약 내 추정이 맞다면, 수확이 크네. 살인을 저지르지는 않았지만 살인을 목격했으니, 그 프랑스 인은 광고를 보고 오랑우탄을 찾으러 오는 것을 주저할 거야. 아마 이렇게 생각하겠지.

'나는 죄가 없다. 돈도 없다. 오랑우탄이 얼마나 비싼데. 내 처지에는 큰돈이야. 한가하게 위험 타령만 하다 큰돈을 날려야 해? 당장 손에 넣을 수 있는 상황인데. 녀석은 블로뉴 숲에서 붙들렸어. 살인 현장에서는 꽤 떨어진 거리잖아. 짐승이 살인을 했을 거라고 누가 짐작이나 하겠어? 경찰은 헤매고 있어. 단서 하나 못 찾고 있다고. 설사 경찰이 그 녀석을 추적하고 있다 하더라도, 내가 그 살인에 대해 알고 있다는 것을 증명할 수는 없겠지. 또 아는 것만 가지고 무슨 죄가 되나? 무엇보다, 내 신원이 이미 밝혀졌잖아. 광고주는 나를 그 짐승의 주인이라고 지목했어. 나에 대해 얼마만

큼 알고 있는지 몰라도 말이야. 내가 주인이라고 알려져 있는 값비
싼 물건을 찾으러 가지 않는다면, 그 동물은 적어도 의심을 살 거
야. 나나 그 짐승한테 괜한 관심이 쏠리게 할 필요는 없잖아. 광고
에 응해서 오랑우탄을 데리고 온 다음 이 사건이 잠잠해질 때까지
숨겨 두는 거야.'"

바로 그 순간, 계단을 올라오는 발소리가 들려 왔다.

뒤팽이 말했다.

"권총을 준비해. 하지만 내가 신호를 보낼 때까지 총을 쏘지도,
보이지도 말게."

현관문은 이미 열려 있었고, 방문객은 초인종을 누르지 않고 들
어와 계단을 몇 발자국 올라왔다. 그런데 문득 주저하는 기미가 느
껴졌다. 이윽고 도로 내려가는 소리가 들렸다. 뒤팽은 얼른 문 쪽
으로 갔고, 그때 다시 계단 올라오는 소리가 들렸다. 이번에는 뒤돌
아서지 않고 단호한 발걸음으로 계단을 올라와 방문을 노크했다.

"들어오세요."

뒤팽이 친근하고 밝은 말투로 말했다.

한 사나이가 들어왔다. 한눈에도 선원 같아 보였다. 키가 크고
건장한 근육질의 사나이로, 뭔가 저돌적인 구석이 있었지만 호감
이 전혀 안 가는 얼굴은 아니었다. 햇볕에 잔뜩 그을린 얼굴의 반
이상이 구레나룻과 콧수염으로 덮여 있었다. 커다란 참나무 막대
기를 들고 있었으나 그 이외의 무기를 가지고 있는 것 같지는 않았

다. 그는 어색하게 꾸벅 머리를 숙이면서 "안녕하십니까!" 하고 프랑스 말로 인사했다. 뇌샤텔 지방 사투리가 조금 섞여 있기는 했지만, 말투만 듣고도 파리 출신이라는 것을 충분히 알 수 있었다.

뒤팽이 입을 열었다.

"앉으세요. 오랑우탄 때문에 오셨겠지요? 정말이지 그 오랑우탄 주인이신 게 부럽습니다. 진짜 좋은 놈이던데 값이 상당히 나가겠지요? 녀석 나이가 어떻게 됩니까?"

무거운 짐을 내려놓은 사람처럼 그 선원은 길게 한숨을 내쉬고는 자신 있는 목소리로 대답했다.

"잘 모르긴 해도, 많아 봤자 네댓 살일 겁니다. 그 녀석이 여기에 있습니까?"

"아, 아니요. 여기에는 둘 만한 시설이 없어요. 이 근처 뒤부르 거리에 있는 말 대여업소에 있습니다. 내일 아침에 찾을 수 있습니다. 물론 당신이 주인이라는 것을 증명할 준비는 했겠지요?"

"물론이지요, 선생님."

"녀석과 헤어지려니 좀 아쉽군요."

"수고가 많으셨는데 제가 가만있을 수 있겠습니까? 그럴 수야 없죠. 그놈을 찾아 주신 데 대해선 기꺼이 보답하겠습니다. 뭐든 적당한 방법으로요."

"음, 그거 아주 공정한 거래군요. 음, 무엇을 받으면 좋을까? 아, 이렇게 합시다. 모르그 거리의 살인 사건에 대해 당신이 아는 정보를 모두 주시오."

뒤팽은 마지막 말을 아주 낮은 어조로 천천히 말하며, 동시에 조용히 문 쪽으로 걸어가 자물쇠를 잠그고 열쇠를 주머니 속에 넣었다. 그리고 품에서 권총을 꺼내 조금의 동요도 없이 탁자 위에 놓았다.

선원은 숨이 막히는지 얼굴이 확 달아올랐다. 그는 벌떡 일어나 자신의 막대기를 잡았다. 그러나 다음 순간 의자에 털썩 주저앉더니 와들와들 떨면서 얼굴이 사색이 되었다. 말은 한 마디도 하지 않았다. 나는 이 사내에게 깊은 동정심을 느꼈다.

"이봐요."

뒤팽이 다정한 말투로 말문을 열었다.

"겁먹을 필요 없어요. 진짜로요. 당신을 해칠 생각은 전혀 없어요. 신사로서, 프랑스 인으로서 맹세하지만, 당신에게 아무런 해를 입히지 않을 겁니다. 당신이 모르그 거리에서 벌어진 참극의 범인이 아니라는 것을 잘 알고 있어요. 그러나 당신이 그 일에 전혀 연루되지 않다고 말할 수는 없지요. 이 정도 말했으니, 당신도 내가 이 사건에 관해 상당한 양의 정보를 가지고 있다는 것을 알 수 있을 겁니다. 난 당신이 짐작도 할 수 없을 만큼 많은 걸 알고 있어요. 자, 상황이 이렇습니다. 당신이 좋아서 한 일은 하나도 없어요, 하나도. 그러니 죄가 될 만한 일은 전혀 없지요. 아무도 모르게 도둑질을 할 수도 있는 상황에서도 그렇게 하지 않았잖아요. 숨길 것도

아무것도 없어요. 숨길 이유가 없으니까. 그러나 당신한테는 알고 있는 사실을 모두 고백할 의무가 있습니다. 그것은 명예의 문제입니다. 당신이 진짜 범인을 지목할 수 있는 범죄 때문에 지금 무고한 사람 하나가 죄를 뒤집어쓰고 감금되어 있어요."

뒤팽이 말하는 동안 선원은 웬만큼 마음의 평정을 되찾았다. 하지만 당초의 대담한 태도는 온데간데없었다.

잠시 침묵을 지킨 뒤, 그는 입을 열었다.

"신이시여, 저를 도와 주세요. 이 사건에 대해서 제가 알고 있는 것들을 모조리 말씀드립죠. 그러나 제 말의 반도 믿지 못하실 겁니다. 믿어 주길 바라는 제가 바보입죠. 그렇지만 저는 아무 죄도 없습니다. 설사 그것 때문에 죽게 되더라도 선생님께 깨끗이 다 털어 놓겠습니다."

그 사나이가 말한 것을 요약하면 다음과 같다.

그는 최근 인도제도를 항해했다. 보르네오에 상륙하여 다른 사람들과 재미 삼아 섬 안으로 들어갔다가, 동료 한 사람과 함께 그 오랑우탄을 잡았다. 그런데 동료가 죽으면서 오랑우탄은 자연히 사내의 소유가 되었다. 집으로 돌아오는 항해 기간 동안 이 포획물이 난동을 부리는 통에 엄청난 고생을 하기도 했지만, 어쨌든 무사히 파리의 집까지 끌고 왔다. 그는 호기심과 못마땅함이 뒤섞인 이웃의 시선을 끌지 않기 위해 오랑우탄을 잘 숨겨 두고, 그 녀석이 배 위에서 나뭇조각에 찔려 발에 난 상처가 나을 때까지 기다리기로 했다. 그의 최종 목적은 오랑우탄을 팔아 치우는 것이었다.

그가 선원들과 밤새 흥청망청 놀고 돌아온 날 밤, 다시 말하면 살인이 일어났던 날 새벽, 그는 자기 침대를 차지하고 있는 오랑우탄을 발견했다. 바로 옆 작은 방에 안전하게 가두어 두었다고 생각했는데, 방문을 부수고 나온 것이었다. 오랑우탄은 면도칼을 손에 들고 얼굴에 온통 비누 거품을 바른 채, 거울 앞에 앉아 면도를 하려고 하고 있었다. 주인이 그렇게 하는 것을 옆방 열쇠 구멍으로 엿보았던 모양이다. 그런 위험한 도구가 흉포한 동물의 손에 들려 있고, 더구나 그것을 능숙하게 쓸 줄 아는 것을 보고 그는 한동안 너무 당황스러워 어찌할 바를 몰랐다. 그러나 평소에 이 녀석이 사납게 날뛸 때마다 채찍을 들면 얌전해졌기 때문에, 이번에도 그 방법을 쓰려고 했다. 그런데 채찍을 보자마자 오랑우탄은 곧바로 방문으로 뛰쳐나가 계단을 내려가더니, 공교롭게도 그때 열려 있던 창문을 통해 거리로 뛰쳐나갔다.

프랑스 인 선원은 다급하게 뒤를 쫓았다. 여전히 면도칼을 손에 쥔 채, 오랑우탄은 이따금 멈추어 서서 뒤쫓는 그를 향해 손짓을 하고는 잡힐 만하면 다시 도망쳤다. 이런 식의 추격전이 한동안 계속되었다. 시간은 새벽 3시, 거리는 쥐 죽은 듯이 조용했다. 모르그 거리의 뒷골목에 들어섰을 때, 레스파네 부인의 집 4층 방의 열린 창문을 통해 흘러나오던 불빛은 쫓기던 오랑우탄의 눈길을 끌었다. 그 건물로 뛰어간 오랑우탄은 피뢰침을 발견하자 믿을 수 없을 만큼 민첩한 동작으로 기어올라, 활짝 열려 벽에 붙어 있는 덧창문을 잡고 매달린 채로 몸을 흔들어 침대 머리로 훌쩍 날아들었다. 이 모든 동작을 하는 데 1분도 채 걸리지 않았다. 오랑우탄이 방으로 날아드는 반동으로 덧창문은 다시 열렸다.

선원의 마음속에는 안도감과 당혹스러움이 교차했다. 이제 이 짐승을 잡았구나 하는 생각이 들었다. 녀석이 지금 막 제 발로 들어간 함정에서 빠져나올 길은 피뢰침 밖에 없으니 그리로 내려올 때 잡으면 되겠다는 계산에서였다. 한편, 큰 걱정거리도 있었다. 이 짐승이 집 안에서 무슨 짓을 저지를지 모르기 때문이었다. 생각이 거기까지 미치자, 선원은 다시 오랑우탄을 뒤쫓아 방으로 들어갈 수밖에 없었다. 피뢰침을 타고 오르는 것은 선원에게 어려운 일이 아니었다. 그러나 왼쪽으로 보이는 창문 높이에 다다르자, 더 이상 나아갈 수 없었다. 몸을 제아무리 움직여도 방 안을 겨우 얼핏 들여다볼 수 있을 따름이었다. 그런데 얼핏 들여다본 방 안의 광경에 그는 공포에 질려 하마터면 아래로 떨어질 뻔했다. 모르그 거리 주민들의 잠을 깨운 무서운 비명 소리가 밤의 정적을 찢어 놓은 것은 바로 그때였다.

레스파네 부인과 딸은 잠옷을 입고 앞에서 말한 철제 금고를 방 한가운데로 옮겨 놓고 서류를 정리하고 있었던 것 같다. 금고는 열려 있었으며, 금고 안에 있던 물건들은 방바닥에 놓여 있었다. 피해자들은 창문을 등지고 앉아 있었던 모양이다. 짐승이 침입한 시간과 비명이 울려 퍼진 시간이 약간의 차이가 있었던 것으로 보아, 그들은 오랑우탄이 들어온 사실을 곧바로 알아차리지는 못했던 것 같다. 덧창문이 흔들린 것은 당연히 바람 탓이라고 생각했을 것이다.

　선원이 들여다보았을 때, 그 거대한 동물은 레스파네 부인의 머리채(방금 빗어 내린 뒤라 풀어져 있었다)를 붙잡고 이발사 흉내를 내면서 면도칼을 얼굴 앞에 휘두르고 있었다. 딸은 엎드린 채 꼼짝도 하지 않고 있었다. 기절했던 것이다. 노부인이 소리를 지르며 몸부림치는 바람에(그 과정에서 머리카락이 뽑혔다) 애초에 면도칼을 휘두를 때의 장난기는 분노로 변해 버렸다. 오랑우탄이 마음먹고 억센 팔을 한번 휘두르자, 그녀의 목과 몸은 거의 두 동강이 나 버렸다. 피를 보자 오랑우탄의 분노는 이제 광기로 타올랐다. 이를 뿌드득 갈고 눈에서 불을 튀기며 딸의 몸을 덮쳐 그 무시무시한 손으로 그녀의 목을 움켜쥐고는 숨이 끊어질 때까지 목을 짓눌렀다. 바로 이때, 주위를 두리번거리던 그 녀석의 희번덕거리는 눈길이 침대 머리맡을 향했고, 그 너머로 공포에 질려 온몸이 얼어붙은 자기 주인의 얼굴이 보였다. 그 짐승의 분노는, 아직도 떨쳐 버리지 못한 무서운 채찍 생각 탓에 두려움으로 변했다. 매 맞을 짓을 했다는 생각에 오랑우탄은 자신이 저지른 피비린내 나는 행동을 감추려고 했고, 불안감에 몸부림치며 방 안을 이리저리 뛰어다녔다. 그 과정에서 가구를 내동댕이쳐 때려 부수고, 침대에서 침구를 끄집어내렸다. 그리고 마지막으로 딸의 시체를 움켜잡더니 발견되었을 당시의 모양으로 굴뚝 속에 처박아 넣고, 노부인의 시체를 집어 들어 곧바로 창 밖으로 던져 버렸다.

오랑우탄이 만신창이가 된 시체를 들고 창문으로 다가왔을 때, 선원은 혼비백산하여 피뢰침에 찰싹 붙었다가 내려온다기보다는 미끄러지듯이 아래로 떨어졌다. 그러고는 한달음에 집으로 도망쳤다. 이 참극의 결과가 너무 두려워 오랑우탄의 운명에 대한 걱정 따위는 안중에도 없었다. 사람들이 계단에서 들었다는 소리는 이 짐승의 악마와 같은 포효에 프랑스 인 선원의 공포와 경악에 찬 외침이 뒤섞인 소리였던 것이다.

이 이상 덧붙일 말은 별로 없다. 오랑우탄은 사람들이 방문을 부수고 들어오기 직전에 피뢰침을 타고 달아난 것이 틀림없었다. 그리고 창문을 빠져나갈 때 창문을 닫았을 것이다.

오랑우탄은 결국 주인의 손에 붙들려 파리의 동물원에 상당히 비싼 값으로 팔렸다. 경찰국장 방에서 우리가 자초지종을 이야기하자, 르 봉은 즉각 석방되었다. 경찰국장은 내 친구에게 굉장한 호의를 품고 있으면서도, 사건이 이렇게 결말지어진 것에 분통이 터진다는 것을 애써 감추지 않았다. 그는 기어이 쓸데없는 참견은 안 하는 게 좋다는 식의 비꼬는 소리를 몇 마디 내뱉었다.

"내버려두게나."

그런 소리에 대꾸할 가치를 못 느끼는 듯 뒤팽이 말했다.

"맘대로 떠들라고 해. 그래야 직성이 풀릴 테니. 나는 대만족이네. 그의 성에서 그를 패배시켰으니 말이야. 그나저나 그가 이 미스터리를 풀지 못한 것은 자기 스스로 생각하는 것처럼 그렇게 억울해할 일이 결코 아니네. 사실 우리의 경찰국장은 심오하다기보다는 지나치게 약삭빠르거든. 그의 지혜라는 것은 수술이 없는 꽃이라고나 할까. 여신 라베르나⁺의 그림처럼 머리만 있고 몸통은 없다고나 할까. 아니면 상당히 좋게 말해 줘서, 대구라는 생선처럼 머리와 어깨뿐이라고나 할까. 하지만 어쨌든 좋은 사람이기는 해. 특히 허튼소리 하는 데 선수라서 난 그를 아주 좋아하지. 그 덕분에 그는 영리한 사람이라는 명성을 얻은 것이기도 하고. '있는 것을 부정하고 없는 것을 해설하는'⁺⁺ 방식으로 말이야.

⁺ 라베르나 : 도둑을 지킨다는 이탈리아의 여신.
⁺⁺ 있는 것을 부정하고 없는 것을 해설하는 : 장 자크 루소의 「신(新) 엘로이즈」에 나오는 구절.

The Purloined Letter

도둑맞은 편지

지혜가 가장 싫어하는 것은 과도한 정밀함이다.

—세네카

　18××년 바람이 몹시 불던 어느 가을날 저녁 땅거미가 진 직후, 장소는 파리의 생제르맹 시 퍼브르 구의 뒤노 가 33번지 4층. 나는 친구 C. 오귀스트 뒤팽과 함께 그의 작은 서재에서 파이프 담배를 피우며 명상에 잠기는 이중의 호사를 즐기고 있었다. 적어도 한 시간 이상 우리는 깊은 침묵을 지키고 있었다.

　얼핏 보면, 우리가 방 안의 공기를 짓누르며 소용돌이치고 있는 담배 연기에만 정신이 팔려 있는 것 같았으리라. 그러나 나는 조금 전에 우리가 이야기했던 문제들에 관해 이것저것 따져 보고 있었다. 그 문제들이란 다름이 아니라 모르그 거리의 살인 사건과 마리 로제 살인 사건에 얽힌 미스터리였다. 그래서 방문이 활짝 열리면서 오래 전부터 잘 알고 지낸 파리의 경찰국장 G씨가 들어오는 것은 대단한 우연의 일치 같았다.

우리는 G씨를 반갑게 맞이했다. 그는 재미있는 사람이기도 하거니와 그 두 배 정도로 골려 주기에도 좋은 사람이었고, 또 우리는 몇 년 만에 만나는 것이었기 때문이다. 어둠 속에 앉아 있던 참이라, 뒤팽이 램프에 불을 붙이려고 일어났다. 그러나 아주 골치 아픈 사건을 상의하러, 아니 내 친구 뒤팽의 의견을 들으러 왔다는 말에 뒤팽은 도로 자리에 앉았다.

"생각을 해야 할 일이라면 어두운 게 더 나을 겁니다."

"당신의 별난 이론이 또 나오는군요."

경찰국장이 말했다. 그는 자기 머리로 이해하지 못하는 것은 무엇이나 '별난' 것이라고 부르는 버릇이 있었고, 그래서 그는 '별난' 것 천지인 세상에 살고 있었다.

"맞는 말씀입니다."

경찰국장에게 파이프를 권하고 푹신한 의자를 당겨 주면서 뒤팽이 말했다.

"그런데 이번에는 뭐가 문젠가요? 설마 또 살인 사건은 아니겠죠?"

내가 물었다.

"아니요, 그런 종류는 아닙니다. 실은 아주 단순한 사건이에요. 사실 우리가 충분히 해결할 수 있는 일이지요. 하지만 뒤팽 씨가 이 사건의 자세한 내막을 들으면 좋아할 거라는 생각이 들었어요. 정말 **별난** 사건이거든요."

"단순한데 별나다?"

뒤팽이 대꾸하자, 경찰국장이 말을 이었다.

"네, 맞아요. 뭐 꼭 그렇다고 하기도 뭣 하지만. 솔직히 말하면, 사건이 아주 간단한데도 헤매고 있는 터라 우리도 몹시 당황스러워요."

뒤팽이 말했다.

"경찰에서 헤매는 이유는 바로 그 사건이 단순하기 때문인지도 모르지요."

"그게 무슨 헛소리요!"

경찰국장이 껄껄 웃으며 대꾸했다.

"어쩌면 사건에 얽힌 수수께끼가 너무 간단할 수도 있다는 얘깁니다."

"원, 세상에! 그게 말이나 되는 소리요?"

"너무도 뻔하다고나 할까요."

"하하하! 하하하! 허허허!"

경찰국장은 정말로 재미있다는 듯 큰 소리로 웃어 댔다.

"아, 뒤팽 씨, 당신 때문에 우스워 죽을 지경이오!"

"그나저나 도대체 어떤 사건인데 그러십니까?"

"아, 얘기하지요."

깊은 생각에 잠긴 듯 담배 연기를 한 번 길게 내뿜고는 의자에 자

리를 잡으면서 경찰국장이 대답했다.

"간단히 얘기하죠. 하지만 얘기를 시작하기 전에 알아 둘 게 있어요. 이 사건은 절대 비밀을 요하는 사건입니다. 만약 내가 이걸 누군가에게 발설한 게 알려지면 십중팔구 내 목이 달아날 거예요."

"계속하세요."

내가 말했다. 그러자 뒤팽이 덧붙였다.

"관두시든지."

"고위층에 있는 소식통으로부터 개인적으로 들은 정보인데, 대단히 중요한 어떤 문서가 황실에서 도둑맞았답니다. 그것을 누가 훔쳤는지도 알아요. 그건 확실합니다. 훔치는 장면을 본 사람이 있으니까. 그리고 그 문서가 아직 그 사람 수중에 있다는 것도 알고 있어요."

"그걸 어떻게 알지요?"

뒤팽이 물었다.

"그건 문서의 성격을 봐서도 그렇고, 또 그 문서가 도둑의 손에서 떠났다면, 다시 말해 그것을 최종 목적을 위해 이미 사용했다면 곧바로 발생할 수밖에 없는 결과가 아직 나타나지 않고 있다는 사실 때문에 추리해 낼 수 있는 것이오."

"좀 더 자세하게 말씀해 보시지요."

"이런 말은 하면 안 되지만, 그 문서를 가진 자는 어떤 방면에서 대단한 힘을 쓸 수 있게 되는 겁니다. 그런 힘이 굉장히 중요한 어떤 방면에서 말이에요."

경찰국장은 에둘러 말하는 외교관식 어법을 좋아했다.

뒤팽이 말했다.

"난 아직도 정확히 무슨 얘기를 하고 있는지 모르겠군요."

"그래요? 음, 만약에 이 문서가 이름을 밝힐 수 없는 제삼자에게 넘어가는 날에는 어떤 최고위층 인사의 명예가 위태로워진다, 이런 말입니다. 따라서 이 문서를 가진 자는 명예와 안위가 위협받고 있는 그 저명인사에 비해 유리한 고지를 차지하게 된다는 것이지요."

내가 끼어들었다.

"그러나 그 유리한 고지라는 게 말입니다, 도둑맞은 사람이 누가 도둑인지 알고 있다는 것을 도둑이 알고 있을 때라야 가능한 것 아닙니까. 그나저나 누가 감히……."

"그 도둑은 D장관이에요. 인간으로서 할 일, 못 할 일 안 가리고 무슨 일이든 하는 사람이죠. 훔치는 방법도 대담하면서도 교묘했어요. 문제의 문서(솔직히 말하면 편지예요)를 도둑맞은 분은 혼자 있을 때 그 편지를 받았습니다. 편지를 읽고 있는데, 다른 어떤 높은 분이 갑자기 들어오는 바람에 편지를 읽다 말았지요. 그 '높은 분'한테는 절대로 보여 주고 싶지 않은 편지였거든요. 그래서 서둘러 편지를 서랍에 넣으려고 했지만 미처 그렇게 하지 못하고 할 수 없이 그냥 탁자 위에 둘 수밖에 없었답니다. 그나마 맨 위에 있는 주소만 보이고 편지 내용은 가려진 덕분에 편지를 들키지는 않았지요. 바로 그 순간 D장관이 들어온 겁니다. 그는 살쾡이 같은 눈으로 대뜸 그 편지를 발견했지요. 그리고 주소의 필체와 편지 임자의 당황한 모습을 보고는 그 귀부인의 비밀을 꿰뚫어보았습니다. 여느 때처럼 재빨리 사무를 본 후에 그는 문제의 편지와 비슷한 편지를 꺼내서는 읽는 척하다가 문제의 편지 옆에 나란히 놓았지요. 그러고는 다시 15분 정도 공무에 관해서 이야기를 했답니다. 그런 다음, 나가면서 탁자에서 자기 것이 아닌 다른 편지를 집어 간 겁니다. 편지의 진짜 주인은 장관의 행동을 보았지만, 바로 곁에 있던 높은 분 때문에 감히 그걸 문제 삼을 수가 없었습니다. 장관은 자신의 편지(아무짝에도 쓸모없는 편지)를 탁자 위에 남겨 놓고는 유유히 자리를 떴고요."

뒤팽이 나에게 말했다.

"이보게, 자네가 말한, 유리한 고지를 활용하기 위한 전제 조건, 그러니까 도둑맞은 사람이 도둑의 정체를 알고 있다는 사실을 도둑도 알아야 한다는 것이 충족되었군."

"그렇죠."

경찰국장이 맞장구를 치고는 말을 이었다.

"게다가 그자는 이렇게 해서 손아귀에 넣은 힘을 지난 몇 달 동안 아주 우려할 수준으로 정치적인 목적을 위해 이용하고 있답니다. 도둑맞은 분은 편지를 되찾아야 할 필요성을 통감하고 있지요.

그러나 당연한 일임에도 불구하고 공개적으로 어떻게 할 수도 없는 노릇이라, 결국 그 귀부인은 나한테 일을 맡기게 된 겁니다."

"국장님 같은 명탐정이 또 어디 있겠어요, 아니 국장님 같은 명탐정을 상상할 수나 있겠습니까?"

완벽하게 소용돌이 모양을 그리는 담배 연기에 둘러싸인 채, 뒤팽이 말했다.

"괜한 공치사겠지만, 실제로 그러한 의견이 받아들여졌던 것일지도 모르지요."

"당신 말대로 편지가 아직 장관의 수중에 있는 게 확실한 것 같군요. 권력을 남용할 수 있는 것은 편지를 이용해서가 아니라 편지를 가지고 있다는 것 때문이니까요. 편지를 사용하는 순간 힘도 사라지죠."

내가 말했다.

"그렇습니다."

G국장이 맞장구를 치고는 이어 말했다.

"그런 확신을 가지고 저는 일을 진행했어요. 그래서 제일 먼저 장관의 숙소를 샅샅이 수색했지요. 가택 수색을 몰래 해야해서 애를 좀 먹었지만 말입니다. 무엇보다도, D장관이 우리의 계획을 눈치 챘을 때 발생할 위험에 대해 단단히 주의를 받았거든요."

"그렇지만 그런 수색쯤은 식은 죽 먹기 아닙니까. 파리 경찰이 그런 일을 한두 번 해 보는 것도 아닐 텐데요."

내가 말했다.

"아, 물론이지요. 그래서 나는 크게 걱정하지 않았어요. 게다가 그 장관의 생활 습관은 우리 쪽에 아주 유리했어요. 그는 종종 밤새 도록 집을 비우고, 하인들의 숫자도 그다지 많지 않아요. 게다가 하인들은 주인 방에서 멀리 떨어진 곳에서 잠을 자는 데다, 주로 나폴리 출신들이라 걸핏하면 술에 취하지요. 아시다시피 저는 파리의 어떤 방이나 장롱도 열 수 있는 열쇠 꾸러미를 가지고 있습니다. 지난 석 달 동안 하룻밤도 빼놓지 않고 내가 직접 D장관의 숙소를 샅샅이 뒤졌어요. 내 명예가 걸린 일인 데다, 솔직히 말하자면, 걸린 포상금도 엄청나거든요. 하지만 결국 수색을 포기하고 말았어요. 도둑이 나보다 한 수 위라는 것을 인정할 수밖에 없었지요. 내 생각 에는 집 안에 편지를 숨길 만한 곳은 어느 한 구석도 빼먹지 않고 모조리 수색을 했는데 말이에요."

"하지만 편지가 그 장관의 수중에 있다는 게 의심할 나위가 없다 하더라도, 장관이 자기 집 말고 다른 곳에 편지를 숨겨 놓았을 가능 성도 있지 않습니까?"

나의 이런 의견에 뒤팽은 다음과 같이 대꾸했다.

"그럴 가능성은 거의 없어. 지금 황실에서 일이 돌아가는 상황이 나, 특히 D장관이 관련되어 있는 것으로 보이는 음모의 성격으로 보아, 그 문서를 즉각 사용할 수 있도록, 다시 말해 당장이라도 내 보일 수 있도록 하는 게 그 문서를 가지고 있는 것만큼이나 중요하니까 말이야."

"당장이라도 내보일 수 있도록 하는 것?"

내가 되묻자 뒤팽이 말했다.

"뒤집어 말하면, 당장이라도 없애 버릴 수 있도록 하는 것이지."

"맞아. 그렇다면 편지는 분명히 집 안에 있겠군. 장관이 직접 몸에 지니고 다닐 가능성은 고려하지 않아도 되겠죠?"

내 질문에 경찰국장이 답했다.

"전혀요. 노상강도로 가장해서 그를 두 번이나 덮쳤어요. 그리고 내가 직접 감독하는 가운데 그의 몸을 샅샅이 수색해 보았답니다."

그러자 뒤팽이 말했다.

"괜한 고생을 하셨군요. 내 생각에, D장관은 그렇게 어리석은 바보는 아니에요. 그러니 그런 수색 정도는 당연히 예상했을 겁니다."

"**어리석은** 바보는 아니라…… 그렇다면 시인이겠군요. 나는 바보 바로 다음이 시인이라고 생각하거든요."

"맞는 말씀입니다."

뒤팽은 생각에 잠긴 듯 담배 연기를 길게 뿜어내고는 말을 이었다.

"비록 저도 시 나부랭이를 조금 끼적거리긴 하지만."

"수색에 관해 좀 더 자세히 말씀해 보시지요."

내가 말했다.

"아, 네. 사실 우리는 충분한 시간을 갖고 **모든 곳**을 수색했어요. 이런 일에는 나도 오랜 경험이 있지요. 방 하나하나, 그리고 집 전체를 모두 조사했어요. 방 하나에 일주일 밤을 바쳤지요. 서랍이란 서랍은 모조리 열어 봤어요. 그리고 당신들도 잘 알겠지만, 정규 훈련을 받은 경찰관에게 비밀 서랍 같은 건 통하지가 않아요. 이런 종류의 수색에서 '비밀' 서랍이 있다고 해서 그것에 속아 넘어간다면 바보천치겠지요. 아주 간단한 일이에요. 캐비닛은 저마다 다 일정한 크기가 있지요. 그리고 우리한테는 정확한 자가 있고. 그래서 1밀리미터의 50분의 1이라도 우리 눈을 속일 순 없지요. 캐비닛들을 다 뒤진 뒤에는 의자들을 검사했어요. 전에 당신들도 본 적이 있듯이, 방석들을 일일이 가늘고 긴 바늘로 찔러 봤지요. 탁자들은 상판을 들어냈어요."

"그건 왜요?"

"물건을 숨기려는 자들은 때때로 탁자의 상판이나 그와 유사한 구조로 된 가구의 상판을 들어내고 다리에 구멍을 뚫은 다음, 그 속에 물건을 넣고는 상판을 다시 덮기도 합니다. 침대 기둥의 양쪽 끝도 같은 방법으로 이용되지요."

"하지만 구멍 같은 건 두드려 보면 알 수 있지 않나요?"

내가 물었다.

"천만에요. 물건을 숨긴 다음 솜으로 틀어박으면 감쪽같지요.

더구나 이번 경우에는 소리가 안 나게 일을 해야 했으니까요."

"그렇다고 방금 말한 방법으로 물건을 숨길 만한 가구들을 죄다 뜯거나 조각조각 분해할 수야 없는 노릇 아닙니까. 편지 한 장쯤이야 똘똘 말면, 모양도 그렇고 크기도 그렇고 뜨개바늘처럼 만들 수 있을 텐데, 그런 모양으로 의자의 가로대 같은 곳에 쑤셔 넣을 수도 있잖아요. 설마 의자를 몽땅 분해하신 건 아니겠지요?"

"물론 그렇게는 안 했지요. 더 좋은 방법이 있었으니까. 우리는 그 집에 있는 모든 의자의 버팀목, 그리고 모든 가구의 이음새를 고성능 현미경으로 검사했답니다. 만약 최근에 손댄 곳이 있었다면, 놓치지 않고 바로 찾아 냈을 겁니다. 예를 들어, 나사나 송곳 자리에서 나온 티끌 하나도 사과처럼 분명하게 보였을 겁니다. 접합 부분의 조그만 흠집, 이음새의 조그만 틈도 분명히 눈에 띄었을 거예요."

"거울의 뒤판과 유리 사이도 보셨겠지요? 침대와 침대보, 커튼과 카펫도 검사하시고요?"

"그야 물론이지요. 모든 가구를 완전히 검사한 다음에는 건물 자체를 조사했어요. 집 전체를 구획을 지은 다음, 하나도 빠뜨리지 않기 위해 번호를 매겼지요. 그리고 나서 아까처럼 현미경으로 1평방센티미터씩 조사했어요. 또 바로 옆에 있는 집 두 채도요."

"옆집 두 채까지!"

내가 소리쳤다.

"정말 고생이 많았군요."

"말도 마세요. 하지만 걸린 포상금이 어마어마하니까."

"집 주변의 **땅**도 조사 대상에 포함시켰나요?"

"땅은 모두 벽돌로 포장이 되어 있습니다. 덕분에 일이 좀 수월했지요. 벽돌 사이에 낀 이끼들을 조사해 보았는데, 손을 탄 흔적은 없더군요."

"D장관의 문서들이나 서재의 책들도 당연히 보셨겠지요?"

"물론입니다. 봉투와 상자를 모조리 열어 보았어요. 어떤 경찰들은 책을 흔들어 보고 마는데, 저는 책을 한 권 한 권, 심지어 책장을 한 장 한 장 넘겨 보기까지 했어요. 또한 모든 책 표지의 두께를 아주 정확한 자로 쟀고, 하나하나 현미경으로 세밀하게 조사했어요. 만일 어떤 책의 제본에 최근에 손을 댄 흔적이 있었다면 발견 못 했을 리 없지요. 얼마 전에 제본한 듯한 책 대여섯 권은 위에서 아래로 내려가면서 바늘로 꼼꼼히 찔러 보기까지 했어요."

"카펫 밑의 마루도 조사하셨지요?"

"당연하죠. 카펫을 모두 들어내고 마루를 현미경으로 검사했습니다."

"벽지도요?"

"네."

"지하실도 들여다보셨죠?"

"네."

"그렇다면 당신이 잘못 짚었고, 편지는 국장님 생각처럼 집 안에 있는 게 아닌 것 같군요."

내가 말했다.

"당신 말이 옳을지도 모르죠. 자, 뒤팽 씨, 이제 나에게 무엇을 해 보라고 충고하시겠습니까?"

"저택을 철저히 다시 수색해 보라고요."

"그건 소용없는 일이에요. 편지가 그 집에 없다는 것은 내가 살아 숨 쉬고 있는 것만큼이나 확실하니까."

"나한테는 그것 말고는 달리 뾰족한 제안이 없군요. 그건 그렇다 치고, 그 편지의 특징에 대해 정확하게 말해 줄 수 있겠습니까?"

"아, 그럼요!"

이 대목에서 경찰국장은 수첩을 꺼내서, 없어진 문서의 내용과 특히 겉모습에 대한 상세한 설명을 큰 소리로 읽었다. 수첩을 다 읽은 뒤 그는 돌아갔다. 예전에도 저런 때가 있었던가 싶을 정도로 완전히 풀이 죽은 채로.

한 달쯤 뒤, 거실에서 우리가 담배를 피우고 있는데 경찰국장이 다시 찾아왔다. 경찰국장은 담배를 집어 들고 의자에 앉더니 이런저런 일상적인 이야기들을 했다. 그래서 결국 내가 말을 꺼냈다.

"그런데, G국장님, 도둑맞은 편지는 어떻게 되었죠? 장관을 당할 재간이 없어서 결국 포기했을 것 같은데?"

"그 망할 놈의 장관! 그래요. 그래도 저는 뒤팽 씨 말대로 다시 조사해 보았어요. 그러나 아니나 다를까, 헛수고였지요."

뒤팽이 물었다.

"거기에 걸린 상금이 얼마라고 하셨지요?"

"아, 아주 많지요. 정확하게 얼마라고 밝히기는 어렵지만, 아주 많아요. 그러나 한 가지 확실하게 말할 수 있는 건, 누구든 나한테 그 편지를 가져다주는 사람한테 내 개인 수표로 5만 프랑을 기꺼이 내놓겠다는 겁니다. 사실 그 편지의 중요성은 요즘 들어 나날이 더 커지고 있어요. 그래서 상금도 바로 얼마 전에 두 배로 뛰었지요. 그렇지만 상금이 세 배가 된다 해도, 지금까지 제가 한 것 이상으로 는 도저히 더 못 할 겁니다."

"아, 네."

뒤팽은 사이사이 담배 연기를 내뿜으면서 천천히 띄엄띄엄 말을 이었다.

"제…… 생각에는…… G국장님, 당신은 이 사건에 최선의 노력 을…… 기울이지 않은 것 같은데요. 조금 더…… 노력을 할 수도 있을 것…… 같은데요. 안 그렇습니까?"

"어떻게? 어떤 방법으로요?"

"어…… 뻐끔, 후우…… 당신은 말하자면…… 뻐끔, 후우…… 이 사건에 대해 자문할 사람을 고용할 수도 있고. 안 그렇습니까? 혹시 애버네시[+] 이야기를 아십니까?"

[+] 애버네시 : 존 애버네시(1764~1831), 영국의 유명한 외과의사.

"몰라요. 갑자기 웬 애버네시요!"

"맞아요. 얼어 죽어도 싸지요. 그런데 말입니다. 한번은 어떤 부자 구두쇠가 이 애버네시에게 의학적인 소견을 공짜로 받아 낼 생각을 했어요. 그래서 의사와 단둘이 있을 때, 일상적인 대화를 하다가 딴 사람 이야기를 하는 척하면서 슬그머니 자신의 증상을 말했지요.

'이러이러한 증상이 있는 사람이 있다 칩시다. 자, 의사 선생, 당신 생각에 이 사람한테 무엇이 좋을 것 같소?'

구두쇠가 묻자, 애버네시는 이렇게 대답했어요.

'좋은 게 있지요! 바로 의사의 **조언**이오. 암 그렇고말고.'"

경찰국장은 약간 당황하면서 말했다.

"그렇지만 나는 조언은 대환영이고, 사례도 기꺼이 제공할 생각이에요. 이 사건을 도와 주는 사람 누구에게든 **진짜로** 5만 프랑을 줄 겁니다."

"그렇다면……."

뒤팽이 서랍을 열고는 수표책을 꺼내며 말을 이었다.

"방금 말한 금액으로 나한테 수표를 끊어 주세요. 수표에 서명을 하면, 내가 그 편지를 넘겨 드리지요."

나는 깜짝 놀랐다. 경찰국장은 마치 벼락이라도 맞은 사람 같았다. 그는 몇 분 동안 입을 벌린 채 눈을 튀어나올 듯이 뜨고는 믿어지지 않는다는 듯이 내 친구를 멀뚱멀뚱 바라보면서, 아무 말도 하지 못했다. 그러다 어느 정도 정신을 차린 듯싶더니, 펜을 들고서

멍한 눈길로 몇 번이나 멈칫거리다가 5만 프랑을 수표에 기입하고 서명을 했다. 그러고는 책상 너머에 있는 뒤팽에게 넘겼다. 뒤팽은 수표를 꼼꼼히 살펴보고는 자기 지갑 속에 넣었다. 그러고는 열쇠로 책상 서랍을 열더니 문제의 편지를 꺼내 경찰국장에게 건네주는 게 아닌가. 경찰국장은 기쁜 기색을 감추지 못하고 편지를 움켜쥐고는 떨리는 손으로 펼친 다음, 재빨리 내용을 훑어보았다. 그러고는 비틀거리며 가까스로 문으로 가더니만 인사도 없이 집을 나가 버렸다. 뒤팽이 수표를 쓰라고 한 뒤로 입도 뻥긋하지 않은 채.

경찰국장이 사라지자 내 친구는 설명을 시작했다.

"파리의 경찰은 그들 나름대로는 아주 유능하네. 끈기 있고, 영리하고, 눈치가 빠른 데다, 직무에 필요한 지식에 능통하지. 그래서 G국장이 D장관의 관저를 수색한 방법을 자세히 이야기해 주었을 때, 나는 그가 아주 확실하게 수색을 잘했을 거라고 전적으로 믿을 수 있었네. 자기 딴에는 할 수 있는 노력을 다 한 거지."

"자기 딴에는 할 수 있는 노력을 다 했다고?"

"그렇지. 국장이 취한 방법은 최선의 선택이었을 뿐만 아니라 일 처리도 정말 완벽했지. 만약 편지가 그들의 수색 범위 안에 있었다면 그 친구들은 틀림없이 그것을 찾아 냈을 걸세."

나는 그저 웃고만 있었다. 그러나 뒤팽은 아주 진지하게 말하고 있었다.

"방법도 적절했고, 또 일처리도 훌륭했지. 그런데 그 방법의 약

점이 뭐였냐 하면, 이번 사건과 범인에게는 적용할 수 없었다는 점이네. 일련의 아주 교묘한 수사 기법이라는 게 사실 프로크루스테스⁺의 침대나 다름없었네. 자신의 생각을 억지로 꿰맞춘 거지. 그래서 그 문제에 대해 어떤 때는 너무 깊숙이, 어떤 때는 너무 얕게 파고들어 끊임없이 실수를 저지른 것이라네. 어린 학생들도 대부분 경찰국장보다는 추론을 더 잘할 거야.

나는 사람들이 감탄할 만큼 홀짝 놀이를 잘하는 여덟 살짜리 아이를 하나 알고 있다네. 홀짝 놀이는 공깃돌로 하는 간단한 게임이야. 한 사람이 손에 돌을 쥐고 상대편에게 돌 개수가 홀수인지 짝수인지 묻는 거지. 맞히면 공깃돌 하나를 따는 거고, 틀리면 공깃돌 하나를 잃게 돼. 내가 말한 그 아이는 그 학교의 공깃돌이란 공깃돌을 죄다 따 버렸어. 물론 그 아이는 홀짝을 맞히는 데 어떤 원칙을 가지고 있었네. 그건 다름이 아니라, 상대방을 잘 관찰해서 상대가 얼마나 영리한지를 재 보는 거야.

예를 들어 보겠네. 상대편이 형편없는 얼간이라고 쳐. 그 아이가 주먹 쥔 손을 내밀면서 '홀이게 짝이게?'라고 물어. 내가 말한 아이는 '홀'이라고 대답해서 처음엔 지네. 그러나 두 번째부터는 그 아이가 이기게 되는데, 그때부터 그 아이는 속으로 '이 멍청이는 첫 번째 시합에서 짝수를 쥐었으니 두 번째는 홀을 쥘 거야. 그러니

⁺ **프로크루스테스** : 그리스 신화에 나오는 강도로, 나그네를 붙잡아 자기 침대에 눕힌 다음 침대 길이에 맞춰 키 큰 사람은 다리를 자르고 작은 사람은 다리를 잡아 늘였다.

까 홀이라고 해야지'라고 생각하는 거야. 그래서 홀이라고 하고 이기는 거지. 자, 이제 앞의 멍청이보다 한 수 위인 멍청이를 만났을 경우에 아이는 다음과 같이 추론을 하는 거야. '첫판에 내가 홀이라고 했으니까, 이 녀석은 두 번째 판에서는 아까의 얼간이처럼 일단은 단순하게 짝에서 홀로 바꾸려고 생각할 거야. 그러다가 다시 이런 변화가 너무 단순하다고 생각하고는 첫판처럼 짝을 내밀겠지. 그러니까 나는 짝이라고 말하면 돼.' 그래서 그 아이는 짝이라고 말하고 이기는 거야. 다른 친구들은 '운'이라고 부르는 이 아이의 추론 방식, 자, 이것을 제대로 분석해 보면 어떤 게 되겠나?"

"그야 추리하는 사람이 자기 지능을 상대방의 지능에 맞추는 거지."

"그렇지. 그런데 승리의 비법, 즉 어떻게 추론 수준을 상대편의 지능에 완벽하게 맞출 수 있냐고 묻자, 그 아이는 이렇게 대답하더라고. '어떤 사람이 얼마나 현명한지, 얼마나 멍청한지, 얼마나 착한지, 얼마나 영악한지, 또는 지금 무슨 생각을 하고 있는지 알고 싶을 때, 저는 최대한 그 사람의 표정과 같은 표정을 지어 보려고 노력해요. 그런 다음, 그 표정을 짓거나 그 표정에 어울리려면, 내 머릿속이나 마음속에서 어떤 생각이나 감정이 일어나는지 기다려 보는 거예요.' 이 아이의 이런 반응이야말로 로슈푸코,[+] 라 브뤼에르,[++] 마키아벨리,[+++] 그리고 캄파넬라[++++] 같은 이들에게서 볼 수 있는 그럴듯한 심오함의 밑바탕에 있는 것이 아니고 무엇이겠

206

는가."

"그러니까 결국 자네 말은 추리자가 자신의 지능을 상대방의 지능에 맞추려면 우선은 상대방의 지능을 정확하게 감지해 내야 한다는 말이로군."

"그걸 이번 사건에 적용해 보면, 이런 거지. 경찰국장과 그의 부하들이 여러 번 실패한 것은 첫째, 이러한 동일시 과정을 중요하게 여기지 않은 것, 둘째, 상대방의 지능을 잘못 평가한 것, 아니 아예 평가라는 것을 하지 않은 것, 바로 이 두 가지 이유 때문이네. 그들은 자신들 수준으로만 생각한 거야. 숨겨 놓은 물건을 찾을 때, 자신들이라면 어디에 숨겼을까 하는 데에만 주의를 기울였지. 그들이 생각해 낸 꾀라는 게 대다수 보통 사람들의 꾀를 잘 반영한다는 점에서 나름대로 일리는 있어. 하지만 수준이 그들과 다를 정도로 교활한 악당의 경우, 그 악당은 당연히 경찰을 따돌릴 수 있네. 그런 일은 악당이 경찰보다 뛰어나면 무조건 일어나게 돼 있고, 심지어 경찰보다 못한 경우에도 심심치 않게 일어나지. 경찰들이란 수사 원칙에 변화를 주지 못하거든. 기껏해야 어떤 비상 사태가 일어나거나 엄청난 상금이 걸린 경우에나 그 케케묵은 수법을 보다 넓게 그리고 보다 깊게 적용할 뿐이지. 행동 원칙 자체에는 손도 안

✚ 로슈푸코 : 17세기 프랑스의 윤리학자.
✚✚ 라 브뤼에르 : 17세기 프랑스의 작가.
✚✚✚ 마키아벨리 : 르네상스 시대 이탈리아 피렌체의 외교관, 정치이론가.
✚✚✚✚ 캄파넬라 : 16세기 말 이탈리아 도미니크회의 수도사.

대면서 말이야.

예를 들어, 이번 D장관의 사건에서 수사 원칙을 변화시킨 게 뭐가 있는가? 뚫어 보고 두드려 보고 현미경을 들이대고 건물 바닥과 벽을 1평방미터로 나누어 번호를 붙이고……. 이게 다 뭔가? 단지 경찰국장이 오랫동안 판에 박힌 임무를 수행하면서 익힌 수색 원칙, 인간의 꾀에 대한 특정한 관념에 근거한 수사 원칙, 그 원칙을 단지 확대 적용한 것에 불과하지.

경찰국장은 모든 인간이 뭐 딱히 의자 다리에 송곳으로 구멍을 뚫어서 편지를 숨길 거라고 보지는 않지만, 최소한 그런 식의 사고 방식으로 어떤 구멍이나 구석에 숨기는 것을 아주 당연하게 여기지. 자네 눈에도 그게 보이지? 그렇게 희한하게 후미진 곳은 보통 사건에서나 적합한 것이고, 보통의 지능을 가진 사람들이나 택하는 방식이라는 것을 자네도 알겠지? 그래서 사라진 물건과 관련된 사건에서는 당연히 물건을 숨길 것이라는 것, 그것도 희한한 방식으로 숨길 것이라는 게 누구나 맨 처음 추측할 수 있는 일이고, 사실 그렇게 추측하지. 따라서 사라진 물건을 찾아 내느냐 못 찾아 내느냐는 수색하는 사람의 총명함에 달린 게 아니라 단지 관심과 인내와 의지에 달렸네.

결국 경찰의 눈에는 같은 것이겠지만, 사건이 중요하다거나 걸린 상금이 엄청나다고 해서 내가 지적한 특징들이 달라진다는 소리를 나는 들어 본 적이 없네. 이제 자네는 도둑맞은 편지가 만일 경찰국장의 수색 범위 안에 숨겨져 있었다면, 다시 말해 편지를 경찰국장이 생각할 수 있는 원칙의 틀 안에서 감췄다면, 경찰국장이 틀림없이 편지를 찾아 냈으리라는 내 말이 이해가 될 것이네. 하지만 이 경찰 나리는 완전히 헛다리를 짚었어. 그 이유를 멀리서 찾자면, 그건 장관을 바보라고 생각한 데 있어. 장관이 유명한 시인이라는 사실 때문에 말이야. 모든 바보들은 시인이다, 경찰국장은 이런 **선입견**을 가지고 있거든. 거기에서 모든 시인들은 바보라는 논리적 오류를 범한 거지."

"그런데 그 사람이 시인인 건 맞나? 형제가 둘이고, 둘 다 글로 이름을 날리고 있다는 건 나도 알아. 그런데 장관은 미분학에 관한 학술적인 글을 쓴 걸로 알고 있는데……. 그는 수학자이지 시인은 아니야."

"자네가 잘못 안 걸세. 그 사람은 내가 잘 알아. 그는 시인이면서 수학자야. 시인 겸 수학자니, 추론을 잘하지. 수학자이기만 했다면 추론 따위는 할 수 없었을 테고, 경찰국장에게 덜미를 잡혔겠지."

"그런 견해를 가지고 있다니 놀랍네. 세상 사람들의 생각하고는 아주 정반대군. 설마 수세기 동안 내려오는 정설을 깡그리 무시하는 것은 아니겠지? 수학적인 추론이야말로 추론의 정형으로 간주되어 왔지 않나."

"널리 받아들여지는 생각, 전통적인 인습, 그것들은 하나같이 다수의 군중의 요구에 부합한 것이기 때문에 어리석은 것이라고 볼 수 있다."

뒤팽은 샤포르[+]의 말을 인용하는 것으로 대꾸하고는 말을 이었다.

"자네가 한 말은 수학자들이 전력을 다해 널리 퍼트려 온 흔해빠진 오류야. 사실인 것처럼 유포되고 있지만, 따지고 보면 오류지. 예를 들면, 수학자들은 그 아까운 머리들을 써서는 '해석'이라는 용어를 대수학(代數學)에 슬그머니 적용했다네. 이런 종류의 속임수는 프랑스 인들이 원조라고 할 수 있지. 그러나 용어가 어떤 중요한 의미를 갖는다면, 그러니까 단어들이 어떻게 쓰이냐에 따라 가치가 달라지는 것이라면, '해석'이나 '분석'이라는 말로 '대수학'을 논하는 것은 마치 라틴어로 'ambitus(빙빙 돌아다니다)'가 영어로 'ambition(야망)'을, 'religio(예의범절을 엄수하다)'가 'religion(종교)'를, 그리고 'homines honesti(저명 인사)'가 'honorable man(존경할 만한 사람)'을 뜻한다고 하는 거나 다를 바 없는 거야."

"파리의 대수학자들이 한바탕 들고 일어나겠군. 어쨌든 얘기나 계속해 보게."

"나는 추상적인 논리를 제외한, 다른 특정한 형태에서 체계화된 논리들의 효력을 그다지 쓸모 있다고 여기지 않네. 특히 수학적인

연구에서 연역되는 논리는 더더욱 그렇지. 수학은 형태와 양의 과학이야. 수학적인 추론은 단지 형태와 양에 대한 관찰에 적용되는 논리지. 소위 순수 대수학의 진리가 추상적이고 일반적인 진리라고 생각하는 것은 중대한 오류야. 이런 터무니없는 오류가 일반적으로 통용되는 것을 보면 안타깝기 그지없다네. 수학에서 통하는 논리가 결코 보편타당한 논리라고 할 수는 없거든.

자, 보게나. 형태와 양의 관계에 있어서 진리인 것이 도덕에서는 때로 완전히 틀린 말이 되네. 또 부분들의 합이 전체와 같다는 것은 윤리학에서 대개는 틀린 말이 되고. 화학에서도 역시 그 논리는 맞아떨어지지 않고 말이야. 동기라는 것을 고려할 때도 역시 맞아떨어지지 않아. 왜냐하면 각각 일정한 가치를 갖는 두 개의 동기를 합쳤을 때, 그 값은 각 가치들의 값을 합한 것과는 같지 않거든. 이런 식으로 수학적 진리들 가운데는 단지 **관계**라는 범위에서만 진리인 것들이 얼마든지 있다네. 그러나 수학자들은 자신들의 **제한된 진리**가 절대적이고 보편적인 타당성을 갖는다고 입버릇처럼 주장하지. 그리고 세상 사람들은 그 진리가 실제로 그렇다고 착각하고 있고 말이야. 브라이언트⁺는 그의 저서 『신화학』에서 이와 유사한 오류의 사례를 다음과 같은 말로 언급하고 있네.

'이교도의 우화들을 믿지 않으면서도, 우리는 자신도 모르는 사

⁺ 브라이언트 : Jacob Bryant(1715~1804), 영국의 고고학자.

이에 그 이야기들이 실제로 존재하는 것처럼 그 이야기들로부터 추론을 한다.' 그러나 자신들 스스로가 이교도인 대수학자들은 '이교도의 우화'를 실제로 신봉하고 있고, 그 우화로부터 추론을 한다네. 자신도 모르는 사이에 그렇게 하는 게 아니라, 어지럽게 머리를 이리저리 굴려 가면서 말이야. 간단히 말해, 이제까지 나는 등근$^{+}$을 빼고 나면 믿을 만한 수학자를 만나 본 적이 없다네. 또는 x^2+px가 절대적으로, 그리고 무조건적으로 q와 같다는 방정식을 마음속으로 신주 단지 모시듯 믿고 있지 않은 수학자를 본 적이 없다네. 자네가 시험 삼아 이 수학자들 가운데 아무한테나 x^2+px가 q가 아닌 상황이 있을 수도 있다고 한번 말해 보게. 하지만 일단 자네가 하려는 말을 그 사람에게 이해시킨 후에는, 걸음아 날 살려라 하고 멀찌감치 도망가게나. 틀림없이 자네를 때려 눕히려고 난리칠 테니 말이야."

그의 마지막 말에 나는 웃음을 터트렸고, 뒤팽은 계속 말을 이었다.

"내 말이 무슨 말인고 하니, 만일 D장관이 수학자이기만 했다면 경찰국장은 이 수표를 나한테 줄 필요가 없었을 거라는 얘길세. 그러나 그가 수학자인 동시에 시인임을 잘 알고 있는 나는 그가 처한 상황을 함께 고려하면서 그의 지능에 맞게 작전을 짰어. 나는 또 그

✤ 등근 : 2차 이상의 대수 방정식의 근으로, 두 개 이상이 같은 근.

가 공직자인 동시에 대담한 계략가라는 사실도 잊지 않았네. 이런 사람이 경찰의 상투적인 수법을 모를 리 없지. 그러니 자신이 길거리에서 수색을 당하리라는 추측 정도는 충분히 하고도 남았지. 그리고 실제로 그게 현실로 증명되지 않았나. 그는 비밀 가택 수색도 틀림없이 예상했을 거야. 장관이 밤에 수시로 집을 비운 것을 두고 경찰국장은 웬 떡이냐 싶었겠지만, 내가 보기에는 그게 다 계략이었네. 경찰에게 철저히 수색할 기회를 줘서, 집 안에 편지가 없다는 확신을 갖도록(G국장은 결국 실제로 그렇게 되었지) 하기 위한 계략 말이야. 조금 전에 사라진 물건을 수색하는 경찰들의 상투적인 행동 지침에 관해 힘들여 설명했네. D장관의 머릿속에도 그런 생각들이 떠올랐을 걸세. 그러니 경찰이 찾을 수 있는 평범한 장소 따위는 거들떠보지도 않았겠지.

자기 저택에서는 아무리 교묘하고 후미진 곳이라 하더라도 경찰국장의 눈, 바늘, 송곳, 현미경 앞에서는 문만 열면 훤히 드러나는 옷장이나 다름없다는 사실을 모를 만큼 장관은 어수룩하지 않네. 그래서 나는 그가 단순함을 택할 거라는 결론을 내렸어. 의도적으로 그렇게 했다기보다는 그렇게 할 수밖에 없는 상황이었으니까. 맨 처음 경찰국장과 얘기를 나눈 날, 내가 말했지. 이 미스터리가 경찰국장을 그토록 곤란하게 만드는 것은 너무도 뻔한 문제이기 때문일지 모른다고. 그때 경찰국장이 죽겠다고 웃었던 것 생각나나?"

"그럼. 숨이 넘어갈 듯 웃어 댔지. 발작이라도 일으키는 줄 알았다니까."

"물질 세계는 많은 점에서 정신 세계와 엄밀한 유사성을 보인다네. 그러니까 수사학상의 독단적 주장도 얼마간 진리의 색채를 띠게 되는 거고, 이를 이용한 비유나 은유는 묘사의 장식품이 될 뿐만 아니라 어떤 주장을 더 강하게 만들기도 하지. 예를 들어, 관성의 법칙은 물리학과 형이상학에서 동일하게 적용되는 것으로 보이네. 물리학에서는 큰 물체가 작은 물체보다 처음엔 움직이기 어렵지만, 일단 움직이기 시작하면 처음 움직일 때의 어려움과 맞먹는 운동량을 갖는 것처럼, 형이상학에서는 우수한 지능이 열등한 지능보다 초기 단계에서는 움직임이 더 굼뜨고 잔뜩 머뭇거리지만, 더 강력하고 더 지속적으로 보다 많은 일을 하는 것도 사실이지. 다른 말로 바꾸어 보세. 자네는 가게 입구에 걸린 간판들 가운데 어떤 게 눈에 가장 잘 띄는지 주의 깊게 살펴본 적이 있나?"

"그런 건 생각도 못 해 봤는데."

"그럼 지도를 펴 놓고 하는 알아맞히기 놀이는 어때? 한 사람이 강, 산, 나라 어떤 것이든 지명을 부르면 상대편은 어지럽고 복잡한 지도 위에서 그 이름을 찾는 놀이 말야. 이 놀이의 초보자들은 대개 제일 작게 쓰여진 이름을 문제로 내서 상대방을 곯려 주려고 하지. 그러나 이 놀이를 많이 해 본 사람은 지도 한쪽에서 다른 쪽까지 펴져 있는 큰 글자로 된 단어들을 골라. 간판이나 현수막은 너무 크면 오히려 못 보고 지나치게 되지.

　자, 못 보고 그냥 지나치는 이런 물리적인 현상과 정확하게 일치하는 정신적인 현상이 있는데, 바로 너무나 확실하고 뚜렷한 것에는 주의를 기울이지 않고 그냥 지나친다는 거야. 그러나 G국장은 이런 사실을 아예 모르거나 아니면 너무 잘 알고 있는 것 같아. 장관이 그 편지를 세상 사람들 바로 코 밑에 둘 수도 있다는 것, 그것이 그 누구한테도 들키지 않는 최상의 방법이 될 수 있다는 것을 단한 번도 생각하지 않았으니 말이야.

　평소 D장관의 대담하면서 호기롭고 치밀한 술수를 생각하면 할수록, 또한 그가 그 편지를 필요로 할 때 언제든지 손에 닿을 수 있는 곳에 두어야 한다는 사실을 생각하면 할수록, 그리고 경찰국장이 제공한 결정적인 증거, 즉 그 편지가 이 경찰 고위층 나리의 수색 범위 안에 숨겨져 있지 않았다는 것을 생각하면 할수록, 나는 점점 더 다음과 같은 확신이 들었네. 이 편지를 숨기기 위해 장관은 편지를 아예 숨기려고 시도도 하지 않는, 통 크고도 기발한 편법을 쓴 것 같다는 생각 말이야.

　나는 이런 생각에 푹 빠져서 녹색 색안경을 준비했지. 그러다가 어느 맑은 날 아침, 아주 우연히 들른 것처럼 장관의 저택을 방문했네. D장관은 마침 집에 있더군. 여느 때처럼 하품이나 하며 빈둥빈둥 어슬렁거리면서 따분해 죽겠다는 시늉을 하면서 말이야. 사실 세상에 그 사람처럼 원기왕성한 사람도 없을 걸세. 물론 다른 사람들이 안 볼 때만 그렇지만 말이야.

　나도 만만치는 않았지. 능청맞게 시력이 떨어졌다고 투덜대면서 할 수 없이 안경을 써야겠다고 했거든. 집 주인의 애기에 귀 기울이는 척하면서 안경을 통해 방 안 전체를 찬찬히 그리고 샅샅이 살펴보았지.

　특히 그가 앉은 자리 가까이에 있는 커다란 책상을 눈여겨봤는데, 책상 위에는 자질구레한 편지들과 서류, 악기 한두 개와 책 몇 권이 어지럽게 놓여 있더군. 난 아주 오랫동안 꼼꼼히 살펴봤어. 그런데도 별달리 의심할 만한 것이 없었지.

　그런데 방을 휘 둘러보다가, 판지로 만든 싸구려 카드꽂이를 발견했네. 벽난로 선반 바로 아래에 있는 놋쇠 손잡이에 지저분한 파란색 리본으로 대롱대롱 매달려 있었지. 세 칸으로 나누어져 있는 카드꽂이에는 대여섯 장의 방문자 카드와 함께 편지 한 통이 달랑 꽂혀 있더라고. 그 편지는 때가 잔뜩 묻은 채로 꼬깃꼬깃 구겨져 있었어. 그리고 한가운데가 찢어져서 거의 두 동강 날 지경이었지. 마치 쓸모없는 것이라 찢어 버리려다가 생각을 바꿔 놔둔 것 같은 모양새였지. 편지에는 D장관의 이니셜이 **선명하게** 보이는 검은색 봉인이 있었고, 아주 작은 여자 글씨로 D장관 주소가 적혀 있었어. 그러고는 카드꽂이의 맨 위에 아무렇게나, 아니 쓸 데 없어서 버린 것처럼 쑤셔 박혀 있었던 거야.

　이 편지를 보자마자, 나는 '바로 내가 찾던 편지구나' 하고 결론

216

을 내렸네. 분명히 말하지만, 이 편지는 경찰국장이 우리한테 자세하게 읽어 가며 묘사해 준 편지와는 어느 모로 보나 판이하게 달랐네. 이 편지의 봉인은 크고 검은색이었고, D라는 이니셜이 새겨져 있었어. 경찰국장은 말하길, 그 편지의 봉인은 작고 빨간색에, S가문의 공작을 상징하는 문장이 있다고 했잖아. 또 이 편지는 장관이 수신자로 되어 있고 주소가 여자 글씨체로 조그맣게 쓰여 있었어. 그 편지는 황실의 어떤 인물이 수신자로 되어 있고, 주소가 눈에 띌 만큼 뚜렷하고 힘 있게 쓰여 있었다고 했는데 말이야. 딱 하나, 편지 크기는 일치했지.

이렇게 정도가 심한 **근본적인** 차이점들, D장관의 규율 잡힌 습관과는 너무도 어울리지 않게 잔뜩 낀 먼지들, 그래서 보는 이로 하여금 특별해 보이지 않게 만들려는 듯 노골적으로 망가뜨린 편지의 상태, 게다가 모든 방문객들 누구나 쉽게 볼 수 있도록 지나치게 노출되어 있어서 내가 앞서 내린 결론들과 정확히 일치하는 모습들, 이 모든 정황은 의심을 품고 온 나 같은 사람한테는 오히려 확신을 주는 것들이었지.

나는 가능한 한 오래 그 집에 머물렀고, 그러는 동안 내가 잘 알고 있고 또한 장관이 항상 흥미를 가지고 잘 흥분하는 주제로 아주 활기찬 대화를 나누었네. 그러면서 실제로는 그 편지를 자세히 관찰했어. 편지의 겉모양과 카드꽂이에 꽂혀 있는 모양을 머릿속에 넣었지. 그 와중에 드디어 모든 의문을 한 방에 해결해 주는 단서를 발견하게 되었다네. 그 편지의 가장자리를 자세히 살펴보니, 지나치리만치 많이 닳아 있는 거야. 마치 빳빳한 종이를 일단 한 번 접어 누른 뒤, 그 접힌 자리 그대로 반대 방향으로 다시 접었을 때처럼 낡아 있었던 거지. 그걸로 충분했어. 그 편지는 마치 장갑처럼 안팎을 뒤집어 다시 주소를 쓰고 다시 봉인한 것이 확실했네. 나는 곧바로 장관에게 인사를 하고 떠나면서, 금으로 된 담배 상자를 탁자에 슬쩍 두고 왔다네.

이튿날 아침, 나는 두고 온 담배 상자를 구실로 다시 그 집에 들러 전날 나누었던 얘기를 열심히 또 계속했지. 그러고 있는데, 창문 바로 아래에서 권총 소리인 듯한 폭음이 들려 왔고, 곧이어 끔찍한 비명 소리와 사람들의 고함 소리가 뒤따라 들렸어. D장관은 달려가 창문을 열어젖히고는 밖을 내다보았어. 그사이, 나는 카드꽂이로 가서 문제의 그 편지를 얼른 내 주머니에 넣고, 내가 집에서 빵으로 D라는 이니셜을 만들어 봉인한 편지의 복사본으로(겉으로 보기에만 똑같은 것이지만) 바꿔 치기 해 놓았지.

거리의 소동은 구식 소총을 가진 한 사내가 미친 짓을 해서 일어난 것이었어. 여자와 아이들 틈바구니에서 총을 발사한 거지. 그러나 그 총은 총알이 없는 빈 총으로 밝혀졌고, 그 사람은 미친 사람 또는 술주정꾼 취급을 받고 그냥 풀려났어. 그 사내가 자리를 뜨자, D는 창문에서 돌아왔어. 내가 이미 찾던 물건을 손에 넣고 곧바로 내 자리로 돌아온 뒤였지. 나는 이내 작별인사를 했어. 그 미친 척

한 사내는 내가 돈을 주고 산 사람이었다네."

"그런데 도대체 무슨 속셈으로 편지를 복사본으로 바꿔 치기 한 건가? 차라리 처음에 장관 집에 갔을 때, 당당하게 편지를 가지고 나오는 편이 낫지 않았겠나?"

"D는 물불을 가리지 않는 대담한 작자야. 또한 그의 저택에 그를 따르는 하인들이 있지 않은가. 만일 자네 말처럼 막무가내로 행동했다면, 장관의 집에서 살아 나오지 못했을 거야. 파리의 선량한 시민들은 더 이상 나에 관한 이야기를 들을 수 없었을 거라고. 그러나 이런 고려 외에도 나한테는 다른 의도가 있었네.

자네도 내 정치적 성향을 알잖나. 이번 사건에서 나는 철저히 문제의 귀부인 편이야. 18개월 동안 장관은 그녀를 자기 손아귀에 쥐고 있었네. 그런데 이제 그 부인이 장관을 손아귀에 쥐게 된 거야. 편지가 자신의 수중에 없다는 사실을 모르는 장관은 예전처럼 부당한 요구를 계속할 테니까 말이네. 필연적으로 그는 정치적 자살 행위를 하게 되어 있는 거지. 그의 몰락은 갑작스럽고도 꼴사나울 거야. '지옥으로 내려가는 것은 쉽다'[+]라는 말이 어울리는 대목이지. 하지만 카탈라니[++]가 성악에 대해 말했던 것처럼, 모든 일에서는 올라가는 것보다 내려오는 것이 훨씬 어려운 법이네. 이번 일의 경우, 나는 추락하는 사람에 대해 어떤 동정심이나 최소한의 연민

✛ 지옥으로 내려가는 것은 쉽다 : 로마의 시인 베르길리우스의 「아이네스 이야기」에서 인용.
✛✛ 카탈라니 : 이탈리아의 유명한 소프라노.

도 없네. 그는 무서운 괴물, 파렴치한 천재야. 솔직히 고백하자면, 경찰국장이 '어떤 귀부인'이라고 말했던 그 부인의 반격을 받고, 내가 남겨 둔 가짜 편지를 D가 열어 보지 않을 수 없는 상황이 왔을 때, 과연 그가 어떤 생각을 할지 보고 싶네."

"어째서? 편지 봉투 안에 무슨 특별한 거라도 넣었나?"

"그냥 백지만 넣기도 뭣하지 않은가. 그러면 D를 모욕하는 것 같아서 말이야. D는 오스트리아의 수도 빈에서 나한테 아주 못된 짓을 한 적이 있다네. 그때 나는 농담처럼 말했었지. 그 일을 잊지 않겠노라고. 그래서 장관이 자신을 가지고 논 사람이 누구인지 궁금해할 걸 뻔히 알면서도 단서 하나 남겨 주지 않는 것은 너무한 처사라고 생각했네. 그는 내 글씨체를 아주 잘 알고 있어. 나는 백지 한가운데에 다음과 같은 글귀를 라틴어로 써 넣었네.

천벌을 받을 음모,
아트레우스에게 어울리지 않는다면,
티에스테스에게는 어울리리라.✝

이 글은 크레비용이 쓴 비극 『아트레우스와 티에스테스』에 나오는 말일세."

✝ 그리스 신화에 나오는 아트레우스와 티에스테스는 나쁜 행동을 일삼는 형제이다. 티에스테스가 아트레우스의 아내를 유혹하자, 아트레우스는 파티에 티에스테스를 초대하고, 몰래 죽인 티에스테스의 아들들을 요리로 만들어 대접했다.

The Fall of the House of Usher

어셔 가(家)의 붕괴

그의 마음은 줄이 팽팽한 류트⁺와 같다.

손이 닿기 무섭게 소리를 낸다.

—드 베랑제

구름이 숨 막힐 듯 낮게 내려앉은 어둑하고 음산하고 적막한 어
느 가을날, 나는 온종일 혼자 말을 타고 황량하기 짝이 없는 시골길
을 달렸다. 그리고 땅거미가 질 무렵, 마침내 어서 가의 음침한 저
택이 보이는 곳에 다다랐다. 어찌된 영문인지 모르겠지만, 그 집을
처음 얼핏 보았을 때부터 견딜 수 없는 음울함이 내 영혼을 사로잡
았다. '견딜 수 없는'이라는 표현을 쓴 데는 그만한 이유가 있다.
보통 인간의 마음은 아무리 황량하거나 끔찍한 자연의 이미지에서
조차 시적인 영감을 얻어 부분적으로나마 즐거움을 느낄 수 있는

✤ **류트** : 오래된 현악기의 하나로, 만돌린과 비슷하게 생겼다.

법인데, 그 집을 보았을 때의 기분은 그러한 감정으로도 누그러들 여지가 전혀 없었기 때문이다. 나는 내 앞에 펼쳐진 광경—외딴 집과 그 일대의 단조로운 풍경, 황폐한 담, 얼빠진 눈 같은 창문들, 두세 군데에 무성하게 자라 있는 사초[+], 줄기를 허옇게 드러낸 썩은 나무 몇 그루—을 둘러보고는 더할 나위 없는 침울한 기분에 빠져들었다.

그 기분은 아편에 취했던 사람이 깨어날 때의 감정—현실로 돌아왔을 때의 고통, 가면이 벗겨지는 듯한 끔찍한 느낌—에나 비할 수 있을 것이다. 가슴이 싸늘해지는가 싶더니 철렁 내려앉으며 통증이 느껴졌다. 그것은 아무리 상상력을 발휘해도 결코 숭고한 어떤 것으로 만들 수 없는, 도저히 회복 불가능한 우울함이었다. 도대체 무엇인가? 나는 잠시 멈춰 생각해 보았다. 어셔 가의 저택을 바라볼 때 나를 이토록 침울하게 만드는 것은 도대체 무엇인가? 그것은 도저히 풀 수 없는 미스터리였다. 그렇다고 생각에 잠길수록 몰려드는 정체불명의 어두운 환상들과 계속 씨름을 하고 있을 수도 없는 노릇이었다. 어쩔 수 없이 나는 불만족스러운 결론을 내릴 수밖에 없었다. 즉, 아주 단순한 자연 사물들의 결합이 우리에게 어떤 인상을 주는 힘을 갖는다는 것은 의심할 여지가 없지만, 그 힘을 분석하는 것은 인간이 생각할 수 있는 범위를 넘어서는 일이라는 결

[+] **사초** : 습지에서 자라는 풀의 이름.

론이었다. 또 어떤 장면의 세부적인 요소나 어떤 그림의 구성 요소
들은 조금만 다르게 배열해도 슬픈 인상을 변화시키고, 더 나아가
아예 없애 버리는 것이 가능하다는 것이었다. 나는 그 생각을 행동
으로 옮겨 보기 위해 말을 몰아 저택 옆에 고요하게 자리 잡고 있는
시커멓고 으스스한 호수로 갔다. 그리고 깎아지른 듯한 벼랑으로
올라가서, 잿빛 사초들과 유령 같은 나무줄기들, 얼빠진 눈 같은 창
문들이 뒤틀리고 있는 모습을 (전보다 더 소름끼치는 전율을 느끼며) 바
라보았다.

그럼에도 불구하고 나는 이 음울한 저택에서 몇 주일 머물 예정
이었다. 이 저택의 주인인 로드릭 어셔는 어린 시절 친하게 지내던
친구였다. 우리는 여러 해 동안 서로 만나지 못했는데, 얼마 전 멀
리 떨어져 살고 있던 어셔가 내게 편지를 한 통 보내 왔다. 강요하
다시피 나에게 꼭 와 달라는 편지였다. 그의 필체에서는 신경증적
인 흥분 상태를 엿볼 수 있었다. 편지에는 어셔 자신이 겪고 있는
극심한 육체적 질병과 그를 억누르고 있는 정신 질환에 대한 얘기
가 있었다. 그리고 가장 친한 친구, 아니 사실 유일한 친구인 나와
즐거운 시간을 보내다 보면 자신의 병세를 조금이라도 덜 수 있지
않을까 하는 기대로 나를 꼭 만나고 싶다는 말도 적혀 있었다. 그리
고 그밖의 다른 이야기들에 담겨 있는 **가슴**에서 우러나온 듯한 절
실한 태도와 요청 때문에 나는 망설일 엄두도 내지 못했다. 그래서
이상하기 짝이 없는 초대에 즉시 응할 수밖에 없었다.

어린 시절에 아주 친한 사이였다고 하지만, 사실 나는 어셔에 대해 아는 바가 거의 없었다. 그는 매사에 도가 지나칠 정도로 자신을 드러내지 않았다. 그러나 유서 깊은 그의 집안 사람들은 유별나게 예민한 감각을 가진 것으로 유명했다. 그러한 기질은 대대로 많은 고귀한 예술 작품을 통해 발휘되어 왔다. 최근에는 정통적이고 편안한 음악보다는 난해한 음악에 열정적으로 헌신한다거나 눈에 띄지 않게 엄청난 돈을 꾸준히 기부하는 것으로 표출되었다. 나는 또 어셔 가의 혈통이 유구한 역사를 자랑하고 있음에도 불구하고, 어떤 시기에도 대대로 자손이 직계 이상으로 이어지지 못했다는 아주 놀랄 만한 사실을 알게 되었다. 다시 말하면 그 가문은 부모와 자식 관계로만 이루어져 있으며, 아주 드문 예들을 제외하면 항상 그런 상태를 유지했다는 것이다. 그 저택의 특징과 그 가문 사람들의 성격이 참 잘 어울리는 느낌이 들었다. 나는 그 둘이 몇 세기에 걸쳐 서로에게 영향을 미쳤을 수도 있겠구나 생각했다. 또 아들 뒤로 이어지는 자손이 없어서 저택과 이름이 아버지에게서 아들로만 상속된 탓에, 원래 저택 이름이었던 '어셔 가'가 집안의 이름과 동일시되어 이중의 뜻(농부들은 '어셔 가'라는 이름을 가족과 건물, 둘 다를 지칭하는 것으로 사용하는 것 같았다)을 갖게 된 것이 아닌가 하고 짐작했다.

나의 다소 유치한 실험(호수를 들여다보는 것)이 애초의 기이한 인상을 더욱 강화시키는 결과만 낳았음을 앞에서 말한 바 있다. 그리고 내가 빠른 속도로 미신(그렇게 부르지 않을 까닭이 있겠는가)에 빠져

들고 있음을 깨달은 것이 미신을 믿는 데 더욱 가속도를 붙였음에 틀림없다. 이미 오랜 전에 깨달은 바지만, 이것이 바로 공포가 밑바탕에 깔린 모든 감정에 통하는 법칙인 것이다.

호수에 비친 영상에서 눈을 들어 다시 저택을 보았을 때 이상한 생각이 든 것도 바로 그 때문이었으리라. 그 생각이라는 것이 말을 꺼내고 싶지도 않을 만큼 터무니없는 것이었지만, 나를 옥죄던 그 생생한 감정의 힘을 설명하기 위해 여기에 밝히고자 한다. 그것은 다름이 아니라, 저택과 영지 주변이 평범한 공기가 아니라 이곳에만 특별히 존재하는 어떤 공기에 둘러싸여 있다는 믿음이었다. 보통의 공기와는 전혀 다른 그 공기는 썩은 나무들, 잿빛 벽, 그리고 숨죽인 호수에서 스며 나오는 듯했으며, 탁하고 흐릿한 데다 칙칙한 빛깔을 띤, 비밀을 가득 품은 독이 든 수증기 같았다.

망상이라고밖에 할 수 없는 이런 생각들을 떨쳐 내려고 하면서, 나는 건물의 실제 모습을 좀 더 자세히 관찰하기 시작했다. 우선 눈에 띄는 것은 건물이 무척 오래되어 보인다는 점이었다. 긴 세월 탓에 색이 많이 바래 있었다. 미세한 곰팡이들이 건물 외벽 전체에 퍼져 있었고, 처마에 달린 곰팡이들은 가는 거미줄 모양을 이루고 있었다. 그럼에도 불구하고 저택은 황폐한 집과는 거리가 멀었다. 어느 한 곳도 허물어지지 않았으며, 돌 하나하나가 부서지고 있는 것과는 아주 딴판으로 전체적으로는 집의 각 부분들이 완벽하게 잘 보존되어 있었다. 이런 모습은 마치 사람의 발길이 끊긴 지하실에

방치된 채, 외부 공기와 완전히 차단되어 몇 년 동안 썩어 가면서도 겉모양은 멀쩡한 목공품을 연상시켰다. 어쨌든 전반적으로 낡아 빠지긴 했지만, 건물은 전혀 불안정해 보이지 않았다. 건물 앞쪽 지붕에서 벽을 타고 내려와 음침한 호수까지 이어지는 지그재그 모양의 균열이 있긴 했지만, 그것은 꼼꼼하게 살펴보는 사람 눈에나 겨우 보일 정도였다.

이런 것들을 하나하나 살펴보면서 나는 호수를 가로질러 집으로 이어지는 짧은 둑길 위로 말을 몰았다. 마중 나온 하인에게 말을 맡기고, 고딕 스타일의 아치형 복도로 들어섰다. 거기서부터는 아무 말 없이 발소리를 죽이며 조용조용 걷는 시종의 안내를 받아, 어두침침하고 복잡한 복도를 지나 주인의 작업실로 갔다. 걷는 동안 나는 복도에 놓인 여러 물건들을 보았다. 이유는 정확히 모르겠지만, 그 물건들은 내가 아까 말했던 정체 모를 느낌을 더욱 고조시키는 작용을 했다. 내 주위의 사물들(천장의 조각, 벽의 음침한 태피스트리[+], 칠흑 같은 마룻바닥, 걸을 때마다 덜걱덜걱 소리를 내던 문장이 달린 트로피들)은 어렸을 적부터 내가 익히 보아 온 것들이었다. 그 모든 것들이 내게는 아주 친숙했는데도, 그런 평범한 물건들이 불러일으키는 느낌이 어쩌면 그렇게도 낯설었는지 알다가도 모를 일이었다. 계단을 오르다 나는 이 집의 주치의와 마주쳤다. 그의 표정에는 교

[+] 태피스트리 : 여러 가지 색실로 그림을 짜 넣은 직물로, 벽걸이나 가리개 따위의 실내 장식품으로 쓰인다.

활함과 당혹스러움이 뒤섞여 있었다. 그는 떨리는 목소리로 인사하면서 지나갔다. 잠시 뒤, 시종은 문을 열어젖히고는 주인이 있는 곳으로 나를 안내했다.

내가 들어선 방은 아주 넓고 천장이 높았다. 창문들은 길고 좁고 끝이 뾰족한 모양이었는데, 하나같이 검은 참나무 마룻바닥으로부터 손이 닿지 않을 정도로 아주 높이 자리 잡고 있었다. 격자무늬 유리창을 통해 붉은 빛이 희미하게 들어오고 있었다. 그 빛은 가까이에 있는, 물건들은 구별할 수 있을 정도의 밝기였지만, 방에서 멀리 떨어진 곳이나 문양이 있는 둥근 천장의 우묵한 곳까지는 닿지 않았다. 벽에는 어두운 휘장이 걸려 있었다. 가구들은 지나치게 크고 고풍스럽고 낡은 것들이었다. 많은 책들과 악기들이 주위에 흩어져 있었지만 방의 전체적인 분위기에 생기를 불어넣지는 못했다. 나는 마치 슬픔으로 가득 찬 공기를 마시는 듯한 기분을 느꼈다. 가혹하고 치유할 수 없는 우울함이 공기처럼 사방에 퍼져 모든 것에 스며들어 있었다.

어셔는 소파에 길게 드러누워 있다가 내가 들어서자 일어나 반갑고 따뜻하게 맞아 주었다. 처음에는 짐짓 반가운 척하는 것—세상에 권태를 느낀 사람이 부자연스럽게 취하는 행동—이 아닌가 싶었지만, 그의 표정을 보자 진심으로 반긴다는 것을 알 수 있었다.

우리는 자리에 앉았다. 그가 아무 말도 하지 않고 있던 그 잠시 동안 나는 동정심 반, 두려움 반으로 그를 빤히 바라보았다. 로드릭 어셔만큼 짧은 시간에 이렇게 끔찍하게 변해 버린 사람이 세상에 또 있을까! 내 눈앞에 있는 사람이 진짜로 어렸을 적 내 친구라는 사실이 믿어지지 않았다. 그렇지만 얼굴의 특징만큼은 예전과 변함없이 뚜렷하게 남아 있었다.

시체처럼 새하얀 얼굴빛, 크고 촉촉하고 비할 데 없이 반짝이는 눈, 조금 얇고 창백하지만 대단히 아름다운 곡선을 이루고 있는 입술, 섬세한 헤브루 사람들의 코 모양이면서도 그런 모양치고는 콧구멍이 유달리 넓은 코, 잘생겼지만 다소 들어간 탓에 심지가 약하다는 인상을 주는 턱, 거미줄보다 가늘고 부드러운 머리카락. 이러한 특징들이 유달리 넓은 이마와 더불어 그를 쉽사리 잊을 수 없는 인상으로 만들어 냈었다. 그런데 지금은 이러한 생김새의 두드러진 특징과 그것이 풍기는 인상이 더욱 강렬해지는 쪽으로만 변한 탓에, 내가 누구와 얘기를 하고 있는지 의심스러울 정도였다. 무엇보다도 유령처럼 창백해진 피부, 그리고 믿을 수 없을 정도로 빛나는 눈의 광채 때문에 나는 놀랐고, 심지어 두렵기까지 했다. 또한 그 비단결 같은 머릿결도 이제는 아무렇게나 자라서, 머리카락이 얼굴을 덮고 있다기보다는 마치 들판의 거미줄처럼 얼굴 위에 둥둥 떠 있는 것 같았다. 아무리 잘 봐 준다 해도 보통 사람의 용모라고는 할 수 없는 기이한 인상이었다.

내 친구의 태도에 있어서도 앞뒤가 맞지 않는 모순이 있는 것을 나는 대번에 알아차렸다. 그리고 곧 그것이 습관적인 불안, 극도의 신경 흥분을 극복하려는 미약하고 헛된 노력에서 비롯된 것임을 알 수 있었다. 그가 보낸 편지뿐만 아니라, 그의 소년 시절의 성격과 기이한 신체적 특질과 기질 등을 알고 있던 나는 사실 이런 상황을 어느 정도 예상하고 있었다.

그의 행동은 쾌활함과 침울함 사이를 오갔다. 목소리는 머뭇거리는 듯 떨리는 목소리에서부터(동물적 생명력이 완전히 정지해 버린 것 같은), 열정적이고 간결한 목소리, 급작스러우면서 무게 있고 느릿느릿하며 공허하게 들리는 목소리, 납처럼 무겁고 완벽하게 조절된 허스키한 목소리 사이를 빠르게 옮겨 다녔다. 이것은 정신 나간 술주정꾼이나 치료가 불가능한 아편쟁이가 극도로 흥분했을 때나 볼 수 있는 현상이었다.

그런 목소리로 그는 나를 왜 오라고 했는지, 나를 얼마나 보고 싶었는지, 그리고 나한테서 어떤 위안을 기대하고 있는지를 말했다. 또한 자신의 오랜 병에 대해서도 상당히 길게 이야기했다. 그는 자기 병이 체질적이고 유전적이라서 치료법을 찾는 것을 포기했다고 말했다. 하지만 곧바로 단순한 신경 계통의 병이기 때문에 틀림없이 곧 괜찮아질 거라고 덧붙였다. 여러 가지 비정상적인 감정 상태로 나타나는 그 병의 증세들에 대해 자세히 듣는 동안, 나는 몇 가지 증세에 대해 흥미와 동시에 당혹감을 느꼈다. 그런 데에는 그가 사용하는 용어나 말투도 한몫했던 것 같다. 그는 여러 감각이 병적으로 예민해지는 고통을 겪고 있다고 했다. 그래서 거의 아무런 맛도 없는 음식만 먹을 수 있고, 특별한 옷감으로 된 옷만 입을 수 있으며, 무슨 꽃이든 꽃향기만 맡아도 숨이 막히고, 희미한 불빛에도 눈이 아프고, 특정한 소리, 즉 현악기 소리 말고는 어떤 소리에도 공포를 느낀다고 했다.

나는 그가 특이한 종류의 공포에 결박당한 노예 신세라는 것을 알게 되었다.

"나는 죽을 거야. 이 한심스러운 병 때문에 죽고 말 거야. 바로 이것 때문에, 다른 것도 아닌 바로 이것 때문에 난 끝장날 거야. 앞으로 닥칠 일들이 두려워. 그 일들 자체가 아니라 그것들이 가져올 결과들이 두려운 거야. 이 견딜 수 없는 영혼의 흥분 상태에 사소한 자극이라도 가해지면 어찌될까를 생각하면 몸서리가 쳐지네. 사실 난 위험 같은 것은 무섭지가 않아. 그것이 필연적으로 수반하는 것, 즉 공포가 무서운 거지. 이처럼 무기력하고 비참한 상태에서 나는 느낀다네. **두려움**이라는 무시무시한 유령과 싸우다 내 생명과 이성을 함께 포기하는 순간이 곧 닥치고 말 거라는 사실을."

더욱이 나는 사이사이 드러나는 단편적이고 모호한 단서들로부터 그의 정신 상태의 기이한 특징 하나를 알게 되었다. 그는 자신이 살고 있는 집에 대한 미신에 사로잡혀 몇 년 동안 집 밖으로 나간 적이 한 번도 없었던 것이다. 어떤 가상의 힘이 집에 영향력을 발휘하고 있다는 그의 미신은, 설명하기도 힘들 만큼 대단히 모호한 것이다. 하지만 그의 말에 따르면, 저택의 특이한 형태와 재료들이 오랜 수난의 세월을 보내면서 자신의 정신에 영향력을 발휘하게 되었다고 한다. 다시 말해, 잿빛 벽과 작은 첨탑들, 그리고 이 모든 것을 들여다보듯이 비추고 있는 호수 등, 저택의 모양새가 자신의 정신에 영향을 미쳤다는 얘기다.

그러면서도 그는 자신을 괴롭히고 있는 기이한 우울함이 보다 자연적이고 보다 확실한 원인으로 설명될 수 있음을 마지못해 인정하기도 했다. 즉, 그의 유일한 동반자이자 혈육인 여동생이 오랫동안 앓고 있는 극심한 질병, 그리고 피할 수 없이 다가오고 있는 그녀의 죽음 때문일 수도 있다는 것이다. 그는 내가 영원히 잊지 못할 비통함을 드러내며 이렇게 말했다.

"누이가 죽게 되면, 내가 유서 깊은 어셔 가문의 마지막 생존자가 되네."

바로 그 순간, 매들라인 아씨(사람들은 그녀를 그렇게 불렀다)가 방 한쪽 구석에서 나타났다가 나한테 눈길 한 번 주지 않은 채 사라졌다. 나는 너무 놀라고 두려운 눈길로 그녀를 바라보았는데, 그때의 느낌을 설명하기란 참으로 어렵다. 멀어져 가는 그녀의 뒷모습을 바라보면서, 나는 온몸이 얼어붙는 것 같았다. 그녀가 나가고 문이 닫히자, 나는 본능적으로 서둘러 어셔의 안색을 살폈다. 하지만 그는 두 손에 얼굴을 파묻고 있었다. 그저 단순히 아파서 그렇다고 하기에는 믿기 어려울 정도로 핏기가 없는, 그의 두 손 사이로 하염없이 흘러내리는 뜨거운 눈물을 볼 수 있을 따름이었다.

매들라인 아씨의 병은 용한 의사들도 당혹스럽게 할 정도로 오랜 세월 그녀를 괴롭혔다. 고질적인 무감각과 점점 쇠약해지는 육체, 그리고 비록 부분적이고 일시적이긴 하지만 빈번하게 일어나는 마비 등은 아주 보기 드문 증세였다. 그래도 그녀는 병마와 굳건하게 맞서 싸우며 몸져눕지 않고 버텨 왔는데, 내가 도착한 날 저녁 늦게 (그날 밤 그녀의 오빠가 말로 표현할 수 없을 정도로 흥분해서 나에게 말해 준 바에 따르면) 결국 그 파괴적인 병마에 굴복해 버리고 말았다. 결국 잠시 보았던 그 모습이 내가 볼 수 있는 그녀의 마지막 모습이었으며, 최소한 그녀가 살아 있는 동안에는 그녀를 다시 볼 수 없게 되었다.

그 뒤 며칠 동안 어셔와 나는 그녀의 이름을 입 밖에 내지 않았다. 그 동안 나는 내 친구의 우울증을 덜어 주려고 갖은 애를 쓰면서 바쁘게 지냈다. 우리는 함께 그림을 그리고 책을 읽었다. 또 그가 말을 하는 듯한 기타로 아무렇게나 즉흥 연주를 할 때면, 나는 마치 꿈속을 헤매는 듯한 기분에 젖어 연주를 듣곤 했다. 이렇게 그와 가까워지면서 나는 그의 정신세계 깊은 곳까지 적나라하게 들여다보게 되었는데, 그러면 그럴수록 그의 마음을 밝게 하려는 나의 모든 노력이 얼마나 헛된 것인지를 뼈저리게 깨달을 뿐이었다. 그의 마음은 마치 어둠을 선천적으로 타고나기라도 한 양, 물질세계와 정신세계의 모든 사물에 우울의 광선을 끊임없이 내뿜고 있었기 때문이다.

어셔 가의 주인과 단둘이 보낸 많은 엄숙한 시간들을 나는 영원히 잊지 못할 것이다. 그러나 그와 함께했던, 또는 그가 앞장서서 이끌었던, 연구라고도 할 수 있고 작업이라고도 할 수 있는 일들의 성격을 정확히 말로 전달하기는 어려울 것 같다. 그 모든 일들에는 극도로 병적이며 흥분 상태에 있는 상상력이 뿜어내는 유황불의 빛이 드리워져 있었다. 그가 즉흥적으로 지어 낸 긴 장송곡은 영원히 내 귓전을 떠나지 않을 것이다. 다른 무엇보다도 내 마음속에 고통스럽게 담아 두고 있는 것은 베버[†]의 마지막 왈츠의 열광적인 곡조를 특이한 방식으로 변조하고 증폭시킨 선율이다. 그의 정교한 상상력이 깃든 그림들은 붓이 한 획 한 획 더해질수록 점점 더 알 수 없는 형태로 변해 갔는데, 나는 그 그림들을 보며 이유를 알 수 없는 전율을 느꼈고, 이유를 알 수 없다는 것 때문에 더더욱 전율했다. 나는 그의 그림들로부터(그림들의 영상이 지금 내 앞에 있는 것처럼 뚜렷하다) 말로는 표현할 수 없는 무언가를 끄집어내려고 애쓰곤 했지만, 그것은 헛수고였다. 그것은 완벽한 단순함, 그리고 벌거숭이처럼 솔직한 디자인으로 강렬하게 시선을 사로잡았다. 만약 개념을 그림으로 나타낼 수 있는 사람을 한 명만 꼽으라면, 그 사람은 바로 로드릭 어셔다. 적어도 내가 보기에는(당시 내가 처한 상황에서는) 이 우울증 환자가 캔버스에 쏟아 내려고 애쓴 추상적인 작품들

✚ **베버** : 독일의 작곡가.

에서는 견디기 어려운 공포가 발산되고 있었다. 그 공포는 강렬하 긴 하지만 구체화된 퓨즐리⁺의 환상화를 감상하면서는 전혀 느낄 수 없는 공포였다.

내 친구가 품은 환상 가운데 어떤 것은 추상적 기풍을 그리 심하 게 띠지 않고 표현되었기에, 부족하나마 언어로 표현해 볼 수 있을 성싶다. 그것은 아무런 변화나 장식도 없는 부드러운 질감의 하얀 벽들로 둘러싸인 길고 나지막한 지하실, 혹은 굴 같은 것을 그린 그 림이었다. 작가의 의도를 강조하는 부수적인 묘사들 덕분에 이 굴 이 땅속 아주 깊은 곳에 있다는 느낌이 잘 전달되고 있었다. 그 넓 은 공간 어디에도 출구는 보이지 않았으며, 횃불이나 혹은 다른 어 떤 인공적인 빛도 찾아볼 수 없었다. 그럼에도 강렬한 광선이 사방 으로 퍼지면서 음산하면서도 신비한 광채로 전체를 물들이고 있 었다.

내 친구가 현악기의 특정한 소리 말고는 어떤 음악도 견디지 못 하는 청각 신경질환을 앓고 있었다는 것은 앞에서 말한 바 있다. 그 의 환상적인 기타 연주 솜씨도 따지고 보면 그의 청각이 견뎌 낼 수 있는 소리가 기타 소리밖에 없었던 이유 때문이리라. 그러나 열정 적이고 유려한 그의 즉흥곡은 그것만으로는 설명이 되지 않았다. 환상적인 곡조와 가사가 담긴 그의 즉흥곡은 (그는 심심치 않게 운율

⁺ 퓨즐리 : 초현실주의의 시조로 평가되는 화가.

을 맞춘 가사를 즉석에서 붙였다) 그가 극도의 흥분 상태에 빠져 있는 특정한 순간들에만 만들어졌다. 아마도 이는 내가 앞서 말한 바 있는, 강력한 정신 통일과 집중에서 나온 것이 분명하다. 이러한 랩소디⁺들 가운데 하나를 나는 선명하게 기억하고 있는데, 아마도 그가 그것을 불렀을 때 특별히 강한 인상을 받았기 때문이리라. 나는 그 가사의 숨은 뜻에서, 자신의 이성이 흔들리고 있다는 것을 어서 스스로 인식하고 있음을 감지할 수 있었다. '유령의 궁전'이라는 제목이 붙은 그 가사는 정확하지는 않지만 대략 다음과 같다.

I

우리의 계곡 가장 짙푸른 곳,

천사들이 살고 있는 그곳에,

아주 먼 옛날 아름답고 장중한 궁전이

위풍도 당당하게 서 있었네.

'생각'이라는 군주의 지배를 받으며

그곳에 서 있었네.

천사가 날개를 펴고 찾은 곳 중에

그 궁전의 반만큼도 아름다운 곳은 없었네.

✛ **랩소디** : 관능적이면서 내용이나 형식이 비교적 자유로운 환상적인 기악곡.

II

영광스러운 황금빛 깃발들이

지붕 위에서 휘날렸네.

(이 모든 게 오래 전

옛날 일이네.)

그 달콤했던 시절,

깃털로 장식된 하얀 성벽을 따라

부드러운 바람이 솔솔 불고,

향기는 날갯짓하며 스쳐 갔네.

III

그 행복한 골짜기를 지나는 이들은

두 개의 빛나는 창을 통해

류트의 아름다운 화음에 맞춰

옥좌 주위를 리듬감 있게 움직이는

정령들을 보았네.

옥좌에는 그 영토의 지배자가

(아, 고귀한 이여!)

그의 영광에 걸맞게 앉아 있었다네.

IV

아름다운 궁전의 문은

온통 진주와 루비로 빛났고,

그 문을 통해 메아리 군단이

영원토록 반짝이며

끊임없이 끊임없이 끊임없이 흘러나왔네.

그들의 달콤한 임무는 오직 하나,

빼어나게 아름다운 목소리로

왕의 지혜와 현명함을

칭송하는 일.

V

그러나 사악한 것들이 슬픔의 옷을 입고

제왕의 고매한 영토를 공격했네.

(아! 슬프도다. 이제 그에게 더 이상

내일은 없으리. 처량하도다!)

그의 궁전 주위에서

발그레 피어나던 영광은

이제 무덤 속에 묻힌

아스라한 옛이야기일 뿐.

이제 그 골짜기를 지나는 이들은
시뻘건 불이 비치는 창문을 통해
불협화음에 맞추어 기괴하게 움직이는
거대한 형체들을 보네.
거세게 흐르는 유령 같은 강물처럼
창백한 문을 통해
끔찍한 무리들이 끊임없이 달려 나온다네.
그리고 큰 소리로 웃는다네.
하지만 더 이상 미소는 없네.

　이 짧은 서사시가 암시하는 바를 이야기하다 어서가 자신의 견해를 강하게 드러냈던 대화를 나는 지금도 생생하게 기억한다. 내가 여기서 그 견해를 언급하는 까닭은 그 견해가 새로운 것이어서가 아니라(다른 사람들도 그런 생각을 해 왔다) 그가 자신의 주장을 펼치면서 보여 준 집요함 때문이다. 어서의 견해를 일반화시켜 말하면, 모든 식물에는 감각 능력이 있다는 것이다. 그러나 그의 병적인 상상력 속에서는 이러한 생각이 좀 더 발전된 형태로 나타나 무생물의 세계로까지 확장되었다.

　나는 그가 가진 신념의 전반적인 내용이나 진지하면서도 터무니없는 점을 표현할 적절한 말을 찾을 수 없다. 아무튼 그의 믿음은

(앞에서 내가 얼핏 암시한 것처럼) 대대로 내려온 저택의 잿빛 돌들과 연관되어 있었다. 그는 이 저택에서 무생물이 감각 능력을 가질 수 있는 이유는 바로 돌들의 배열 방식 때문이라고 생각했다. 또한 돌 위에 퍼져 있는 곰팡이들과 주변의 썩은 나무들의 배열 방식, 그리고 무엇보다도 그러한 배열이 흐트러지지 않고 오랜 세월 동안 유지되었다는 점과 그것이 호수의 잔잔한 물에 고스란히 반사되어 비친다는 점도 그런 영향을 미친다고 보았다. 그는 그 증거(감각 능력의 증거)로 늪과 벽 주위에서 그 돌들이 내뿜은 공기가 서서히, 그러나 분명하게 응결되고 있다는 점을 지적했다(나는 이 말을 듣고 깜짝 놀랐다). 그리고 그 결과는 수세기 동안 가문의 운명을 좌우해 온 끈질기고 끔찍한 힘에서 찾을 수 있으며, 바로 그 힘 때문에 지금과 같은 모습이 되었다고 덧붙였다. 그의 견해에 대해 왈가왈부한다는 것은 무의미한 일이므로, 나도 더 이상 언급하지 않겠다.

우리가 읽은 책들(수년 동안 어셔의 정신세계를 구축하는 데 적지 않은 영향을 끼쳐 온 책들)은 이러한 환상과 아주 잘 어울렸다.✝ 우리가 함께 탐독한 작품들은 그레세의 『수녀원의 앵무새』와 『샤르트뢰즈 수도원』, 마키아벨리의 『벨파고』, 스베덴보리의 『천국과 지옥』, 홀

✝ 여기에 언급된 책들은 주로 신비적이고 환상적인 내용을 담은 작품들로, 어셔와 어셔 가의 분위기를 효과적으로 비유하는 역할을 하고 있다. 그레세(1709~1777, 프랑스 극작가이자 시인), 마키아벨리(1469~1527, 이탈리아의 정치 철학자), 스베덴보리(1688~1772, 스웨덴의 신비주의자), 홀베르(1684~1754, 덴마크의 극작가), 로버트 플루드(1574~1637, 영국의 의사이자 신학자), 장 단다제, 들 라 샹브르(1594~1675, 프랑스의 의사), 티이크(1773~1853, 독일의 작가), 캄파넬라(1568~1639, 이탈리아의 신부이자 철학자), 에이메릭 드 기론느(1320?~1399, 스페인의 종교 재판관), 폼포니우스 멜라(1세기 로마의 지리학자).

베르의 『니콜라스 림의 지하 여행』, 로버트 플루드, 장 딘다이제, 들 라 샹브르의 손금을 보는 법과 관련된 책들, 티이크의 『창공 여행』, 캄파넬라의 『태양의 도시』 등이었다. 그가 특히 좋아했던 책은 도미니크 수도회의 에이메릭 드 기론느가 쓴 8절판 크기의 책 『종교 재판관 지침서』였다. 고대 아프리카의 사티로스[+]와 아이기판[++]에 관한 폼포니우스 멜라의 구절들을 보면서 어서는 몇 시간씩 공상에 사로잡히기도 했다. 그러나 그의 주된 즐거움은 매우 희귀하고 신기한 4절 크기의 고딕판 책(어느 잊혀진 교회의 매뉴얼) 『죽은 자들의 경야』[+++]를 정독하는 것이었다.

이 작품에 나오는 기묘한 의식이 이 우울증 환자에게 영향을 미쳤다고 생각할 수밖에 없었던 것은, 어느 날 저녁 어서가 느닷없이 매들라인 아씨가 세상을 떠났으며, 그 시체를 (매장하기 전에) 저택 안에 있는 수많은 지하실 가운데 한 곳에 14일 동안 보관하려고 한다고 말했을 때였다. 그러나 이 기이한 절차에 대해 그가 내세우는 세속적인 동기는 쉽게 반대하기 어려운 것이었다. 그가 이런 결심을 하게 된 이유는 (그의 말에 따르면) 고인이 앓았던 질병이 워낙 특이해서 그녀의 담당의사들이 지나칠 정도로 끈질기게 그 병을 연구하려고 했다는 점과 가족 묘지가 먼 곳에 있고 사람들에게 노출

[+] **사티로스** : 반은 짐승이고 반은 인간인 숲의 신.
[++] **아이기판** : 하반신은 산양, 상반신은 인간의 모습인 가축의 신.
[+++] 앞서 나온 책들과 달리 이 책은 작가의 창작물로 보인다.

되어 있다는 점을 고려했기 때문이다. 솔직히 말하면, 나 역시 이 집에 도착한 날 만났던 그녀의 예사롭지 않은 안색을 떠올려 봤을 때 그 절차가 그다지 문제될 것 같지 않아 보였다. 나에게는 그의 결심에 크게 반대할 이유도 없었던 것이다.

어셔의 부탁으로 나는 직접 그 가매장 절차를 거들었다. 시체는 이미 관 속에 들어가 있었으므로, 우리는 둘이서만 관을 들어 안식처로 옮겼다. 관을 옮겨 놓은 지하실은(너무도 오랜 세월 동안 밀폐되어 있었기 때문에 우리가 들고 있던 횃불은 금방이라도 꺼질 것처럼 가물거려 내부를 제대로 보기 어려웠다) 좁고 습하며 빛이 완전히 차단되어 있었다. 그리고 내가 묵고 있는 방 바로 밑에 있는 지하 아주 깊숙한 곳에 위치하고 있었다. 중세 시대에는 밀실 중에서도 가장 나쁜 용도로, 그리고 그 후에는 화약이나 인화성 물질을 저장하는 장소로 쓰인 듯, 바닥의 일부와 우리가 지나온 복도의 내벽 전체가 동판으로 빈틈없이 덧입혀져 있었다. 커다란 철문도 비슷하게 보강이 되어 있었다. 그 문은 엄청난 무게 탓에 움직일 때마다 삐걱대며 날카로운 쇳소리를 냈다.

이 무시무시한 곳에 있는 받침대 위에 그 애처로운 짐을 내려놓고서, 우리는 아직 못을 박지 않은 관의 뚜껑을 반쯤 열고 그 안에 있는 이의 얼굴을 내려다보았다. 나는 그때서야 처음으로 두 남매가 놀랄 만큼 닮았다는 사실을 알게 되었다. 내 마음속을 읽기라도 한 듯 어셔가 뭐라고 몇 마디 중얼거렸는데, 그 말을 듣고서야 나는 그들이 쌍둥이였으며, 그들 사이에는 뭐라고 설명할 수 없는 교감이 늘 존재해 왔음을 알게 되었다. 그러나 우리는 고인을 오래 바라볼 수가 없었다. 그녀를 보고 있자니 공포에 질리지 않을 수 없었기 때문이다. 젊음이 한창 익어 갈 때 그녀를 무덤으로 보내 버린 질병은, 심각한 마비 증세를 수반하는 병들이 으레 그렇듯이 그녀의 가슴과 얼굴에 희미한 홍조를 남겨놓았다. 또한 입술에는 죽은 사람이라고 보기에는 너무도 끔찍한 미소가 감돌고 있었다. 우리는 뚜껑을 맞추어 못을 박은 뒤 철문을 단단히 닫고서, 특별히 덜 음울하다고 하기도 어려운 위층으로 올라왔다.

비통한 슬픔에 잠긴 채 며칠이 지나자, 내 친구의 정신 질환 증세에 눈에 띄는 변화가 일어났다. 그의 여느 때의 태도는 온데간데없이 사라져 버렸다. 그는 늘 하던 일도 소홀히 여기거나 잊어버리기 일쑤였다. 그리고 조급하고 불안정하고 목적 없는 발걸음으로 이 방 저 방을 배회했다. 창백한 얼굴은 어떻게 저렇게까지 될 수 있을까 싶은 생각이 들 정도로 더욱 파리해졌다. 반면에 눈의 광채는 완전히 사라져 버렸다. 예전에 때때로 나왔던 그의 허스키한 목소리는 더 이상 들을 수 없었고, 극단적인 공포에 질린 듯 떨리는 목소리가 그의 일상적인 목소리가 되어 버렸다.

사실 나는 끊임없이 동요하고 있는 그의 마음이 어떤 숨 막힐 듯한 비밀로 끙끙 앓고 있고, 그것을 털어놓는 데 필요한 용기를 내어 보려고 애쓰고 있는 게 아닌가 하고 생각해 보기도 했다. 하지만 어떤 때는 모든 것을 그저 이해할 수 없고 변덕스러운 광기로밖에 설명할 수 없는 경우도 있었다. 그는 어떤 상상 속의 소리라도 듣고 있는 양 아주 진지하게 집중하는 자세로 허공을 몇 시간이나 응시하기도 했으니 말이다. 그의 상태가 나에게 공포감을 주고 나에게 전염되었던 것은 어쩌면 당연한 일이다. 터무니없으면서도 강한 인상을 주는 그의 미신의 힘이 서서히, 그러나 분명하게 나에게도 스며드는 것을 느낄 수 있었다.

특히 내가 이런 느낌을 아주 강렬하게 받게 된 것은 매들라인 아씨를 지하실에 둔 지 7~8일쯤 되던 날, 밤늦게 잠자리에 들었을 때였다. 나는 쉬 잠이 들지 못하고 시간만 자꾸 흘려 보내고 있었다. 그리고 나를 사로잡고 있는 초조함을 이성으로 이겨 보려고 애썼다. 내 느낌의 전부는 아니더라도 이 공포감의 많은 부분이 방 안의 침울한 사물들, 그리고 이를테면 점점 세게 부는 강풍에 힘겹게 움직이다 벽에서 발작적으로 앞뒤로 흔들리다 침대맡을 스치며 신경을 건드는 어두운 색깔의 너덜너덜한 커튼이 만들어 내는 정체 모를 영향 때문이라고 믿으려고 노력했다. 그러나 이것은 헛된 노력이었다. 억누를 수 없는 전율이 점차 온몸으로 번지는가 싶더니, 급기야는 악몽처럼 이유 없는 두려움이 내 심장을 짓눌렀다. 어떻게 해서든 이 불안감을 떨쳐 버리려고 나는 숨을 헐떡이며 베개에서 머리를 일으켰다. 그러고는 방 안에 깔린 짙은 어둠을 뚫어지게 바라보며, 아주 간간이 폭풍우가 잦아들 때마다 들리는, 어디에서 들려오는지 모를 나지막하고 불분명한 소리에 귀를 기울였다. 내가 왜 그 소리에 귀를 기울였는지는 지금도 모르겠고, 그저 본능적인 행동이었다고 말할 수밖에 없을 것 같다. 견디기 어려운 공포에 사로잡혀 나는 급히 옷을 주섬주섬 걸치고(그날 밤 잠을 이루는 건 불가능하다고 생각했다) 방 안을 서성이며 내가 처한 처참한 상태로부터 벗어나려고 노력했다.

이런 모습으로 방 안을 두서너 번 왔다 갔다 했을 때, 바로 문 밖에서 층계를 올라오는 가벼운 발소리가 들려왔다. 나는 곧 그게 어셔의 발소리라는 것을 알 수 있었다. 다음 순간, 가볍게 방문을 두드리는 소리가 나더니 그가 한 손에 램프를 들고 방 안으로 들어왔다. 얼굴빛은 여느 때와 같이 시체처럼 창백했지만, 두 눈에는 일종의 흥분 상태의 광기가 번뜩였다. 또한 온몸에 억제된 히스테리가 배어 있다는 것을 누가 봐도 알 수 있을 정도였다. 그의 태도에 오싹함을 느꼈지만, 그 어떤 것도 오랫동안 혼자서 견뎌야 했던 적막감보다는 낫겠다는 생각에 나는 안도감을 느꼈고 그가 온 것이 반갑기까지 했다.

말없이 잠시 주위를 둘러보더니 그가 불쑥 말했다.

"그런데 자네는 그것을 못 보았나? 그것을 보지 못했어? 가만히 있게, 보여 줄 테니."

어셔는 램프를 조심스럽게 가리며 창 쪽으로 가서는 창문 하나를 활짝 열어젖혔다.

갑자기 들이닥친 폭풍은 우리 두 사람을 날려 버릴 듯한 기세였다. 그날 밤은 폭풍이 몰아쳤지만, 사실 매정하리만치 아름다운 밤이었다. 공포와 아름다움이 한데 어우러진 기이한 밤, 회오리바람의 중심은 이 집 언저리에 있는 듯했다. 왜냐하면 바람의 방향이 시시각각 맹렬한 기세로 바뀌고 있는데도 짙은 먹구름들은 멀리 밀려가지 않은 채, 오히려 사방에서 전속력으로 서로 맞부딪치면서 엄청난 바람의 속도를 느끼게 해 주었으니 말이다. 짙은 먹구름에도 불구하고 이런 현상을 볼 수 있었다고 말했는데, 그렇다고 그날 밤에 달빛이나 별빛이 있었던 것은 아니고 번개가 번쩍였던 것도 아니다. 그러나 요동치는 거대한 구름 덩어리의 장막과 바로 우리 주변에 있는 지상의 사물들이 저택 주변을 마치 수의처럼 감싸고 있는, 희미하긴 하지만 분명히 볼 수 있는, 부자연스러운 가스 빛을 받아 반짝이고 있었다.

"보면 안 되네! 보지 말게나."

나는 몸을 떨면서 어서에게 말하고는, 그를 창문에서 끌어다 자리에 앉혔다.

"이런 현상을 의아하게 생각하겠지만, 이건 단지 흔히 볼 수 있는 전기 현상에 지나지 않네. 아니면 늪에서 썩은 독기가 발산되는 탓일 수도 있고. 자, 창문을 닫겠네! 찬바람이 자네 몸에 해로울 테니. 여기 자네가 좋아하는 소설책이 한 권 있군. 자, 내가 읽어 줄 테니 듣게나. 그러면 이 끔찍한 밤도 금세 지나갈 거야."

내가 손에 든 책은 랜슬럿 캐닝 경이 지은 『어지러운 회합』[+]이라는 아주 오래된 책이었다. 하지만 그 책을 어셔가 좋아한다고 말한 것은 진담이라기보다는 우울한 농담이었다. 사실, 길기만 했지 조야하고 상상력이 결여된 그 책에는 내 친구의 고매하고 숭고한 영혼에 감흥을 일으킬 만한 게 아무것도 없었다. 하지만 그때 손 닿는 데 있던 게 그 책뿐이었고, 나는 내심 어리석기 짝이 없는 이야기라도 이 우울증 환자의 흥분을 가라앉히는 데 조금이나마 도움이 되지 않을까 하는 막연한 기대를 품고 있었다(정신질환의 역사를 보면 이와 비슷한 특이한 사례들이 많다). 지나칠 정도로 잔뜩 집중하며 생기 있게 이야기를 듣는, 아니면 듣는 척하는 그의 모습으로만 판단하자면 내 작전이 성공했다고 할 만했다.

　나는 이 소설의 유명한 대목, 주인공 이썰레드가 은둔자의 집으로 얌전히 들어가려다 여의치 않자 힘으로 밀고 들어가는 대목에 이르렀다. 다들 기억하겠지만, 이야기는 다음과 같이 전개된다.

　"그리고 천성이 용맹스러운 데다, 들이켠 와인의 술기운 때문에 팔팔해진 이썰레드는 고집스럽고 짓궂기 짝이 없는 은둔자와 협상을 하기 위해 더 이상 기다리지 않았다. 어깨 위로 떨어지는 빗방울에 폭풍우가 몰아칠 것을 예감하면서, 그는 철퇴를 높이 들어 올려 문짝을 내려찍었다. 그 한 방에 장갑을 낀 그의 손이 들어갈 만한

[+] 작가와 작품 모두 포가 가공으로 창작한 것이다.

구멍이 순식간에 만들어졌다. 이썰레드가 그 구멍으로 손을 넣어 문짝을 힘차게 잡아당겨 부수고 산산조각을 내니, 바짝 마른 널빤지 깨지는 소리가 숲 전체에 울려 퍼졌다."

이 구절까지 읽고 나는 화들짝 놀라 잠시 읽기를 멈추었다. 왜냐하면 (이내 내가 흥분하여 착각한 것이라고 결론 내렸지만) 저택의 아주 후미진 곳에서 랜슬럿 경이 세세하게 묘사한, 문짝이 깨지고 찢어발기는 듯한 바로 그 소리가 희미하게 메아리쳐 들려오는 것 같았기 때문이다. 내가 그 소리에 귀 기울이게 된 것은 의심할 나위 없이 우연의 일치일 뿐이었다. 왜냐하면 창틀이 덜커덕대는 소리며 점점 거세어지는 폭풍이 내는 이런저런 잡다한 소리들 가운데, 그 소리 자체는 분명 특별한 흥미를 불러일으키거나 신경을 거슬리게 할 만한 것이 전혀 아니었기 때문이다. 나는 계속 책을 읽었다.

"그러나 문 안으로 들어간 정의의 용사 이썰레드는 사악한 은둔자가 온데간데없이 사라진 것을 알고는 분개하고 당황했다. 그 대신에 거대한 몸집에 온몸에 비늘이 덮이고 혀에서는 불을 내뿜는 용 한 마리가 바닥이 은으로 된 황금 궁전 앞에 떡하니 버티고 앉아 있었다. 벽에는 빛나는 놋쇠 방패 하나가 걸려 있었는데, 거기에는 다음과 같은 글귀가 새겨져 있었다.

여기 들어온 자는 정복자이며,
용을 죽이는 자는 이 방패를 얻으리라.

이썰레드가 철퇴를 높이 들어 용의 머리를 내리치자, 용은 비명을 내지르며 앞으로 고꾸라져 그 더러운 숨을 거두었다. 용이 내는 비명 소리가 어찌나 끔찍하고 거칠고 귀를 찢는 듯하던지, 이썰레드는 난생 처음 들어 보는 그 무시무시한 소리를 듣지 않으려고 손으로 귀를 막지 않을 수 없었다."

이 대목에서 나는 또다시 소스라치게 놀라 읽기를 멈출 수밖에 없었다. 그 정체가 무엇이든지 간에 이번에는 분명히 실제로 무슨 소리를(비록 그 소리가 나는 방향을 꼭 집어 말하기는 불가능했지만) 들었기 때문이다. 그 소리는 나지막하고 먼 곳에서 들려오는 게 분명했지만, 거칠고 길고, 아주 특이한 비명 소리 또는 신경을 거슬리는 소리로, 바로 용의 기괴한 울부짖음을 묘사한 작가의 글을 보고 내가 상상했던 소리였다. 벌써 두 번째인 이 기괴한 우연의 일치 때문에 나는 놀라움과 극심한 공포를 비롯해 온갖 감정들에 사로잡혔다. 그러나 내 친구의 예민한 신경을 자극하지 못하도록 나는 마음을 다잡았다. 어서가 문제의 소리를 들었는지는 알 길이 없었다. 하지만 마지막 몇 분 사이 그의 태도에 이상한 변화가 나타난 것은 분명했다. 그는 처음에는 나와 마주 앉아 있었는데 차츰 의자를 돌려 나중에는 방문 쪽으로 돌아앉아 있었다. 그 때문에 그가 들리지 않게 뭐라고 중얼대는 듯 입술을 떠는 모습을 볼 수는 있었지만, 그의 얼굴 전체를 볼 수는 없었다. 그는 머리를 가슴팍에 떨어뜨리고 있었지만, 얼핏 살펴보니 눈을 부릅뜨고 있는 것으로 보아 자고 있는 것은 아니었다. 그의 몸동작도 나의 이런 생각을 뒷받침해 주었다. 그는 천천히, 하지만 꾸준하고 규칙적으로 몸을 양 옆으로 흔들고 있었다. 이 모든 것들을 재빨리 살피고 난 뒤, 나는 랜슬럿 경의 책을 다시 읽기 시작했다. 이야기는 이렇게 이어졌다.

"성난 용에게서 벗어난 우리의 용사는 놋쇠 방패를 떠올리고, 방패에 걸린 요술을 깨뜨릴 생각으로 자기 앞을 가로막고 있는 용의 시체를 치우고는 은으로 된 길을 걸어 성벽에 걸린 방패로 용감하게 다가갔다. 그런데 그가 그곳에 닿기도 전에 그 방패는 엄청난 굉음을 내면서 그의 발 앞, 은으로 된 바닥 위로 떨어지는 것이 아닌가."

이 구절이 내 입술 사이로 흘러나오자마자 (바로 그 순간 놋쇠 방패가 정말로 은 마룻바닥에 둔탁하게 떨어지는 것처럼) 뚜렷하면서도 먼 곳에서 메아리치듯 금속성의 쨍그랑 소리가, 그러면서도 무엇인가에 감싸인 듯한 소리가 울렸다. 나는 깜짝 놀라 벌떡 일어났다. 그러나 자로 잰 듯 규칙적으로 몸을 흔들던 어셔의 동작에는 조금의 흐트러짐도 없었다. 나는 그가 앉아 있는 의자로 달려갔다. 그의 두 눈은 꼼짝 않고 앞만 바라보고 있었고, 얼굴은 돌처럼 굳어 있었다. 그러나 내가 그의 어깨에 손을 얹어 보니, 그는 온몸을 부들부들 떨고 있었다. 병적인 미소가 그의 입가에 감돌고 있었다. 내가 옆에 있는 것도 의식하지 못하는 듯, 그는 낮은 목소리로 알아들을 수 없는 말을 빠르게 중얼거렸다. 그에게 바싹 몸을 굽히고 나서야 나는 그가 내뱉는 끔찍한 말들을 알아들을 수 있었다.

"저 소리가 안 들리나? 그래, 나한테는 들려. 나한테는 **내내** 들렸어. 오랫동안⋯⋯ 오랫동안⋯⋯ 오랫동안⋯⋯ 몇 분, 몇 시간, 몇 날을 난 들었어. 아, 가엾은 나. 난 정말 비참한 신세야. 난 감히 그렇게 못했어. 감히 말할 수가 없었다고! **우리는 내 동생을 산 채로 관에 넣었어!** 내 감각이 극도로 예민하다고 말하지 않았나? 이제 말해 주지. 나는 그녀가 텅 빈 관 속에서 처음에는 미약하게 몸을 움직이는 소리를 들었네. 그 소리를 들었다고. 며칠, 며칠 전에 말이야. 하지만 난 감히 그렇게 하지 못했어. **감히 말할 수가 없었다고!** 그런데, 오늘 밤⋯⋯ 이썰레드라니⋯⋯ 하하!⋯⋯ 은둔자의 문을 부수는 것, 용의 비명, 방패가 떨어지는 소리!⋯⋯ 아니, 이렇게 말해야지. 동생의 관이 쪼개지는 소리, 감옥의 쇠 경첩이 삐걱대는 소리, 그리고 동판을 입힌 지하실 복도에서 동생이 몸부림치는 소리! 아, 난 어디로 달아나지? 그 애가 곧 이리로 오지 않을까? 내가 너무 성급했다며 책망하러 오고 있겠지? 계단에서 그 애의 발소리가 들리지 않나? 무겁고 무섭게 뛰고 있는 그 애의 심장 소리를 내가 모를 것 같은가? **미친 사람아!**"

여기까지 말하고 어셔는 미친 듯이 벌떡 일어나, 죽을 힘을 다하듯, 한 마디 한 마디를 또박또박 외쳤다.

"이 미친 사람아! 내 말 잘 들어. 그 애는 지금 바로 문 밖에 서 있어!"

그의 말 속에 어떤 주문의 힘이라도 있는 것처럼, 곧바로 그가 가리키는 낡고 커다란 문이 천천히 뒤로 움직이며 육중하고 시커먼 아가리를 벌렸다. 몰아치는 거센 바람 때문이었으리라. 그런데 다음 순간, 문 밖에 수의를 입은 매들라인 아씨가 우뚝 서 있는 것이 아닌가. 하얀 옷에 피가 묻어 있고, 수척한 몸 구석구석에 격렬한 몸부림의 흔적이 역력했다.

그녀는 잠시 문턱 위에서 몸을 부들부들 떨며 이리저리 비틀거리더니, 나지막한 신음을 내뱉으며 자기 오빠의 몸 위로 풀썩 쓰러졌다. 그녀는 죽음을 목전에 둔 최후의 몸부림을 격렬하게 쳐 댔고, 그 와중에 그녀의 오빠 또한 마룻바닥에서 숨을 거두었다. 그가 예견했던 대로 공포의 희생자가 되어.

나는 기겁하며 그 저택을 빠져나왔다. 오래된 둑길을 달리고 있을 때, 폭풍이 분노에 가득 찬 듯 사방에서 휘몰아쳤다. 그런데 갑자기 한줄기 묘한 빛이 길 위에 번쩍였다. 내 뒤에는 거대한 저택과 그 그림자밖에 없는데 어디서 이런 기이한 빛이 흘러나왔을까, 나는 의아해 뒤를 돌아보았다.

그 빛은 저물어 가고 있는 핏빛의 시뻘건 보름달에서 나오고 있었다. 보름달은 앞서 이야기한 적이 있던, 건물 꼭대기에서 지하까지 지그재그 모양으로 나 있는 균열 사이로 환하게 빛을 뿜고 있던 것이다. 그 모습을 지켜보고 있자니, 그 틈새가 급속하게 커지기 시작했다. 그러고나서 회오리바람이 세게 몰아치자 눈앞에 느닷없이 달의 모습이 완전히 드러났다. 그리고는 마침내 거대한 벽이 산

산조각 나며 무너졌다. 나는 현기증을 느꼈다. 수천 개의 강이 한꺼번에 내는 소리와도 같은 길고 격렬한 외침 소리가 들리더니, 내 발치에 있는 깊고 음습한 호수가 **'어셔 가'**의 파편들을 말없이 음울하게 집어삼켰다.

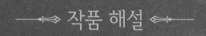

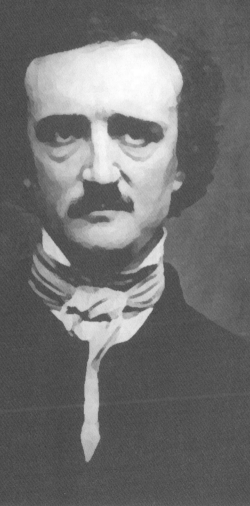

김영선

"모든 수입은 당신들의 몫입니다. 나한테는 친구들에게 나누어 줄 책 스무 권만 주면 됩니다."

이 말은 에드거 앨런 포 Edgar Allen Poe가 「어셔 가(家)의 붕괴」를 비롯한 자신의 단편소설집의 출간을 의뢰하면서 한 출판사에 보냈던 편지의 한 구절이다. 원고료로 단돈 1달러도 받지 않겠다는 포의 제안에도 불구하고 그 출판사는 책의 출간을 거부했다. 포가 죽고 한 세기가 지난 뒤, 여섯 문장으로 된 그 편지는 경매에서 3천 달러에 팔렸다.

죽음을 초월한 사랑을 노래한 아름다운 시 「애나벨 리」를 쓴 시인이자, 강렬한 공포의 미학을 담은 「검은 고양이」를 쓴 소설가이며, 단편소설 이론을 정립하고 추리소설 장르를 개척한 뛰어난 문학가인 포의 천재성은 많은 천재들이 그러했듯 생전에는 크게 주목 받지 못했던 것이다. 문학이 기존 상식과 도덕규범에 묶이기를 거부하며 '예술을 위한 예술'을 추구하고자 했던 포에게, 문학의 목적이 독자에게 위안과 도덕적 교훈을 주는 것으로 생각하는 경향이 강했던 19세기 미국 문단은 보들레르의 표현을 빌리자면 '견딜 수 없는 감옥'이었다.

포의 진가는 조국인 미국보다 프랑스를 중심으로 한 유럽에서 오히려 먼저 알아차렸다. "내가 쓰고 싶었던 것들이 모두 포의 글 속에 있었다"라고 말한 상징주의 시인 보들레르는 포의 작품을 프랑스어로 번역하여 소개했다. 유럽에서 포는 보들레르, 말라르메 등의 추앙을 받으며 상징주의의 선구자로 인정받았으며, 「모르그 거리의 살인 사건」을 비롯한 일련의 탐정소설들은 셜록 홈즈 이야기를 쓴 코난 도일을 비롯한 수많은 추리소설 작가들에게 지대한 영향을 끼쳤다. 쥘 베른을 비롯한 공상과학소설 작가들과 『보물섬』으로 유명한 스티븐슨 등의 모험소설 작가들도 포에게서 많은 영감을 받았다.

포는 단편소설의 이론에 있어 문학적으로 지대한 공헌을 한 뛰어난 문학 평론가이기도 했다. 단편소설의 일반적인 조건들인 제약된 분량, 명확한 주제, 적절한 효과, 선명한 인상, 간결한 문체는 포의 이론에서 유래된 것이다. 한 마디로 포는 여러 가지 면에서 시대를 앞선 선구자적 역할을 한 작가이자 비평가로서, 지극히 현대적인 기법과 경향, 아이디어를 가진 사람이었다.

이렇게 현대의 문학에 지대한 영향을 끼친 포였지만, 앞서 이야기했듯이 그의 문학성과 천재성은 미국 문단에서 제대로 대접을 받지 못했으며, 40세의 짧은 나이로 세상을 떠날 때까지 불행과 굴곡의 인생을 살아야 했다.

1809년 미국의 보스턴에서 가난한 배우의 둘째 아들로 태어난 포는 세 살도 되기 전에 부모를 잃었다. 그는 정식 법적 절차도 없이 입양되어 양아버지와의 심한 갈등 속에 성장했으며, 젊어서부터 술과 도박, 마약에 손을 댔다. 평생을 경제적으로 곤궁한 생활을 해야 했으며, 자신을 사랑했던 세 여인―친어머니, 양어머니, 그리고 아내의 죽음을 겪어야 했다. 아내가 죽은 지 2년 뒤인 1849년 10월 7일, 포는 볼티모어의 한 주점에서 술에 취해 의식불명의 상태에 빠져 병원으로 옮겨졌으나 끝내 40세의 나이로 요절했다. 지켜보는 가족도 하나 없이 죽어 가면서 그가 마지막으로 한 말은 "신이시여, 내 불쌍한 영혼을 도와주소서"였다고 하니, 포만큼 '비운의 천재'라는 표현이 어울리는 예술가를 찾기도 어려울 것이다.

포의 문학 세계

포는 「두 번 들려 준 이야기」에서 "모든 소설 창작의 목적은 쾌락이다"라고 하였으며, 「B에게 보낸 편지」에서는 "시의 직접적인 목적이 진리가 아니라 쾌락이라는 점에서 시는 과학적인 작품과 대비된다"라고 주장하였다. 문학의 목적이 쾌락이라는 문학관을 바탕으로 포는 문학 작품이 독자의 마음속에 미치는 '정서적 효과'에 몰두하였으며, 독자에게 강력한 정서적 감흥을 일으킬 수 있는 내적 법칙을 발견하고자 하였다. 이러한 그의 노력은 소설의 형식 면에서는 단편소설, 주제 면에서는 공포를 주조로 하는 인간 심리의 묘사라는 결과를 낳았다.

포는 예술가는 신처럼 완벽성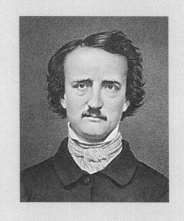을 가져야 하며, 따라서 문학 작품은 독자에게 강한 인상을 주는 효과를 통일성 있게 제시해야 한다고 보았다. 그리고 이러한 효과를 거두기 위해서 소설은 단일한 사건을 다루고, 독자가 앉은 자리에서 한 번에 읽을 수 있을 정도의 제한된 분량인 단편소설이어야 한다고 생각했다.

또한 포는 인간의 가장 기본적인 정서가 '공포심'이라고 생각했다. 그래서 기이한 사건이나 환상을 소재로 하여 괴기스런 분위기와 공포감을 강조하거나 초자연의 세계를 다루는 이른바 '괴기소설'을 자신의 문학적 수단으로 채택했다. 그러나 포는 거기에서 머물지 않고, 인간의 복잡한 심리 영역을 정교하게 탐구하고 묘사함으로써 괴기소설을 한 단계 발전시켰다.

포는 주인공들의 행동보다는 심리 상태에 초점을 두었다. 그는 자기 파괴적인 '사악한 감정'을 인간의 원초적 본능의 하나로 보았다. 인간의 이성과 합리성의 맞은편에는 단순히 어떤 행동이 도덕적 규범에 어긋난다는 이유만으로 그 행동을 저지르게 만드는 본능이 있다고 보았던 것이다. 광기, 자살과 살인의 충동, 생매장, 아름다운 여인의 죽음, 이중적 자아(도플갱어)와 같은 포 문학의 중요한 모티프들은 이러한 생각의

265

충동적 일탈을 그린 것이다.

　포 작품 전반을 관통하는 긴장감은, 분석적이고 이성적인 영혼과 상상력을 갖는 창조적 영혼 사이의 대립에서 발생한다. 이 대립 관계는 과학과 시, 자연과 초자연, 물질과 이상 등 다양한 형태의 대립 관계로 포의 작품 전반에 반복적으로 나타난다. 포가 이해한 현실은 완벽한 신(神)적 질서와 불완전한 세계의 결별로, 이성의 영역과 상상력의 영역이 분열된 세계였다. 포가 생각했던 가장 이상적인 세계는 이러한 분열의 화해와 통합이었다. 이렇게 분열된 세계에서 자기 파괴적인 일탈의 충동은 신적 질서와의 재결합을 갈망하는 충동의 반영이자, 신의 완벽함을 추구하는 불완전한 인간의 운명적 굴레와도 같은 것이다. 포의 공포소

1875년 11월 17일 웨스트민스터 공동묘지에서의 에드거 앨런 포 이장식.

설의 주인공들은 '속세의 번뇌'를 극복하고 초월하기 위해 맞서 싸우지만, 그들은 자신을 죄의 구렁텅이로 몰아넣거나 궁극적인 초월, 즉 죽음을 통해서만 구원을 얻을 수 있는 슬픈 운명을 짊어진 자들이다.

흥미롭게도 이성과 상상력 사이의 거리를 메우려는 포의 이상에 근접한 인물이 창조되는 것은 그의 추리소설에서다. 명탐정 뒤팽은 탐정이면서 시인이다. 그는 시인으로서 현실 세계를 예술가의 직관과 상상력으로 바라보는 한편, 논리적인 사고와 과학적인 추론으로 미궁에 빠질 뻔한 사건들을 이성적이고 합리적으로 해결한다. 이성과 직관의 조화, 합리성과 상상력의 결합을 통해 '현실' 세계에서 '이상'적인 해결책을 찾아 내는 명탐정 뒤팽의 모습이야말로 시대를 앞서 간 에드거 앨런 포가 희망했던 자신의 자화상이었으리라.

이 책에 수록된 작품들

포의 소설은 흔히 그로테스크 소설, 아라베스크 소설, 추리소설 이렇게 세 가지로 분류된다. 그로테스크 소설과 아라베스크 소설의 구분은 그의 단편집의 제목 '그로테스크 이야기들과 아라베스크 이야기들'에서 유래한 것으로, 이 둘을 명확하게 구분하기는 쉽지 않다. 다만 그로테스크 소설은 기괴한 현상과 이상 심리를 다루는 작품들이며, 아라베스크 소설은 보다 비현실적인 신비의 세계를 다룬 작품들로 시적인 산문 소설 특성을 좀 더 강하게 갖는 작품들이다.

이 책에서는 포의 세 가지 부류의 작품들을 골고루 포함시켰다. 「검은 고양이」는 그로테스크 소설이고, 「어셔 가(家)의 붕괴」는 아라베스크 소설, 「황금풍뎅이」 「모르그 거리의 살인 사건」 「도둑맞은 편지」는 추리소설이다. 그리고 포의 작품 가운데 청소년 독자들이 가장 쉽고 평이하게 읽을 수 있는 「절름발이 개구리」를 실었다.

「검은 고양이」

포의 소설 가운데 대중적으로 가장 널리 알려진 작품인 「검은 고양이」는 어려서부터 애완동물을 사랑했던 주인공이 가장 아끼던 고양이를 학대하고 죽이면서 시작된다. 고양이를 죽인 데 대해 양심의 가책을 느끼며 새 고양이를 구하게 되는 과정, 새로 구한 고양이마저 죽이려다 급기야는 사랑하는 아내마저 살해하는 과정에서 드러나는 주인공의 심리적 변화에 대한 묘사가 탁월한 작품이다. 이 작품에서 포는 그의 중요한 모티프의 하나인 '사악한 감정'이라는 개념을 명료하게 밝히고 있다.

그리고 끝내 나를 돌이킬 수 없는 파멸의 구렁텅이로 몰아넣으려는 듯, 사악한 감정이 찾아왔다. 철학은 이러한 감정에 대해 모른 척한다. 그러나 악한 감정이야말로 인간의 원초적 충동 중 하나라는 것을, 인간의 성격을 결정하는 기본 특성 또는 감정임을 내가 살아 있다는 것만큼이나 확신한다. 해서는 안 되는 줄 알면서도 혐오스

럽거나 어리석은 행동을 몇 번이고 되풀이하는 사람들이 얼마나 많
은가? 올바른 판단이 어떤 것인지를 알면서도, 우리는 단지 법률이
금하고 있다는 이유 때문에 끊임없이 법을 어기려고 하지 않는가?
(이 책 14쪽)

주인공은 자신의 범죄에 죄의식을 갖는 양심의 소유자이면서 동시에
자신의 양심을 배신하고 자신을 파멸로 이끄는 사악한 감정의 주체이
기도 하다. 이러한 포의 심리 분석은 인간이 잠재의식의 지배를 받는다
는 프로이트의 이론보다 훨씬 앞선 것이었다. 또한 살해 현장이 경관들
에게 발각되는 마지막 장면은 공포감을 주조로 하는 포 문학의 백미라
고 할 수 있을 정도로 섬뜩함을 자아낸다.

「절름발이 개구리」

복수라는 단일한 주제를 효과적으로 드러내는 작품인 「절름발이 개
구리」는 궁정의 난쟁이 광대가 자신과 자신의 여자친구를 괴롭히고 모
욕한 왕과 대신들을 불에 태워 죽이는 이야기다. 무시무시한 내용이지
만 동화 같은 느낌을 주는 작품으로, 포의 다른 작품들에 비해 도덕적
교훈의 메시지가 뚜렷한 작품이다. 비평가들은 이 작품에 자신의 문학
에 대해 우호적이지 않았던 비평가들에 대한 포의 복수심이 담겨 있다
고 보기도 한다.

「황금풍뎅이」

「황금풍뎅이」는 단편소설 현상 공모에서 당선된 작품으로, 키드 선장의 숨겨진 보물에 관한 전설을 토대로 엮은 추리소설이다(이 작품은 『보물섬』의 작가 스티븐슨에게 지대한 영향을 끼치기도 했다). 이 작품에서 포는 이후 추리소설의 패턴 가운데 하나로 자리 잡은 '암호 해독'이라는 기재를 사용하여 보물을 찾아가는 과정을 흥미진진하게 그리고 있다.

「모르그 거리의 살인 사건」

포가 쓴 첫 추리소설 「모르그 거리의 살인 사건」은 별다른 탈출구가 없어 보이는 집에서 벌어진 참혹한 모녀 살인 사건을 다루고 있다. 이른바 '밀실 트릭'을 사용하고 있는 이 작품은 정통 추리소설의 선구적인 작품이다. 미궁에 빠질 뻔한 사건을 해결하는 사람은 오귀스트 뒤팽이라는 명탐정인데, 앞서 지적한 것처럼 뒤팽은 포의 작품 전반에 나타나는 이성의 세계와 상상력의 세계의 분열을 화해시키는 이상적인 인물로 그려지고 있다. 그는 난해한 사건을 해결하는 탐정이자 시인으로, '분석적 영혼'과 '창조적 영혼'이 조화를 이룬 인물이다. 화자와 탐정 뒤팽의 대화로 사건의 전모를 밝혀 나가는 기법은 코난 도일의 「셜록 홈즈」에 직접적인 영향을 미쳤다.

「도둑맞은 편지」

「도둑맞은 편지」는 심리적 추리소설의 역작으로, 뒤팽이 등장하는 세

편의 추리소설 가운데에서도 통일성이 가장 돋보이는 작품으로 평가받는다. 편지를 훔친 도둑이 D장관이라는 것을 처음부터 밝히고 시작하는 이 작품은 그가 범인이라는 사실을 입증하는 추리의 과정에 집중된다. 「모르그 거리의 살인 사건」이 '밀실 트릭'을 이용하였다면, 「도둑맞은 편지」는 인간 심리의 맹점을 이용한 기법을 쓰고 있다. 사건 해결의 열쇠는 훔친 편지를 가장 교묘하게 감추는 방법이 사실은 편지를 감추지 않고 그냥 노출시켜 두는 것에 있었던 것이다.

이 작품에서 흥미로운 점은 범인인 D장관과 탐정 뒤팽의 관계다. 두 사람은 시인이라는 공통점을 가지고 있다. 이러한 공통점에 더해, D장관이 훔친 편지를 뒤팽이 다시 훔치게 됨으로써 도둑과 탐정, 훔친 자와 도둑맞은 자의 위치가 역전되기도 한다. 일부 비평가들은 D장관과 뒤팽이 형제일 가능성을 제시하고 있다. 포 문학 세계의 뚜렷한 모티프 중 하나인 이중 자아(도플갱어)를 염두에 둔 해석으로, 작품 마지막 부분에서 뒤팽이 가짜 편지에 적어 놓은 원수지간의 형제, 아트레우스와 티에스테스의 이야기로 뒷받침되기도 한다.

도둑과 탐정의 역할 역전, 원본과 가짜의 바꿔치기, 편지나 편지의 내용보다는 편지를 소유하고 있다는 사실이 권력을 가져다 주는 구도, 문제 해결의 열쇠(진리)가 깊숙이 숨어 있다기보다는(개념) 겉으로 드러나는 사실(기표)에 있는 점 등에서 우리는 가장 현대적인 철학 사상들(이분법적 대립 구도를 해체하는 것, 개념보다는 기표를 중요시하는 것 등)의 시초를 발견할 수 있다.

「어셔 가(家)의 붕괴」

포의 대표작이라고 할 수 있는 「어셔 가(家)의 붕괴」는, 대대로 신경
증적인 증세를 보여 왔던 어셔 집안의 마지막 남매의 죽음에 얽힌 이야
기다. 괴기소설의 걸작으로 꼽을 수 있는 이 작품에서 포는 인간 심리에
대한 섬세한 묘사를 더함으로써, 괴기소설의 수준을 한 단계 높였다는
평가를 받는다. 브라넬리는 독자의 시선을 끄는 포의 독특한 매력은
'분위기'와 '심리 분석'이라고 지적한 바 있는데, 포는 이 작품에서 공
간적 배경이 되는 어셔 가의 저택이 자아내는 분위기와 그 집의 주인인
로드릭 어셔의 심리 상태를 치밀한 구도를 통해 짜맞춰 시종일관 음습
하고 신비한 초자연적 인상을 만들어 낸다.

이 작품에서 '어셔 가(家)'는 어셔 가문을 나타내는 말임과 동시에 어
셔 집안의 저택 자체를 가리키는 이중적인 의미로 사용된다. 따라서 제
목 '어셔 가(家)의 붕괴'는 저택의 물리적인 붕괴뿐만 아니라 집안의 몰
락을 의미하기도 한다.

이 작품의 화자는 신비적이거나 초자연적인 현상을 믿지 않고 어셔
가에서 일어나는 일련의 사건들에 대해 이성적인 설명을 찾고자 한다.
이러한 화자와 저택 건물이 자신의 심리적·육체적 질환을 야기한다고
믿는 로드릭 어셔의 대비는 포의 작품 전반에서 반복적으로 나타나는
이성과 상상력, 물질과 정신, 자연과 초자연의 긴장 관계의 극적인 표현
이다. 그리고 로드릭 어셔가 쌍둥이 여동생과 함께 죽음을 맞이하는 순
간 어셔 가의 저택이 붕괴되는 것은 이성과 합리적 질서의 붕괴를 상징

하며, 공포와 일탈의 병적인 징후들에 둘러싸인 인간의 삶을 극명하게
보여 주는 것으로 해석할 수 있다.

에드거 앨런 포 연보

1809년　미국 보스턴에서 극단 배우로 활동하던 부모의 둘째 아들로 태어났다.

1810년 (1세)　리치먼드에서 아버지가 실종되었다.

1811년 (2세)　어머니마저 돌아가시고, 담배상인 존 앨런의 집에서 양육되었지만 법적인 양자는 아니었다.

1815년 (6세)　앨런의 사업 관계로 영국과 스코틀랜드에서 지내면서 정규 교육을 받았다.

1820년 (11세)　양부모와 함께 미국으로 다시 돌아왔다.

1823년 (14세)　윌리엄 버크 학교에 입학했다.

1826년 (17세)　버지니아 대학에 입학했지만 학비가 없어 고생하다가, 도박에 빠져 빚을 지고 12월에 학교를 중퇴했다.

1827년 (18세)　첫 시집 『태머래인과 기타 시선집』을 출판했다. 군대에 입대하여 찰스턴의 설리번 섬에서 근무했다.

1829년 (20세)　양 어머니인 프란시스 앨런이 죽자 군대를 제대하고, 두 번째 시집 『알 아라아프, 태머래인과 단시들』을 출판했다.

1830년 (21세)   육군 사관학교에 입학했다.

1831년 (22세)   의도적인 군무 태만으로 사관학교에서 퇴학을 당하고, 세 번째
                    시집 『시집』을 썼다.

1833년 (24세)   볼티모어의 한 문예지에 첫 단편소설 「병 속에서 발견된 원고」
                    가 당선되었다.

1836년 (27세)   「서던 리터러리 메신저」지의 편집자로 일하기 시작했다. 당시
                    10대였던 사촌 버지니아 클렘과 결혼했다.

1837년 (28세)   「서던 리터러리 메신저」사를 그만두었다.

1839년 (30세)   잡지사 「젠틀맨스 매거진」에서 편집자로 일하며, 「어셔 가의
                    붕괴」를 발표했다. 첫 번째 단편소설집 『그로테스크 이야기들
                    과 아라베스크 이야기들』을 출판했다.

1841년 (32세)   「그레이엄즈 매거진」지로 옮겨 가 일하면서 「모르그 거리의
                    살인 사건」을 발표하여 호평을 받았다.

1842년 (33세)   「그레이엄즈 매거진」사를 그만두었다.

1843년 (34세)   「황금풍뎅이」가 「달러 뉴스페이퍼」지에 당선되었다. 같은 해
                    「검은 고양이」를 발표했다.

1845년 (36세)   『갈까마귀와 기타 시들』을 발표해서 시인으로서 명성을 얻
                    었다.

1847년 (38세)   부인 버지니아가 결핵으로 세상을 떠났다.

1848년 (39세)   우주를 초자연적으로 해설한 장편 산문시 「유레카」를 발표
했다.

1849년 (40세)   시 「애나벨 리」를 발표했다. 볼티모어의 한 술집에서 쓰러져
사흘 뒤인 10월 7일에 숨을 거두었다.

옮긴이 **김영선**

서울대학교 영어교육과를 졸업하고 미국 코넬대학에서 문학석사 학위를 받았으며 언어학박사 과정을 마쳤다. 현재 대학에서 강의를 하며 번역 작업을 하고 있다. 옮긴 책으로는 『피터 팬』『웨이싸이드 학교 별난 아이들』『처음 친구 집에서 자는 날』『도박』『실크로드 여행』 등이 있다.

그린이 **송수정**

서울 일러스트레이션 공모전에서 특선, 한국 출판미술 대전에서 동상, 서울 국제일러스트레이션 전에서 입선을 했으며, 노마 콩쿠르에서 가작을 수상하였다.
그린 책으로는 『도도새와 카바리아나무와 스모호 추장』『표범의 얼룩무늬는 어떻게 생겨났을까?』『물 이야기』『나쁜 녀석』『해와 달이 된 오누이』 등이 있다.

세계의 클래식

〈**세계의 클래식**〉은 오랫동안 꾸준히 사랑받아 온 문학 작품을 청소년들이 좀더 친숙하게 접할 수 있도록 새로운 감각으로 펴낸 고전 시리즈입니다. 원서에 충실한 번역과 문학성을 살린 풍부한 문장이 작품에 대한 이해와 읽는 재미를 한층 높여 줄 것입니다. 또한 젊은 작가들의 섬세하고 감성적인 그림이 청소년뿐만 아니라 문학을 사랑하는 모든 이의 마음까지 채워 주기에 부족함이 없습니다.